을 유 세 계 문 학 전 집 · 1 4 8

전날 밤

을유세계문학전집 · 148

전날 밤

HAKAHYHE

이반 세르게예비치 투르게네프 지음 · 이항재 옮김

❖ 을유문화사

옮긴이 이항재

고려대학교 노어노문학과를 졸업하고 같은 대학원에서 박사학위를 받았다. 러시아 고리키 세계문학연구소 연구교수, 한국러시아문학회 회장을 지냈고, 단국대학교 러시아어과 교수로 재직했으며, 현재 명예교수로 있다. 지은 책으로 『소설의 정치학』, 『사냥꾼의 눈, 시인의 마음』, 『러시아 문학의 이해』 등이 있다. 옮긴 책으로 『러시아 문학사』, 『첫사랑』, 『루딘』, 『귀족의 보금자리』, 『아버지와 아들』, 『연기』, 『사람은 무엇으로 사는가』, 『사랑에 대하여』 등이 있고, 러시아 문학에 관한 많은 논문을 발표했다.

을유세계문학전집 148
전날 밤

발행일 · 2026년 3월 25일 초판 1쇄
지은이 · 이반 세르게예비치 투르게네프 | 옮긴이 · 이항재
펴낸이 · 정상준 | 펴낸곳 · (주)을유문화사
창립일 · 1945년 12월 1일 | 주소 · 서울시 마포구 서교동 469-48
전화 · 02-733-8153 | FAX · 02-732-9154 | 홈페이지 · www.eulyoo.co.kr
ISBN 978-89-324-7605-6 04890   978-89-324-0330-4(세트)

차례

1

1853년 가장 무더운 어느 여름날, 쿤체보에서 멀지 않은 모스크바 강변의 키 큰 피나무 그늘 아래 풀밭에 두 젊은이가 누워 있었다. 스물세 살쯤 되어 보이는 한 사람은 큰 키에 날카롭고 가무잡잡한 얼굴, 다소 휘어진 코, 높은 이마를 지니고, 넓적한 입술에 은은한 미소를 짓고 있었다. 그는 등을 대고 누워 작은 회색 눈을 가늘게 뜨고 생각에 잠긴 듯 먼 곳을 응시하고 있었다. 다른 한 사람은 엎드려서 곱슬거리는 금발을 양손으로 받치고는 역시 어딘가 먼 곳을 응시하고 있었다. 그는 친구보다 세 살 많았으나 훨씬 어려 보였고, 콧수염은 막 나기 시작했으며 턱에는 가는 솜털이 곱슬곱슬했다. 그의 신선하고 둥근 얼굴의 작은 이목구비, 부드러운 갈색 눈, 선명하고 아름다운 입술, 하얀 손에는 무언가 어린아이 같은 귀여움과 매혹적이고 우아한 구석이 있었다. 그 안의 모든 것에는 건강에서 오는 행복하고 쾌활한 기운, 즉 근심 없는 젊음, 자신감, 지나친 관심

(버릇없음), 젊음의 매력이 숨 쉬고 있었다. 그는 눈알을 굴리고 미소를 지으며, 마치 누군가 자신을 즐겁게 바라봐 준다는 것을 알 때 아이들이 하는 것처럼 머리를 괴기도 했다. 그는 블라우스처럼 헐렁한 흰색 외투를 입고 있었다. 하늘색 스카프가 그의 가느다란 목을 감싸고 있었고, 구겨진 밀짚모자는 그의 옆 풀밭에 뒹굴고 있었다.

그에 비해 그의 친구는 노인처럼 보였다. 그의 각진 모습을 보면 아무도 그가 즐거운 시간을 보내고 있다고 생각지 않을 것이다. 그는 부자연스럽게 누워 있었다. 위쪽은 넓고 아래쪽은 좁은 그의 큰 머리가 긴 목 위에 어색하게 얹혀 있었다. 어색함은 팔의 위치, 짧고 검은 프록코트로 단단히 덮인 몸통, 잠자리 뒷다리처럼 무릎을 세운 긴 다리에도 나타났다. 이 모든 것에도 불구하고 그가 예의 바른 사람임을 알아 볼 수밖에 없었다. '단정함'의 흔적이 그의 볼품없는 존재 전체에서 느껴졌다. 못생기고 다소 우스꽝스럽기까지 한 그의 얼굴에는 사색하는 습관과 친절함이 배어 있었다. 그의 이름은 안드레이 페트로비치 베르세네프였고, 그의 친구인 금발 청년의 이름은 파벨 야코블레비치 슈빈이었다.

"왜 자네는 나처럼 엎드리지 않나?" 슈빈이 입을 열었다. "이게 훨씬 더 좋아. 특히 이렇게 다리를 올리고 발뒤꿈치를 서로 두드리면 말이야. 풀이 코 아래 있으니 경치를 보다 싫증이 나면 풀대를 기어 다니는 올챙이배를 한 딱정벌레나 이리저리 움직이는 개미를 볼 수 있어. 정말 이 자세가 더 좋아. 자네는 지금 준(準)고전적 포즈를 취하고 있는데, 마분지 바위에 팔꿈치를 기대고 있는 발레리나와 똑같군. 이제 자네는 휴식을 취할 충분한 권리가 있다는 것을 기억하게. 농담이지만, 대학을 3등으로 졸업하지 않았나! 좀 쉬시게, 선생, 긴장을 풀고 팔다리를 쭉 펴시게!"

슈빈은 이 모든 말을 콧소리로 다소 느릿느릿하게 반농담처럼 늘어놓았고(버릇없는 아이들은 집에서 사탕을 가져다주는 친구들에게 이렇게 말한다), 대답을 기다리지 않고 계속 말했다.

"무엇보다 나는 개미나 딱정벌레나 다른 곤충들의 놀라운 진지함에 깜짝 놀라곤 해. 그들은 그들의 삶에도 무슨 의미가 있는 것처럼 매우 엄숙하게 이리저리 뛰어다니고 있어! 만물의 영장이자 최고의 존재인 인간이 그들을 바라보고 있는데, 그들은 인간에게 전혀 관심이 없어. 어디 그뿐인가, 어떤 모기는 만물의 영장의 콧등에 앉아 그를 뜯어먹을 수도 있어. 이건 모욕이지. 하지만 다른 한편으로는 그들의 삶이 우리의 삶보다 못한 게 뭐가 있나? 우리가 우쭐댄다면 왜 그들은 우쭐댈 수 없나? 자, 철학자여, 이 수수께끼를 풀어 주게! 왜 잠자코 있나? 응?"

"뭐라고?" 베르세네프가 깜짝 놀라며 말했다.

"뭐라고!" 슈빈이 되받았다. "친구가 자네 앞에서 심오한 사상을 피력하는데, 자네는 듣지도 않는군."

"경치에 넋을 잃고 있었어. 햇볕에 뜨겁게 반짝이는 저 들판을 보게나!(베르세네프는 약간 혀짤배기소리로 말했다.)

"장엄한 색채가 발산되는군." 슈빈이 말했다. "한 마디로, 자연이야!"

베르세네프는 고개를 저었다.

"자네는 나보다 이 모든 것에 훨씬 더 감동해야 하지 않나? 이건 자네 분야고, 자네는 예술가니까. "

"아니, 이건 내 분야가 아니야." 슈빈이 대꾸하며 모자를 뒤통수에 눌러썼다. "나는 고기장수야. 내 일은 살, 살을 붙여서 어깨, 다리, 팔을 만드는 거야. 그런데 여기에는 형태도 없고 완성도 없어. 모든 게 사방으로 흩어져 버리거든……. 가서 붙잡아!"

"하지만 여기에도 아름다움은 있지 않은가?" 베르세네프가 말했다. "그건 그렇고, 그 부조(浮彫)는 끝냈나?"

"어떤 부조?"

"어린아이와 산양(山羊) 말이야."

"젠장! 젠장! 젠장!" 슈빈이 노래를 부르듯 외쳤다. "진짜 조각을 보고, 노대가들의 작품과 고대 미술품들을 보고는 내 졸작을 깨 버렸네. 자네는 내게 자연을 가리키며 '여기에도 아름다움은 있다'고 말하는데, 물론 어디에나 아름다움은 있지. 심지어 자네 코에도 아름다움은 있어. 하지만 모든 아름다움을 쫓아다닐 수는 없지. 노대가들도 아름다움을 쫓아다니지 않았어. 아름다움이 스스로 그들의 작품 속에 내려앉았지. 어디서 왔는지는 아무도 몰라. 아마 하늘에서 내려왔을 거야. 온 세상이 그들의 것이었으니까. 우리는 그렇게 넓은 자리를 차지할 필요는 없어. 팔이 짧으니까. 우리는 한곳에 낚싯대를 던지고 그저 망을 보는 거지. 물면 좋고! 물지 않으면······."

슈빈이 혀를 쭉 내밀었다.

"잠깐, 잠깐만." 베르세네프가 반박했다. "그건 역설이야. 자네가 아름다움에 공감하지 않는다면, 그리고 어디서 아름다움을 만나든 그것을 사랑하지 않는다면, 아름다움은 자네에게도 자네의 예술에도 깃들지 않을 거야. 만약 아름다운 경치나 아름다운 음악이 자네 영혼에 아무것도 말하지 않는다면, 즉 자네가 그것에 공감하지 않는다면······."

"오, 공감자여!" 슈빈이 불쑥 말하고 자기가 새로 만든 말에 웃기 시작했지만 베르세네프는 깊은 생각에 잠겼다. "아니야, 친구." 슈빈이 말을 이었다. "자네는 영리한 사람이고 철학자며 모스크바 대학을 3등으로 졸업한 학사니까 자네와 논쟁한다는 것은 끔찍해. 특히 나처럼 대학을 중퇴한 사람에겐 말이야. 하지만 이 말은 해야겠군. 나는 내 예술 외에 여자의 아름다움만을 사랑해······. 처녀의 아름다움 말이야······. 하긴 이것도 최근의 일이지만······."

그는 몸을 뒤집어 등을 대고 눕고서 두 손을 머리 뒤로 가져갔다.

잠시 침묵이 흘렀다. 찌는 듯이 무더운 한낮의 침묵이 찬란히 빛나는 잠든 대지 위에 무겁게 드리워졌다.

"여자 얘기가 나왔으니 말인데." 슈빈이 다시 입을 열었다.

"왜 아무도 스타호프를 장악하지 못하는 거야? 모스크바에서 그를 보았나?"

"아니."

"노인네가 완전히 미쳐 버렸어. 그는 온종일 아브구스티나 흐리스티아노브나의 집에 앉아서 몹시 따분해 하면서도 그냥 앉아 있는 거야. 서로를 멍청하게 쳐다보고 있는데…… 보기에도 정말 역겨워. 한번 생각해 보게! 신은 정말 훌륭한 가정으로 이 사람을 축복해 주셨어. 하지만 그에겐 아브구스티나 흐리스티아노브나가 있어야만 해. 나는 오리처럼 생긴 그 여자의 낯짝보다 더 역겨운 것을 보지 못했어! 며칠 전에 그녀의 캐리커처를 당탕* 스타일로 빚었는데, 꽤 괜찮게 되었어. 보여 줄게."

"그런데 옐레나 니콜라예브나의 반신상은?" 베르세네프가 물었다. "잘 되어 가나?"

"아니, 진척이 없어. 그녀의 얼굴을 보면 절망할 수밖에 없어. 언뜻 보면 얼굴선이 깨끗하고 엄격하고 곧아서 유사성을 쉽게 포착할 것 같은데, 그게 그렇지 않아……. 손에 든 보물처럼 빠져나가거든. 자네는 그녀가 듣는 모습을 보았나? 얼굴선은 전혀 움직이지 않고 눈의 표정만 끊임없이 움직이는데, 이 때문에 얼굴 표정 전체가 변하지. 이런 경우 조각가, 게다가 나쁜 조각가가 무엇을 할 수 있겠나? 놀라운 존재야……. 이상한 존재야." 잠시 말이 없다가 슈빈이 덧붙였다.

"그래, 그녀는 놀라운 처녀야." 베르세네프가 그의 말을 받아 되뇌었다.

"그런데 그녀가 니콜라이 아르툐미예비치 스타호프의 딸이라니! 이러니 혈통이나 가문을 따져서 뭐하겠나. 우스운 것은 그녀가 바로 그의 딸이고 그를 닮았으며, 어머니 안나 바실리예브나를 닮았다는 거야. 나는 안나 바실리예브나를 진심으로 존경하네. 그러나 그녀는 나의 은인이지만 암탉일 뿐이야. 옐레나의 영혼은 도대체 어디서 왔을까? 누가 이 불을 지폈는가? 자, 다시 자네에게 과제를 주겠네, 철학자여!"

그러나 '철학자'는 여전히 아무 대답도 하지 않았다. 베르세네프는 대체로 말이 많은 사람이 아니었고, 말을 할 때 더듬고 불필요하게 손을 벌리며 서툴게 자신을 표현하곤 했다. 그런데 이번에는 피로나 슬픔 같은 어떤 특별한 침묵이 그의 영혼을 덮쳤다. 그는 하루에 몇 시간씩 빼앗아 가는 장기간의 고된 작업을 마치고 최근에 교외로 이사했다. 무위, 안일한 생활, 맑은 공기, 목표를 달성했다는 의식, 친구와의 별나고 가벼운 대화, 문득 떠오른 사랑스러운 사람의 형상—이질적이고 동시에 왠지 비슷한 이 모든 인상이 그의 안에서 하나의 일반적인 느낌으로 합쳐져 그를 진정시키기도 하고, 흥분시키기도 하고, 무력하게 만들기도 했다……. 그는 신경이 아주 예민한 젊은이였다.

피나무 아래는 서늘하고 조용했다. 그 그늘 안으로 날아든 파리와 벌들도 한결 조용히 윙윙거리는 것 같았다. 황금빛 색조가 없는 순수하고 작은 에메랄드빛 풀은 흔들리지 않았다. 키 큰 줄기는 마치 마법에 걸린 듯 움직이지 않고 서 있었다. 피나무 아래 가지에는 작은 노란 꽃송이들이 마법에 걸린 듯, 죽은 듯 매달려 있었다. 숨을 쉴 때마다 달콤한 향기가 가슴 속 깊이 스며들었고, 가슴은 기꺼이 그 향기를 들이마셨다. 저 멀리 강 건너 지평선까지 모든 것이 빛나며 불타고 있었다. 이따금 그쪽에서 불어오는 미풍에 반짝임이 부서졌다가 더 찬란하게 빛났다. 눈부신 아지랑이가 땅 위에 아물거렸다. 새 울음소리도 들리지 않았다. 무더운 시간에는 새들도 울지 않는다. 하지만 메뚜기들이 사방에서 울어 댔고, 서늘한 그늘 밑에 앉아 쉬면서 이 뜨거운 생명의 소리를 듣는 것은 즐거웠다. 그것은 잠이 오게 하고 공상을 불러일으켰다.

　"자연이 우리에게 얼마나 이상한 감정을 불러일으키는지 알아챘나?" 베르세네프가 손짓을 섞어 가며 불쑥 말을 꺼냈다. "자연의 모든 것은 너무나 완전하고 명료하며, 그 자체로 만족스럽다고 말하고 싶어. 우리는 이것을 이해하고 감탄하지만, 동시에 자연은 적어도 내 안에 항상 어떤 걱정과 불안, 심지어 슬픔을 불러일으켜. 이건 무슨 의미일까? 우리는 자연 앞에서, 자연과 대면해서 우리의 불완전함과 모호함을 더 강하게 의식하는 걸까? 혹은 우리에게는 자연이 만족하는 그 정도의 만족으로는 부족하고, 우리가 필요로 하는, 즉 내가 말하고자 하는 다른 만족은 자연에 없는 걸까?

　"흠," 슈빈이 대꾸했다. "안드레이 페트로비치. 왜 이 모든 일이 일어나는지 말해 주지. 자네는 살아가지 않고 그저 바라보고 기뻐하기만 하는 외로운 남자의 감정을 묘사했어. 바라만 보면 무슨 소용이 있나? 스스로 대장부답게 살아야지. 자네가 아무리 자연의 문을 두드려도 자연은 말하지 못하기 때문에 알아들을 수 있는 말로 응답하지 않을 거야. 현악기처럼 애처롭게 울리겠지만 노래는 기대하지 말게. 살아 있는 영혼, 특히 여성의 영혼이 응답을 하지. 그러니 나의 고귀한 친구여, 영혼의 친구를 사귀라고 충고하는 바네. 그러면 자네의 우울한 감정은 죄다 금방 사라질 거야. 바로 이것이 자네 말대로 우리에게 '필요한' 것이지. 사실 이 불안과 슬픔은 일종의 허기와 같은 거야. 위장에 진짜 음식을 주면 즉시 만사가 해결될 거야. 이보게, 우주에서 자신의 자리를 차지하고 육체가 되게. 도대체 자연이 무슨 소용이란 말인가? 자, 직접 들어보게. 사랑…… 이 얼마나 강하고 뜨거운 말인가! 자연…… 이 얼마나 차갑고 현학적인 표현인가! 그러니까(슈빈이 노래하기 시작했다) '마리야 페트로브나 만세!' 아니, 마리야 페트로브나가 아니지." 그가 덧붙였다. "아무럼 어때! 부 메 콩프레네."*

베르세네프는 엉거주춤 몸을 일으키고 두 손을 포개어 턱을 받쳤다.

"왜 비웃는가?" 그는 친구를 쳐다보지 않고 말했다. "왜 조롱하는 거야? 그래, 자네 말이 맞아. 사랑은 위대한 말이고, 위대한 감정이지……. 하지만 자네는 어떤 사랑에 대해 말하는 건가?"

슈빈도 엉거주춤 몸을 일으켰다.

"어떤 사랑? 어떤 사랑이든 좋아. 단지 눈앞에 있기만 하면.

솔직히 말해 여러 종류의 사랑이란 절대 있을 수 없어. 만약 자네가 사랑했다면…….”

“온 영혼을 다해.” 베르세네프가 말을 받았다.

“그래, 물론이야. 영혼은 사과가 아니니 나눌 수 없지. 만일 자네가 사랑을 했다면 자네 말이 맞아. 조롱할 생각은 없었어. 지금 내 마음은 몹시 정겹고 부드러워……. 다만 자연이, 자네 말대로, 왜 그렇게 우리에게 영향을 미치는지 설명하고 싶었을 뿐이야. 자연은 우리에게 사랑의 필요성을 일깨워 주지만 그것을 충족시킬 수 없기 때문이지. 자연은 우리를 다른, 살아 있는 품안으로 조용히 이끄는데, 우리는 그걸 깨닫지 못하고 자연에게서 무언가를 기대하고 있는 거야. 아, 안드레이, 안드레이, 저 태양, 저 하늘, 우리 주변의 모든 것이 이토록 아름다운데 왜 슬퍼하고 있나? 하지만 만약 이 순간 자네가 사랑하는 여자의 손을 잡고 있다면, 만약 그 손과 그 여자가 온통 자네 것이라면, 만약 자네가 ‘그녀’의 눈으로 보고, 자기의 고독한 감정이 아니라 ‘그녀’의 감정으로 느꼈다면, 안드레이, 자연은 자네 마음속에 애수나 불안을 불러일으키지 않았을 거야. 그리고 자네는 자연의 아름다움을 알아채지 못했을 거야. 자연 스스로 기뻐하며 노래를 불렀을 테고, 자네의 찬가에 화답했을 거야. 자네가 자연에, 말하지 못하는 자연에 혀를 넣어 주었을 테니까!”

슈빈은 두 발로 벌떡 일어나 두서너 번 이리저리 걸어 다녔다. 고개를 숙인 베르세네프의 얼굴은 살짝 상기되어 있었다.

“자네 말에 전혀 동의하지 않아.” 그가 입을 열었다. “자연이

항상 우리에게 사…… 사랑을 암시하는 건 아니야. (그는 사랑
이란 말을 단번에 발음하지 않았다.) 자연은 우리를 위협하기
도 하지. 그리고 자연은 무시무시한 것…… 그래, 이해할 수 없
는 신비를 떠올리게 해. 자연은 우리를 집어삼키고, 끊임없이
집어삼키고 있지 않은가? 자연 속에는 생명도 있고 죽음도 있
어. 자연 속의 죽음도 생명만큼이나 우렁차게 말하고 있어."

"그리고 사랑 속에도 생명과 죽음이 있지." 슈빈이 말을 가로
챘다.

"그리고" 베르세네프가 말을 이었다. "예컨대 내가 봄날 숲,
푸른 덤불 속에 서 있는데, 오베론*의 낭만적인 뿔피리 소리가
들리는 것 같을 때(베르세네프는 이 말을 하면서 약간 쑥스러
워했다.) 정말 이것도……."

"사랑에 대한 갈망, 행복에 대한 갈망, 그 이상 아무것도 아니
야!" 슈빈이 말을 받았다. 나도 그 소리를 알고 있어. 숲의 그늘
아래, 그 깊은 곳에서, 또는 해가 지고 덤불 너머 강에서 김이
모락모락 피어오르는 저녁에 열린 들판에서 영혼에 찾아드는
감동과 기대감을 나도 알고 있어. 하지만 나는 숲에서도, 강에
서도, 땅에서도, 하늘에서도, 모든 구름에서도, 모든 풀에서도
행복을 기다리며 행복을 원하네. 그리고 모든 것에서 행복이
다가오는 것을 감지하고 그 부름을 듣지! '나의 신은 밝고 명랑
한 신!' 나는 이렇게 시를 쓰려고도 했어. 첫 행이 멋지다는 건
인정할 거야. 하지만 둘째 행을 생각해 낼 수가 없었어. 행복!
행복! 생명이 사라질 때까지, 우리가 팔다리를 움직일 수 있을

때까지, 우리가 내리막길이 아니라 오르막길을 오를 수 있을 때까지 행복이 있을 뿐이지! 제기랄!" 슈빈은 갑자기 발작하듯이 말을 이었다. "우리는 젊고 병신도 아니고 어리석지도 않아. 그러니 우리는 행복을 쟁취할 거야!"

그는 고수머리를 휙 흔들고 나서 자신만만하게, 거의 도전적으로 하늘을 올려다보았다. 베르세네프는 그를 올려다보았다.

"행복보다 더 고귀한 것은 없을까?" 베르세네프가 조용히 말했다.

"예를 들면?" 슈빈이 묻다가 멈췄다.

"그래, 예를 들면, 자네가 말했듯이 우리는 젊고 좋은 사람들이라고 하세. 우리는 각각 자신의 행복을 원하고 있어……. 하지만 이 '행복'이란 말은 우리를 결합시키고, 우리 두 사람을 격려하고, 서로에게 손을 내밀게 하는 단어일까? 이것은 이기적이고 분열을 일으키는 단어가 아닐까?"

"자네는 사람들을 결합시키는 말들을 알고 있나?"

"그럼, 그런 말들은 적지 않아. 자네도 알고 있지."

"그래? 어떤 말들인데?"

"가령 예술이라는 말이 있지. 자네는 예술가니까. 그리고 조국, 과학, 자유, 정의……."

"그럼, 사랑은?" 슈빈이 물었다.

"사랑도 결합시키는 말이지. 하지만 지금 자네가 갈망하는 그런 사랑은 아니야. 쾌락적 사랑이 아니라 희생적 사랑이지."

슈빈은 눈살을 찌푸렸다.

"그건 독일인들에게나 좋겠지. 나는 자신을 위해 사랑하고 싶어. 나는 첫째가 되고 싶다고."

"첫째라." 베르세네프가 되뇌었다. "하지만 자신을 둘째로 두는 것이 우리 삶의 모든 사명 같은데."

"만약 모두가 자네의 충고대로 행동한다면" 슈빈은 안타깝다는 듯이 얼굴을 찡그리며 말했다. "지구상에서 파인애플을 먹을 사람은 아무도 없을 거야, 모두 다른 사람에게 파인애플을 줄 테니까."

"그렇다면 파인애플은 필요 없지. 그러나 걱정 말게. 다른 사람의 입에서 빵을 빼앗기 좋아하는 사람들이 항상 있으니까."

두 친구는 잠시 침묵했다.

"며칠 전 인사로프를 다시 만났네." 베르세네프가 입을 열었다. "그를 우리 집에 초대했으니 자네에게 꼭 소개하고 싶어. 그리고 스타호프 씨네 사람들에게도……."

"어떤 인사로프? 아, 그래, 자네가 말했던 세르비아인인가 불가리아인? 그 애국자? 자네에게 이 모든 철학 사상을 불어넣은 사람이 그 사람인가?"

"아마도."

"그래, 그는 비범한 사람인가?"

"그럼."

"똑똑한가? 재능이 있나?"

"똑똑하냐고……? 그럼. 재능이 있냐고? 모르겠어. 아닐 거야."

"아니라고? 그럼, 그의 훌륭한 점이 뭔가?"

"두고 보면 알 거야. 이제 가야 할 때가 아닌가? 아마 안나 바실리예브나가 우리를 기다리고 있을 거야. 지금 몇 시지?"

"두 시가 지났어. 가세. 정말 무덥군! 이런 대화는 내 안의 피를 끓어오르게 해. 자네도 이런 순간이 있었겠지? 내가 괜히 예술가인 줄 아나? 나는 모든 것을 눈치 채고 있어. 고백해, 마음에 둔 여자가 있지?"

슈빈은 베르세네프의 얼굴을 들여다보고 싶었지만 그는 얼굴을 돌리고 피나무 아래에서 걸어 나갔다. 슈빈은 작은 발을 우아하게 떼면서 그의 뒤를 따라갔다. 베르세네프는 어깨를 높이 들어 올리고 목을 쭉 뻗은 채 굼뜨게 움직였다. 그러나 만약 우리나라에서 '젠틀맨'이라는 말이 그렇게 속화되지 않았다면, 그는 슈빈보다 더 품위 있고, 더 젠틀맨 같아 보였다고 우리는 말했을 것이다.

2

　젊은이들은 모스크바강 쪽으로 내려가 강둑을 따라 걸었다. 강물에서 신선한 기운이 풍겨 왔고, 잔잔한 물결 소리가 귓전을 간질였다.

　"다시 멱이나 감았으면 좋겠네." 슈빈이 말을 꺼냈다. "하지만 늦을까 봐 걱정이 되는군. 저 강 좀 봐. 우리를 유혹하는 것 같아. 고대 그리스인은 강에서 님프*를 보았을 거야. 하지만 우리는 그리스인이 아니지. 오, 님프여! 우리는 피부가 두꺼운 스키타이인*이야."

　"우리에겐 루살카*가 있지." 베르세네프가 말했다.

　"자네는 루살카에게 가게! 조각가인 나에게 어두운 겨울밤, 숨 막히는 오두막에서 태어난, 소심하고 차가운 환상의 산물인 루살카가 뭐란 말인가? 나는 빛과 공간이 필요해……. 오오, 나는 언제 이탈리아로 가게 될까? 언제……."

　"그러니까 소러시아로 가겠단 말인가?"

"안드레이 페트로비치, 내가 경솔하게 저지른 어리석은 행동을 그렇게 책망하는 건 수치스러운 일이네. 안 그래도 비통한 마음으로 뉘우치고 있어. 그래, 나는 바보처럼 행동했어. 너무나 친절한 안나 바실리예브나가 이탈리아 여행을 가라고 돈을 주었는데, 나는 갈루시카*나 먹으러 소러시아인들에게 갔으니까. 그리고……."

"제발 그만하게." 베르세네프가 말을 가로막았다.

"하지만 이건 말해야겠어. 그 돈을 헛되이 낭비한 건 아니야. 거기서 아주 멋진 사람들을 보았거든, 특히 여자들……. 물론, 이탈리아 밖에는 구원이 없다는 걸 알고 있네!"

"자네는 이탈리아에 가더라도 아무것도 못할 걸." 베르세네프는 그에게 얼굴도 돌리지 않고 말했다. "자네는 그저 날개만 퍼덕일 뿐 날지는 못할 거야. 우리는 자네를 알아!"

"스타바세르*는 날았는데……. 그만이 아니지. 내가 날지 못한다면, 그건 내가 날개 없는 바다펭귄이기 때문이야. 여기는 숨이 막혀. 이탈리아로 가고 싶어." 슈빈은 말을 이었다. "거기엔 태양이 있고 아름다움이 있어……."

그 순간 친구들이 걷고 있던 오솔길에 챙 넓은 밀짚모자를 쓰고 분홍색 양산을 어깨에 걸친 젊은 처녀가 나타났다.

"그런데 대체 저게 뭐지? 여기서도 아름다움이 우리를 향해 걸어오는군! 미천한 예술가가 매력적인 조야 아가씨에게 인사를 올립니다!" 슈빈이 연극적으로 모자를 흔들고 갑자기 외쳤다.

이 감탄사가 향한 젊은 처녀는 걸음을 멈추고 손가락으로 그를 위협했다. 그리고 두 친구가 가까이 다가오자 낭랑하고 살짝 쉰 목소리로 말했다.

"어째서 두 분께서는 저녁 식사를 하러 안 오시죠? 식사가 준비되었어요."

"그게 무슨 말씀인지?" 슈빈이 손뼉을 치고 나서 말했다. "정말로 매혹적인 조야 아가씨가 이 무더위에 우리를 찾아 친히 나오셨단 말인가요? 그대 말의 의미를 이렇게 이해할 수 있나요? 말해 보세요, 네? 아니, 차라리 말하지 않는 게 낫겠어요. 후회하면 금세 죽을 것 같으니까."

"아이 참, 그만하세요, 파벨 야코블레비치." 처녀는 적이 짜증을 내며 반박했다. "왜 당신은 저에게 진지하게 말하지 않는 거죠? 화가 나요." 그녀는 교태 어린 얼굴을 찡그리고 입술을 삐죽 내밀며 덧붙였다.

"나의 이상인 조야 니키티시나, 화내지 마세요. 암울한 절망의 깜깜한 심연 속에 날 처넣고 싶은 건 아니겠죠. 나는 진지하게 말할 줄 몰라요. 원래 진지한 인간이 아니니까요."

처녀는 어깨를 으쓱하고 베르세네프 쪽으로 몸을 돌렸다.

"저분은 항상 저래요. 나를 어린애 취급한다니까요. 하지만 나는 벌써 만 열여덟 살이에요. 벌써 어른이라고요."

"오오, 맙소사!" 슈빈이 신음 소리를 내며 눈을 부릅떴고, 베르세네프는 말없이 웃었다.

처녀는 발을 동동 굴렀다.

"파벨 야코블레비치! 나 화낼 거예요! 헬렌도 같이 오려다가 정원에 남았어요." 조야가 말을 이었다. "무더위에 겁이 난 거죠. 하지만 나는 더위가 무섭지 않아요. 자, 가시죠."

그녀는 앞장서 오솔길을 걸어갔고, 걸음을 옮길 때마다 날씬한 몸을 살짝 흔들며 검은 손모아장갑을 낀 예쁜 손으로 부드럽고 긴 머리카락을 얼굴에서 쓸어 올리곤 했다.

친구들은 그녀의 뒤를 따라갔다.(슈빈은 말없이 두 손을 가슴에 얹기도 하고, 때론 두 손을 머리 위로 높이 쳐들기도 했다.) 잠시 후 그들은 쿤체보를 둘러싼 수많은 다차* 중 하나 앞에 다다랐다. 분홍색 페인트칠을 한, 다락방이 있는 작은 목조 주택이 정원 한가운데 서 있었고, 녹음 사이로 보이는 그 주택은 왠지 다소 소박하게 보였다. 조야가 맨 먼저 사립문을 열고 정원으로 뛰어 들어가며 "방랑자들을 데려왔어요!"라고 외쳤다. 창백하고 표정이 풍부한 얼굴의 젊은 처녀가 오솔길 근처 벤치에서 일어났고, 연보랏빛 비단 드레스를 입은 부인이 집 문지방에 나타나 햇볕을 막기 위해 수(繡) 놓은 삼베 스카프를 머리 위로 들어 올리며 나른하고 생기 없는 미소를 지었다.

3

결혼 전 성이 슈빈인 안나 바실리예브나 스타호바는 일곱 살에 천애 고아가 되었고, 꽤 많은 영지의 상속자가 되었다. 그녀에겐 매우 부유한 친척과 아주 가난한 친척이 있었는데, 아버지 쪽 친척들은 가난했지만 어머니 쪽 친척들은 부유했다. 어머니 쪽 친척으로 상원의원 볼긴과 치쿠라소프 공작 일가가 있었다. 그녀의 후견인으로 지정된 아르달리온 치쿠라소프는 그녀를 모스크바 최고의 기숙학교에 넣었고, 그녀가 기숙학교를 졸업하자 자기 집으로 데려왔다. 그는 자주 손님들을 초대하며 호화롭게 살았고, 겨울에는 무도회를 열곤 했다. 안나 바실리예브나의 미래 남편 니콜라이 아르툐미예비치 스타호프는 이 무도회 중 하나에서 그녀의 마음을 사로잡았다. 그때 안나는 '아름다운 분홍색 원피스에 작은 장미로 만든 머리 장식'을 달고 있었다. 그녀는 이 머리 장식을 소중히 여겼다……. 1812년 나폴레옹 전쟁에서 부상을 입고 페테르부르크에서 좋은 자리를 얻은 퇴역 대위의 아들인 니콜라이 아르툐미예비치 스타호프는 열여섯 살에 사관학교에 입학했고 근위대에 들어갔다. 잘생기고 체격도 좋은 그는 주로 중산층 야회에 참석하며 거의 최고의 댄스 파트너로 여겨졌지만 상류 사회에는 들어갈 길이 없었다. 그는 젊어서부터 두 가지 꿈을 가지고 있었다. 하나는 시종무관이 되는 것이고, 다른 하나는 유리하게 결혼하는 것이었다. 그는 곧 첫 번째 꿈을 포기했지만 두 번째 꿈에 더욱 끈질기게 매달렸다. 그 때문에 매년 겨울 모스크바에 갔다. 니콜라이 아르툐미예비치는 프랑스 말을 꽤 잘했고, 담배를 피우지 않았기 때문에 철학자로 알려져 있었다. 겨우 소위보(少尉補)였던 그는 집요하게 논쟁하는 것을 좋아했다. 예를 들어, 사람이 평생 동안 전 세계를 돌아다닐 수 있는가, 바다 밑바닥에서 일어나는 일을 알 수 있는가 등에 대해 논쟁하기를 좋아했는데, 그는 항상 불가능하다는 의견을 견지했다.

니콜라이 아르툐미예비치는 스물다섯 살 때 안나 바실리예브나를 '낚아 올렸다.' 그는 퇴역한 후 영지 관리를 위해 시골로 갔지만 시골 생활에 곧 싫증이 났고, 영지도 소작을 주었다. 그리고 모스크바에 있는 아내의 집에 들어앉았다. 젊은 시절에는 전혀 노름을 하지 않았지만 이때부터 로토*에 빠졌고, 로토가 금지되자 예랄라시 게임*에 빠졌다. 집에서 따분했던 그는 독일 태생의 과부와 눈이 맞아 거의 모든 시간을 그녀의 집에서 보냈다. 1853년 여름에는 쿤체보로 가지 않았다. 광천요법을 핑계 삼아 모스크바에 남았는데, 실은 그 과부와 헤어지고 싶지 않았기 때문이다. 그러나 과부와도 별로 이야기를 나누지 않았고, 역시 날씨를 예측할 수 있는가 등에 대해 더 많은 논쟁을 벌였다. 언젠가 누군가가 그를 '프롱되르'*라고 불렀는데, 그는 이 칭호가 무척 마음에 들었다. "그래," 그는 만족한 듯이 입꼬리를 내리고 몸을 흔들며 말했다. "나는 쉽게 만족하지 않아. 나는 속임수에 걸려들지 않으니까." 니콜라이 아르툐미예비치의 불평하는 태도는, 예컨대 '신경'이라는 말을 들으면 '도대체 신경이란 무엇인가?'라고 말하거나 누군가가 천문학의 성과에 대해 언급하면 '당신은 천문학을 믿소?'라고 말하는 데서 드러났다. 논쟁에서 상대방을 완전히 꺾어 놓고 싶을 때는 '그런 건 모두 미사여구에 불과해'라고 말하곤 했다. 이런 반박은 많은 사람에게 논박할 수 없는 것으로 보였다(지금까지도 그렇게 보인다). 하지만 니콜라이 아르툐미예비치는 아브구스티나 흐리스티아노브나가 사촌인 페오돌린다 페테르질리우스에게 보낸 편지에서 그를 '나의 멍청이'라고 부르리라고는 상상조차 하지 못했다.

니콜라이 아르툐미예비치의 아내 안나 바실리예브나는 작고 마른 체구에 얼굴선이 섬세한 여자로, 걸핏하면 흥분과 슬픔에 빠졌다. 기숙학교에서는 음악을 공부하고 소설을 읽었는데, 후에 이 모든 것을 포기하고 몸치장을 하기 시작했다. 하지만 이것도 그만두었다. 딸의 교육에도 열중하려 했으나 이번에는 몸이 약해져 딸을 가정교사의 손에 맡겼다. 결국 그녀가 한일이라곤 조용히 흥분하고 슬퍼하는 것뿐이었다. 엘레나 니콜라예브나를 낳은 뒤에는 건강이 나빠져 더 이상 아이를 가질 수 없었다. 니콜라이 아르툐미예비치는 이런 상황을 암시하며, 아브구스티나 흐리스티아노브나와의 교제를 정당화했다. 안나 바실리예브나는 남편의 외도로 몹시 괴로워했다. 특히 남편이 속임수로 그녀, 즉 안나 바실리예브나의 양마장(養馬場)에서 회색 말 한 쌍을 그 독일 여자에게 선물했다는 사실에 마음 아파했다. 그녀는 대놓고 남편을 비난한 적이 한 번도 없지만 집 안사람들에게 돌아가면서, 심지어 딸에게도 은근히 불평을 했다. 안나 바실리예브나는 외출을 좋아하지 않았고, 손님이 찾아와서 무언가 얘기해 주는 걸 좋아했으며, 고독하면 곧장 앓아누웠다. 그녀의 마음은 매우 사랑스럽고 부드러웠지만 삶은 곧 그녀를 짓밟아버렸다.

파벨 야코블레비치 슈빈은 그녀의 육촌 조카였다. 그의 아버지는 모스크바에서 복무했다. 그의 형들은 육군유년학교에 입학했고, 어머니의 총애를 한 몸에 받던 막내 파벨은 허약해서 집에 남아 있었다. 그는 대학에 배정되었고, 김나지움*을 어렵게 다니고 있었다. 그는 어릴 적부터 조각에 소질을 보이기 시작했다. 어느 날 풍채 좋은 볼긴 원로원 의원이 안나 바실리예브나의 집에 왔다가 슈빈의 조각상(당시 그는 열여섯 살이었다)을 보고 젊은 천재를 후원하겠다고 선언했다. 슈빈의 아버지의 갑작스러운 죽음은 젊은이의 미래를 완전히 바꿔 놓을 뻔했다. 천재의 후원자인 원로원 의원은 그에게 호메로스의 석고 흉상을 선물했는데, 그게 전부였다. 하지만 안나 바실리예브나가 돈을 대줘서 열아홉 살 때 겨우 대학 의학부에 입학했다. 파벨은 의학에 전혀 취미를 느끼지 못했으나 당시 학생 정원제에 따라 다른 어떤 학부에도 들어갈 수 없었다. 게다가 해부학을 공부하고 싶었지만 배우지 못하고 2학년으로 진급하지도 못했다. 그는 자신의 천직에 전념할 생각으로 시험 직전에 대학을 떠났다. 그리고 열심히 일했지만 이따금 그랬고, 모스크바 인근을 돌아다니며 농사꾼 처녀의 초상을 빚고 그리면서 노소귀천을 가리지 않고 다양한 사람과 사귀곤 했다. 그중에는 모형(模型)을 만드는 이탈리아인도 있었고 러시아 화가도 있었다. 그는 미술아카데미에 대해서는 전혀 관심을 두지 않았고, 어떤 교수도 인정하지 않았다. 그는 확실한 재능을 가지고 있었고, 모스크바에서 이름을 알리기 시작했다. 그의 어머니는 파리의 명문가 출신으로 선량하고 현명한 여자였다. 그녀는 아들에게 프랑스어를 가르쳤고 밤낮으로 그를 돌보며 자랑스러워했다. 젊은 나이에 폐병으로 죽어 가면서 안나 바실리예브나에게 아들을 맡아 달라고 간청했다. 당시 슈빈은 이미 스물 한 살이었다. 안나 바실리예브나는 그녀의 마지막 소원을 들어주었다. 슈빈은 다차 곁채의 작은 방 하나를 차지했다.

4

"자, 식사하러 가요, 갑시다." 여주인이 애처로운 목소리로
말했다. 모두들 식당으로 갔다. "내 옆에 앉아요, 조에*." 안나
바실리예브나가 말했다. "그리고 헬렌*, 너는 손님 대접을 해
라. 폴*, 너는 제발 장난 좀 그만 치고 조에를 못살게 굴지 마. 오
늘 머리가 아파요."

슈빈이 다시 하늘을 향해 두 눈을 들어올렸다. 조에는 어중
간한 미소로 대답했다. 조에―정확히 말하면 조야 니키티시나
뮬러―는 사랑스러운 러시아계 독일 처녀로 붉고 작은 입술에
코끝이 잘록 들어가고 금발에 통통했으며 약간 사시였다. 그
녀는 러시아 로망스를 곧잘 불렀고, 경쾌하고 감상적인 다양한
곡을 피아노로 깔끔하게 연주했다. 멋지게 옷을 입었지만, 어
쩐지 앳되고 너무 단정해 보였다. 안나 바실리예브나는 그녀를
딸의 말동무로 데려왔지만 거의 항상 자기 곁에 붙잡아 두었
다. 옐레나는 이에 대해 불평하지 않았고, 조야와 단 둘이 있을

때는 무슨 얘기를 해야 할지 전혀 몰랐다.

식사는 꽤 오랫동안 계속되었다. 베르세네프는 옐레나에게 대학생활, 자신의 의도와 희망에 대해 얘기했다. 슈빈은 귀를 기울이고 침묵하면서 엄청 게걸스럽게 먹어 댔다. 그러다 이따금 조야를 향해 희극적이고 침울한 눈길을 던졌고, 그녀는 여전히 차가운 미소로 대답하곤 했다. 식사 후 옐레나, 베르세네프, 슈빈은 정원으로 나갔다. 조야는 잠시 그들의 뒷모습을 바라보다 가볍게 어깨를 으쓱하더니 피아노 앞에 앉았다. 안나 바실리예브나는 "왜 너는 산책하러 나가지 않니?"라고 말하려다 대답을 기다리지 않고 덧붙였다. "무언가 아주 슬픈 노래를 연주해 주렴……."

"베버*의 〈최후의 상념〉을 연주할까요?" 조야가 물었다.

"오, 그래, 베버의 곡을 연주해 봐." 안락의자에 주저앉으며 안나 바실리예브나가 말했다. 그녀의 속눈썹에 살짝 눈물이 맺혔다.

한편 옐레나는 두 친구를 아카시아 정자로 데려갔다. 정자 한가운데 작은 나무 테이블과 그 주위에 벤치가 있었다. 슈빈은 주위를 둘러보고 몇 번 껑충껑충 뛰더니 "잠시 기다리시오!"라고 속삭이듯 말하고 자기 방으로 달려가 진흙 한 덩어리를 가져와 고개를 흔들며 뭐라 웅얼거리고 웃기도 하면서 조야의 형상을 빚기 시작했다.

"또 오래된 장난이군요." 옐레나는 슈빈이 하는 일을 힐끗 쳐다보고 말했다. 그리고 베르세네프를 바라보며 식사 중에 시작한 이야기를 계속했다.

"오래된 장난이라." 슈빈이 되뇌었다. "창작의 대상은 정말 무궁무진하죠! 오늘은 특히 그녀가 내 인내심을 시험했습니다."

"그건 왜죠?" 옐레나가 물었다. "어떤 사악하고 불쾌한 노파 이야기를 하는 것 같군요. 예쁘고 젊은 아가씨가……."

"물론" 슈빈은 그녀의 말을 가로막았다, "그녀는 예쁘고 아주 멋져요. 누구든 지나가다 그녀를 보면 '저 여자와 폴카를 추면 얼마나 좋을까……'라고 반드시 생각할 겁니다. 그녀도 그걸 알면서 즐기고 있다고 확신해요……. 그런데 왜 수줍게 얼굴을 찡그리고 얌전을 떨까요? 글쎄, 당신은 내가 무슨 말을 하려는지 알고 있어요." 그는 이를 악물고 덧붙였다. "하지만 지금 당신은 다른 일로 바쁘죠."

조야의 형상을 뭉개 버린 슈빈은 짜증이 난 듯 서둘러 진흙을 빚고 이기기 시작했다.

"그래서 당신은 교수가 되고 싶으신가요? 옐레나가 베르세네프에게 물었다.

"네." 베르세네프는 무릎 사이로 붉은 손을 밀어 넣으며 대답했다. "그것이 내가 좋아하는 꿈이지요. 물론 그런 훌륭한 사람이 되기에는 부족한 것이 많다는 것을 아주 잘 알고 있습니다……. 준비가 너무 부족하다고 말하고 싶지만, 해외로 나갈 수 있는 허가를 받고 싶어요. 필요하다면 거기에 3~4년 머물다가……."

그는 말을 멈추고 눈을 내리뜨더니 재빨리 눈을 치켜떴다. 그리고 어색하게 미소를 지으며 머리칼을 매만졌다. 베르세네프는 여자와 이야기할 때 말이 더욱 느려지고 혀짤배기소리를 냈다.

"역사 교수가 되고 싶으신가요?" 옐레나가 물었다.

"네, 아니면 철학 교수." 베르세네프는 목소리를 낮추며 덧붙였다. "만일 그게 가능하다면요."

"지금 그는 철학에서 이미 악마만큼 강하죠." 슈빈이 손톱으로 진흙에 깊은 선을 그리며 말했다. "그런데 왜 해외로 나가야 할까?"

"그러면 당신은 그 자리에 충분히 만족하겠군요?" 옐레나는 팔꿈치로 턱을 괴고 그의 얼굴을 똑바로 바라보며 물었다.

"충분하지요, 옐레나 니콜라예브나, 충분해요. 그 이상의 천직이 어디 있겠어요? 정말로 티모페이 니콜라예비치*의 발자취를 따라 가는 거니까요⋯⋯. 그런 활동에 대해 생각만 해도 내 마음은 기쁨과 당혹감으로 가득 찹니다. 그래요⋯⋯. 당혹감, 그 당혹감은 나의 부족함을 의식하는 데서 생기는 거죠. 돌아가신 아버지는 나의 이런 목표를 축복해 주셨죠⋯⋯. 아버지의 마지막 말씀을 결코 잊을 수 없습니다."

"아버님이 이번 겨울에 돌아가셨죠?"

"네, 옐레나 니콜라예브나, 2월에요."

"아버님이" 옐레나가 말을 이었다. "훌륭한 원고를 남기셨다고들 하던데, 정말이에요?"

"네, 그래요. 아버지는 정말 훌륭한 분이셨어요. 당신도 그분을 좋아했을 겁니다, 옐레나 니콜라예브나."

"저도 그렇게 믿어요. 그 저서의 내용은 뭐예요?"

"그 내용은 말입니다, 옐레나 니콜라예브나, 몇 마디로 말하기가 어렵습니다. 아버지는 셸링*파의 학자로 이따금 모호한 표현을 사용해서……."

"안드레이 페트로비치" 옐레나가 그의 말을 가로막았다. "저의 무지를 용서하세요. 셸링파라는 게 무슨 의미죠?"

베르세네프가 살짝 미소를 지었다.

"셸링파란 독일 철학자 셸링의 추종자를 말합니다. 셸링의 학설이 뭐냐 하면……."

"안드레이 페트로비치!" 슈빈이 갑자기 외쳤다. "제발 그만두게! 옐레나 니콜라예브나에게 셸링을 강의하려고 하나? 좀 봐주게!"

"전혀 강의가 아니야." 베르세네프가 말을 더듬으며 얼굴을 붉혔다. "내 의도는……."

"왜 강의를 해서는 안 되나요?" 옐레나가 끼어들었다. "우리에겐 강의가 많이 필요해요, 파벨 야코블레비치."

슈빈은 옐레나에게 시선을 돌리고 갑자기 껄껄 웃기 시작했다.

"뭐가 그리 우습죠?" 옐레나가 차갑고 거의 날카로운 어조로 물었다.

슈빈은 잠자코 있었다.

"자, 됐어요. 화내지 마세요." 잠시 후 슈빈이 말했다. "내가 잘못했습니다. 하지만 사실 말이지, 지금 이렇게 좋은 날씨에, 이런 나무 그늘 아래에서 철학을 논하는 것은 좀 이상하지 않나요? 차라리 꾀꼬리와 장미, 젊은 눈동자와 미소에 대해 이야기합시다."

"네. 그리고 프랑스 소설이나 여자의 옷차림에 대해서도 이야기하죠." 옐레나가 말을 이었다.

"실례지만, 누더기에 대한 이야기도 좋지요." 슈빈이 대꾸했다. "그것이 아름답다면야."

"그럴지도 모르죠. 하지만 우리가 누더기에 대해 이야기하고 싶지 않다면요? 스스로를 자유로운 예술가라면서 왜 남의 자유를 침해하죠? 하나 묻겠는데요, 그렇게 생각하면서 왜 조야를 공격하세요? 누더기나 장미에 대해 조야와 이야기하면 아주 좋을 텐데요."

슈빈은 갑자기 얼굴을 확 붉히더니 벤치에서 벌떡 일어났다.

"아, 그런가요?" 그는 불안정한 목소리로 말하기 시작했다. "당신의 암시를 알겠어요. 나를 그녀에게 보내려는 거죠, 옐레나 니콜라예브나! 다시 말해, 내가 여기서 불필요한 사람이라는 거죠?"

"당신을 여기서 내보낼 생각은 없었어요."

"당신은 이렇게 말하고 싶은 겁니다." 슈빈은 벌컥 화를 내며 말을 이었다. "나는 다른 사람들과 어울릴 만한 가치가 없고, 그녀의 짝으로나 어울리고, 그 달콤한 독일 아가씨처럼 공허하고 어리석고 저속하다는 거죠. 그렇지 않습니까?"

엘레나는 눈썹을 찡그렸다.

"당신은 그녀에 대해 항상 그렇게 말하지는 않았어요, 파벨 야코블레비치." 엘레나가 말했다.

"아하! 비난이군! 이제 비난이군!" 슈빈이 소리쳤다. "그래요, 나는 숨기지 않습니다. 한 순간, 즉 한 순간만이라도 그 신선하고 저속한 뺨이……. 하지만 만일 내가 당신에게 비난으로 되갚고, 당신에게 상기시켜 주고 싶은 일도 있지만…… 안녕히 계세요." 슈빈은 갑자기 덧붙였다. "내가 무슨 허튼소리를 할지 모릅니다."

그는 머리 모양으로 빚은 진흙을 한 손으로 내려치고 정자에서 뛰어나가 자기 방으로 가버렸다.

"정말 어린애예요." 슈빈의 뒷모습을 바라보며 엘레나가 말했다.

"예술가죠." 베르세네프가 조용히 미소 지으며 말했다. "예술가들은 모두 저렇죠. 그들의 변덕은 용서해 줘야 합니다. 그건 그들의 권리죠."

"그래요." 엘레나가 대꾸했다. "하지만 그는 지금껏 그런 권리를 얻을 만한 일을 전혀 하지 않았어요. 지금까지 그가 한 게 뭐죠? 팔을 내게 주시고, 가로수 길을 따라 걸어요. 그가 우리를 방해했어요. 우리는 당신 아버님의 저서에 대해 말하고 있었어요."

베르세네프는 엘레나의 손을 잡고 함께 정원을 거닐었지만 너무 일찍 중단된 대화는 다시 이어지지 않았다. 베르세네프는 교수의 자격과 향후 활동에 대한 견해를 다시 밝히기 시작했다. 그는 옐레나 곁에서 조용히 걸었으나 어색하게 발을 떼고, 서툴게 그녀의 팔을 받치며, 이따금 어깨로 그녀를 밀치고, 단 한 번도 그녀를 쳐다보지 않았다. 그의 말은 전혀 자연스럽지 않았으나 술술 흘러나왔고, 간략하고 분명하게 자신을 표현했다. 나무줄기, 오솔길 위의 모래, 풀 위를 천천히 오가는 그의 눈길에는 고귀한 감동이 조용히 빛났고, 차분한 목소리에는 소중한 사람에게 솔직히 얘기할 수 있다는 사실에 기뻐하는 사람의 마음이 담겨 있었다. 옐레나는 주의 깊게 그의 말을 들으며 반쯤 고개를 돌려 그의 약간 창백한 얼굴과 그녀의 시선을 피하지만 친절하고 온화한 그의 눈에서 눈길을 떼지 않았다. 그녀의 영혼이 열리고 있었고, 무언가 부드럽고 정의롭고 선한 것이 그녀의 마음속에 흘러들어 와 자라나고 있었다.

5

슈빈은 해가 질 때까지 방에서 나오지 않았다. 이미 완전히 어두워져서 이지러진 달이 하늘 높이 떠 있고, 은하수가 하얗게 빛나고, 별들이 반짝이기 시작했을 때 베르세네프는 안나 바실리예브나와 옐레나, 조야에게 작별 인사를 하고 친구의 방문 쪽으로 다가갔다. 그는 문이 잠겨 있는 것을 발견하고 노크했다.

"누구요?" 슈빈의 목소리가 울려 퍼졌다.

"나야." 베르세네프가 대답했다.

"무슨 일인가?"

"날 들여보내 줘, 파벨. 변덕은 그만 부리고. 부끄럽지도 않나?"

"변덕은 무슨 변덕이야. 잠을 자면서 조야의 꿈을 꾸고 있네."

"제발, 그만 해. 자넨 어린애가 아니야. 날 들여보내 줘. 자네

하고 얘기 좀 해야겠어."

"옐레나와 실컷 얘기했잖아?"

"그만하게, 그만해. 날 좀 들여보내 줘!"

슈빈은 대답 대신 일부러 코를 고는 척했다. 베르세네프는 어깨를 으쓱하고 집으로 향했다.

밤은 따스하고, 마치 주위의 모든 것이 귀를 기울이고 망을 보는 것처럼 왠지 유난히 고요했다. 움직이지 않는 안개에 휩싸인 베르세네프는 무의식적으로 걸음을 멈추고 귀를 기울이며 살펴보았다. 근처 나무 꼭대기에서 여인의 옷자락 스치는 소리 같은 미세한 바스락거림이 일렁였는데, 베르세네프의 마음속에 달콤하고 으스스한 느낌, 거의 공포와 같은 느낌을 불러일으켰다. 소름이 뺨을 타고 흘러내리고, 그의 눈은 순간적인 눈물로 차가워졌다. 그는 아주 조용히 발걸음을 옮겨 몰래 몸을 숨기고 싶었다. 세찬 바람이 옆에서 불어왔다. 그는 살짝 몸을 떨고 그 자리에 우뚝 멈춰 섰다. 잠자던 딱정벌레가 나뭇가지에서 떨어져 길바닥에 부딪쳤다. 베르세네프는 '아!' 하고 조용히 외치고 다시 걸음을 멈추었다. 그러나 옐레나를 생각하기 시작하자 이 모든 순간적 느낌이 단번에 사라졌고, 밤의 신선함과 밤 산책에 대한 생생한 인상만 남았다. 젊은 처녀의 형상이 그의 영혼을 온통 차지했다. 베르세네프는 고개를 숙인 채 걸어가며 그녀의 말과 질문을 떠올렸다. 그때 뒤에서 잰걸음 소리가 들려오는 것 같았다. 그는 귀를 기울였다. 누군가가 뛰어서 그를 따라잡고 있었고, 간헐적인 숨소리가 들려왔다.

큰 나무에서 떨어진 검은 그림자 속에서 슈빈이 헝클어진 머리에 모자도 쓰지 않은 채 달빛에 창백한 얼굴로 눈앞에 불쑥 나타났다.

"자네가 이 길로 가고 있어서 다행이군." 슈빈이 힘겹게 말했다. "자네를 따라잡지 못했다면 밤새 잠을 못 잤을 거야. 내게 손을 줘. 집으로 가는 길이지?"

"집으로 가네."

"그럼 같이 가세."

"모자도 안 쓰고 어떻게 간단 말인가?"

"괜찮아. 넥타이도 풀어 버렸어. 지금은 따뜻해."

두 친구는 몇 걸음을 떼었다.

"정말 오늘 내가 아주 어리석었지?" 별안간 슈빈이 물었다.

"솔직히 말해 그랬어. 자네를 이해할 수 없었어. 그런 모습을 처음 봤어. 왜 그렇게 화를 냈나? 그런 사소한 일로?"

"흐흠" 슈빈이 웅얼거렸다. "자네는 그렇게 말하지만 내겐 사소한 일이 아니야. 자네도 알다시피" 슈빈이 덧붙였다. "나는…… 자네가 날 어떻게 생각하든…… 나는…… 그래! 나는 옐레나를 사랑해!"

"옐레나를 사랑한다고!" 베르세네프가 되뇌며 멈춰 섰다.

"그래!" 애써 태연한 척하면서 슈빈은 말을 이었다. "내 말에 놀랐나? 할 말이 더 있어. 오늘 저녁까지 시간이 흐르면 그녀도 날 사랑하리라고 기대했지. 하지만 오늘은 더 이상 기대할 게 없다는 것을 확인했네. 그녀는 다른 사람을 사랑하고 있었어."

"다른 사람을? 누구?"

"누구라니? 자네지!" 슈빈은 외치면서 베르세네프의 어깨를 툭 쳤다.

"나를!"

"자네를!" 슈빈이 되뇌었다.

베르세네프는 한 걸음 뒤로 물러나 움직이지 않고 서 있었다. 슈빈은 그를 주의 깊게 바라보았다.

"내 말에 놀랐나? 자네는 겸손한 청년이야. 하지만 그녀는 자네를 사랑하고 있어. 이 점에 대해 안심해도 좋아."

"무슨 말도 안 되는 소리야!" 마침내 베르세네프가 짜증을 내며 말했다.

"아니, 쓸데없는 소리가 아니야. 그런데 우리가 왜 이렇게 서 있지? 앞으로 가세. 걷는 게 더 편해. 나는 그녀를 오래전부터 알고 있었고, 그래서 그녀를 잘 알고 있네. 내가 틀릴 리가 없어. 자네가 그녀 마음에 들었단 말이네. 내가 그녀 마음에 든 때도 있었지. 그러나 첫째, 그녀에게 나는 너무나 경박한 젊은이야. 그런데 자넨 진지한 사람이고 도덕적으로나 육체적으로 정결한 인간이네. 자네는…… 가만…… 내 말 아직 끝나지 않았어. 자네는 양심적이고 온건한 열광자고 과학 신봉자들의 진정한 대표자며, 그중 러시아 중류 귀족 계급이 아주 당연히 자랑스러워하는 사람이야. 그리고 둘째, 며칠 전 나는 조야의 손에 키스하다가 옐레나에게 들켰거든!"

"조야의 손에?"

"그래, 조야의 손에. 날더러 어쩌란 말인가? 그녀의 어깨는 정말 멋지거든."

"어깨라고?"

"그래, 어깨나 손이나 마찬가지 아닌가? 엘레나는 점심 식사 후 내가 이런 짓을 마음 놓고 하는 것을 보았다네. 그런데 식사 전에는 그녀 앞에서 조야에 대해 험담을 했었거든. 유감스럽게도 엘레나는 이런 모순의 자연스러움을 이해하지 못해. 그때 바로 자네가 갑자기 나타난 거야. 자네는 이상주의자고, 믿고 있지……. 그런데 자네가 뭘 믿고 있지? 자네는 얼굴을 붉히고 부끄러워하며 실러와 셸링에 대해 설명하지(그녀는 항상 훌륭한 사람들을 찾고 있거든). 바로 자네가 승리했네. 그런데 불행한 나는 농담이나 하려고 애쓰지……. 그리고…… 그리고…… 그러는 사이에……."

슈빈은 갑자기 울음을 터뜨리며 옆으로, 한쪽으로 물러나 땅에 주저앉아 머리카락을 움켜쥐었다.

베르세네프가 슈빈에게 다가갔다.

"파벨," 베르세네프가 입을 열었다. "이게 무슨 어린애 같은 짓인가? 제발 이러지 말게. 오늘 자네에게 무슨 일이라도 있나? 도대체 무슨 쓸데없는 생각을 하고, 이렇게 울고 있는지 모르겠군. 솔직히 자네가 연극을 하는 것처럼 보여."

슈빈은 고개를 들었다. 달빛에 비친 그의 뺨에 눈물이 반짝였지만, 얼굴은 미소를 짓고 있었다.

"안드레이 페트로비치," 슈빈이 입을 열었다. "나에 대해 어떻게 생각하든 상관없네. 지금 내가 히스테리 상태라는 것도 인정하겠지만, 나는 정말로 엘레나를 사랑하네. 그런데 엘레나는 자네를 사랑하고 있어. 하지만 자네를 집에 데려다주기로 약속했으니 약속은 지키겠네."

슈빈이 일어섰다.

"얼마나 멋진 밤인가! 은빛 어린 어두운 청춘의 밤! 사랑받는 사람들에게 이런 밤은 얼마나 좋을까! 잠 못 이루는 그들은 얼마나 즐거울까! 자네는 잠을 잘 건가, 안드레이 페트로비치?"

베르세네프는 아무 대답도 하지 않고 발걸음을 재촉했다.

"어딜 가려고 그렇게 급히 서두르나?" 슈빈이 말을 이었다. "내 말을 믿게. 이런 밤은 자네 일생에 두 번 다시 오지 않아. 하지만 집에서 셸링이 자넬 기다리고 있겠지. 사실, 오늘 그가 자네에게 봉사했어. 그렇다고 서두르지는 말게. 노래를 부를 수 있다면 더 크게 부르고, 노래를 부를 수 없다면 모자를 벗고 고개를 뒤로 젖히고 별들에게 미소를 보내게. 별들이 모두 자네를, 자네만을 바라보고 있군. 별들이 하는 일이란 사랑에 빠진 사람들을 그저 내려다보는 것이니까. 그래서 별들이 저렇게 아름다운 거야. 자네도 사랑에 빠져 있지 않나, 안드레이 페트로비치……? 대답하지 않는군……. 왜 대답하지 않나?" 슈빈이 다시 입을 열었다. "오, 자네가 행복하다고 느끼면 침묵, 침묵하게! 내가 이렇게 수다를 떠는 건 사랑받지 못하는 불행한 인간이고, 마술사고 어릿광대기 때문이야. 하지만 내가 사랑받고 있다는 걸 안다면, 나는 이 밤의 대기 속에서, 저 뭇별 아래서, 저 다이아몬드 같은 별들 아래서 얼마나 고요한 환희를 맛보았을까……! 베르세네프, 행복해?"

베르세네프는 여전히 침묵하며 평평한 길을 따라 빠른 걸음으로 걸어갔다. 앞쪽에, 나무들 사이로 그가 사는 마을의 불빛이 깜박이기 시작했다. 마을에는 작은 다차가 모두 열 채쯤 있었다. 마을 어귀의 한길 오른쪽에는 가지가 무성한 두 그루의 자작나무 아래에 가게가 하나 있었다. 가게 창문은 이미 모두 닫혀 있었지만, 열린 문틈으로 넓게 퍼진 빛줄기가 짓밟힌 풀밭 위에 부챗살 모양으로 떨어져 나무 사이로 뻗어 올라가 무성한 잎사귀의 희끄무레한 뒷면을 선명하게 비추고 있었다. 하녀처럼 보이는 한 처녀가 문지방을 등지고 가게에 서서 주인과 흥정하고 있었다. 그녀는 머리에 쓴 붉은 수건 끝을 맨손으로 턱에 누르고 있었는데, 그 수건 아래로 동그란 뺨과 가느다란 목이 보일락 말락 했다. 젊은이들은 빛줄기 속으로 들어섰고, 슈빈이 가게 안을 흘끗 들여다보다가 걸음을 멈추고 "안누시카" 하고 외쳤다. 처녀가 몸을 홱 돌렸다. 쾌활한 갈색 눈에 까만 눈썹을 한, 약간 넓적하지만 귀엽고 생기 넘치는 얼굴이 보였다. "안누시카!" 슈빈이 다시 한 번 외쳤다. 처녀는 슈빈을 보고 깜짝 놀라며 부끄러워했다. 그녀는 물건을 사다말고 현관에서 내려와 재빨리 두 사람 옆을 스쳐 지나갔다. 그리고 힐끔힐끔 주위를 살피면서 길을 건너 왼쪽으로 걸어갔다. 교외의 모든 소상인처럼 뚱뚱하고 세상만사에 무관심한 가게 주인은 그녀의 등 뒤에 대고 투덜거리며 하품을 했다. 슈빈이 베르세네 프에게 말했다. "이건…… 이건…… 알다시피…… 여기에 내 가 아는 가족이 살고 있는데…… 이건 그 집의…… 오해는 말 게……." 그러고는 말끝도 맺지 않고 가 버린 처녀의 뒤를 따라 달려갔다.

"어쨌든 눈물이나 닦아." 베르세네프는 외치면서 터져 나오 는 웃음을 참지 못했다. 그러나 집에 돌아왔을 때 그의 얼굴에 서 즐거운 표정이 사라졌고, 더 이상 웃지도 않았다. 그는 슈빈 이 한 말을 한 순간도 믿지 않았으나 그가 한 말은 마음속 깊이 새겨졌다. '파벨이 날 놀린 거야.' 그는 생각했다……. '하지만 그녀도 언젠가는 사랑을 하겠지……. 그녀는 누구를 사랑하게 될까?'

베르세네프의 방에는 비록 맑지는 않았지만 부드럽고 기분 좋은 음색을 지닌 작고 낡은 피아노가 한 대 있었다. 베르세네 프는 피아노 앞에 앉아 화음을 짚기 시작했다. 러시아의 모든 귀족과 마찬가지로 그도 젊은 시절에 음악을 배웠다. 그는 거 의 모든 러시아의 귀족처럼 서투르게 연주했지만 음악을 열렬 히 사랑했다. 사실 그가 사랑한 것은 예술 자체나 음악이 표현 되는 형식(교향곡과 소나타, 심지어 오페라조차도 그에게 우 울함을 불러일으켰다)이 아니라 음악의 자연스러운 힘이었다. 다시 말해 소리의 조합과 변조가 영혼 속에 불러일으키는 모호 하고 달콤하며 특정 대상이 없고 모든 것을 아우르는 그 감각 을 사랑했다. 그는 한 시간 이상 피아노를 떠나지 않고 같은 화음을 몇 번이나 반복해서 짚고, 서툴게 새 화음을 찾아내고, 단(短)7도에 멈춰 가슴을 조이기도 했다. 그의 심장은 아팠고, 여러 번 두 눈에 눈물이 가득 고였다. 그는 눈물을 부끄러워하지 않았는데, 어둠 속에서 눈물을 흘렸기 때문이다. '파벨이 옳아.' 그는 생각했다. '이런 밤은 두 번 다시 오지 않을 거야.' 마침내 그는 일어나서 촛불을 켜고 실내복을 걸친 뒤 책장에서 라우머*의 『호엔슈타우펜 왕가의 이야기』 제2권을 꺼냈다. 그러고 두어 번 한숨을 내쉬고 열심히 읽기 시작했다.

6

한편 엘레나는 자기 방으로 돌아와 열린 창문 앞에 앉아 두 손으로 머리를 괴었다. 매일 저녁 15분쯤 방 창가에서 시간을 보내는 것이 습관이 되었다. 이 시간 동안 그녀는 자신과 대화하며 지나간 하루를 곰곰이 생각해 보곤 했다. 그녀는 최근에 만 스무 살이 되었다. 큰 키에 얼굴이 가무잡잡한 그녀는 둥근 눈썹 아래 작은 주근깨로 둘러싸인 커다란 회색 눈, 완벽하게 반듯한 이마와 코, 꼭 다문 입, 꽤 날카로운 턱을 가지고 있었다. 그녀의 짙은 아마빛 머리채는 가느다란 목에 길게 늘어져 있었다. 그녀의 존재 전체, 신중하고 약간 겁먹은 듯한 얼굴 표정, 맑지만 변화무쌍한 시선, 긴장한 듯한 미소, 조용하지만 고르지 못한 목소리에는 무언가 신경질적이고 강렬한 것, 무언가 충동적이고 성급한 것, 한마디로 모두가 좋아할 수는 없는, 심지어 어떤 사람들에게 반감을 주는 그 무언가가 있었다. 그녀의 손은 가늘고 분홍빛이었으며 긴 손가락을 가졌고, 다리도 역시 가늘었다. 그리고 약간 몸을 앞으로 기울이고 내닫듯이 빨리 걸었다. 그녀는 매우 이상하게 성장했다. 처음에는 아버지를 숭배하다가 어머니에게 강한 애착을 보였고, 나중에는 부모에게, 특히 아버지에게 냉담해졌다. 최근에는 어머니를 아픈 할머니처럼 대하고 있다. 딸이 비범한 아이로 이름을 날리는 동안 자랑스러워하던 아버지는 딸이 성장하자 그녀를 두려워하게 되었고, 딸을 열광적인 공화주의자라고 부르며, 대체 누구를 닮았는지 모르겠다고 말하곤 했다! 그녀는 나약함에 몹시 분개하고 어리석음에 화를 냈으며, 거짓말은 '영원히' 용서하지 않았다. 그녀는 자신의 요구를 결코 양보하지 않았고, 기도하면서 비난의 말을 자주 했다. 일단 그녀의 존경을 잃어버리면―그런데 그녀는 판단을 빨리, 종종 너무 빨리 내렸다―그 사람은 그녀에게 더 이상 존재하지 않는 사람이 되었다. 모든 인상은 그녀의 영혼 속에 날카롭게 각인되었고, 삶은 그녀에게 쉽지 않았다.

안나 바실리예브나가 딸의 교육을 마무리하도록 맡긴 가정교사는(덧붙여 말하자면, 생활에 따분함을 느낀 이 귀부인은 처음부터 딸의 교육에 관여하지 않았다) 러시아인 출신으로, 파산한 뇌물 수수자의 딸이었는데, 여학생 출신이고 매우 감상적이고 친절했으나 거짓말을 잘 하는 여자였다. 그녀는 계속 사랑에 빠졌고, 1850년(옐레나가 만 열일곱 살일 때)에 한 장교와 결혼했으나 곧 버림을 받았다. 이 가정교사는 문학을 무척 좋아했고 직접 시를 쓰기도 했다. 그녀는 옐레나에게 독서

취미를 길러 주었으나 옐레나는 독서만으로 만족할 수 없었다. 어릴 적부터 활동적이고 선한 일을 갈망한 그녀는 가난하고 굶주리고 병든 사람들에게 관심을 보였고, 그들을 보고 불안과 고통을 느꼈다. 그녀는 꿈에서 그런 사람들을 보고 모든 지인에게 그들에 대해 캐묻곤 했다. 그리고 거의 흥분한 상태에서 무의식적으로 엄숙하고 조심스럽게 자선을 베풀었다. 학대받는 모든 동물, 삐쩍 마른 마당 개, 사형선고를 받은 새끼 고양이, 둥지에서 떨어진 참새, 심지어 벌레와 파충류까지도 옐레나의 비호와 보호를 받았다. 그녀는 그들을 꺼리지 않고 직접 먹이를 주었다. 어머니는 딸을 방해하지 않았으나 아버지는 딸의—그의 표현을 빌면—저속한 애정에 대해 몹시 화를 내면서 개와 고양이들 때문에 집 안에 발 디딜 곳이 없다고 말했다. "레노치카" 그는 딸에게 소리치곤 했다. "빨리 와, 거미가 파리 피를 빨고 있다. 이 불쌍한 녀석을 구해 줘라." 그러면 레노치카가 깜짝 놀라 달려와서 파리를 구해 내고 파리 다리에 붙은 거미줄을 떼어 내곤 했다. "자, 네가 그렇게 착하다면, 이제 너를 물게 해라." 아버지가 빈정거리듯 말했지만 그녀는 들은 척도 하지 않았다. 열 살 때, 옐레나는 카탸라는 거지 소녀를 알게 되었고, 몰래 정원으로 가서 그 애에게 맛있는 사탕도 주고 머릿수건이며 10코페이카짜리 은전을 선물하기도 했다. 카탸는 장난감은 받지 않았다. 옐레나는 쐐기풀 덤불 뒤 초목이 빽빽이 우거진 숲속 마른 땅 위에 카탸와 나란히 앉아서는, 즐거움과 겸손함이 뒤섞인 마음으로 카탸의 딱딱한 빵을 먹으며 소녀의 이야기에 귀를 기울였다. 카탸에게는 표독스러운 늙은 아주머니가 있었는데, 자주 소녀를 때렸다. 카탸는 아주머니를 미워했고, 늘 이 아주머니에게서 어떻게 도망칠지, 어떻게 하느님의 뜻대로 살지에 대해 항상 이야기했다. 엘레나는 은밀한 존경심과 두려움을 가지고 자기가 모르는 새로운 말에 귀를 기울이며 카탸를 유심히 바라보곤 했다. 그럴 때면 카탸의 모든 것—거의 동물의 눈처럼 민첩하게 움직이는 까만 눈도, 햇볕에 그을린 손도, 분명치 않은 목소리도, 심지어 그녀의 해진 옷까지도—이 왠지 모르게 특별하고 거의 신성한 것처럼 보였다. 엘레나는 집으로 돌아와 거지들과 하느님의 뜻에 대해 오랫동안 생각했다. 그녀는 호두나무 가지를 꺾어 지팡이를 만들어 짚고, 손가방을 들고 카탸와 함께 도망가는 생각을 했다. 또 수레국화로 만든 화관을 쓰고 길을 따라 정처 없이 돌아다니는 생각도 했다. 언젠가 카탸가 그런 화관을 쓰고 있는 것을 본 적이 있었다. 이때 집안사람 누군가가 방에 들어오면 그녀는 슬슬 피하면서 무뚝뚝한 표정을 지었다. 어느 날 비가 오는데 카탸를 만나러 뛰어나갔다가 옷을 더럽혔고, 아버지는 그런 딸을 보고 지저분한 농사꾼 딸이라고 부르기도 했다. 그녀는 얼굴이 붉어졌고, 마음속에 끔찍하고 이상한 감정이 밀려왔다. 카탸는 종종 반(半)야만적인 병사의 노래를 흥얼거렸고, 엘레나는 카탸에게서 그 노래를 배웠다……. 안나 바실리예브나는 우연히 딸이 부르는 그 노래를 엿듣고 분개했다.

"너는 어디서 그런 추잡한 노래를 들었니?" 그녀가 딸에게 물었다.

엘레나는 어머니를 바라만 보고 아무 말도 하지 않았다. 그녀는 비밀을 누설하기보다 차라리 자신을 갈기갈기 찢어 버리는 것이 낫다고 느꼈다. 그러면 그녀의 마음은 다시 두렵고 달콤해졌다. 하지만 카탸와의 교제는 오래 계속되지 못했는데, 불행한 소녀가 열병에 걸려 며칠 후 죽었기 때문이다.

엘레나는 카탸가 죽은 것을 알고 몹시 슬퍼했고, 밤마다 오랫동안 잠을 잘 수 없었다. 거지 소녀의 마지막 말이 끊임없이 귓전에 울렸고, 그녀를 부르는 것 같았다…….

그리고 세월이 흘러갔다. 눈 녹은 물처럼 엘레나의 젊은 시절은 외적인 태만, 내적 투쟁과 불안 속에서 소리 없이 빠르게 흘러갔다. 그녀는 친구가 없었고, 스타호프 부부의 집을 방문한 모든 처녀 중 그 누구와도 어울리지 않았다. 부모의 권위는 엘레나에게 전혀 부담이 되지 않았다. 그녀는 열여섯 살 때부터 거의 완전히 독립하여 자신만의 삶을 살았지만 고독했다. 그녀의 영혼은 불타올랐다가 외롭게 꺼지곤 했다. 그녀는 새장 속의 새처럼 버둥거렸지만 새장은 없었다. 아무도 그녀를 압박하지 않았고, 아무도 그녀를 제한하지 않았다. 하지만 그녀는 버둥대며 괴로워했다. 이따금 자신을 이해하지 못했고 심지어 두려워하기도 했다. 자신을 둘러싼 모든 것이 무의미하거나 이해할 수 없는 것처럼 보였다. '사랑 없이 어떻게 살 수 있을까? 그런데 사랑할 사람이 없다!'라고 그녀는 생각했다. 이런 생각과 감정이 그녀는 두려웠다. 열여덟 살 때는 악성 역병에 걸려

하마터면 죽을 뻔했다. 건강하고 강하게 태어난 그녀의 유기체는 송두리째 뒤흔들려 오랫동안 회복되지 않았다. 마침내 질병의 마지막 흔적이 사라졌지만 옐레나 니콜라예브나의 아버지는 여전히 약간 격분하면서 그녀의 신경에 대해 말하곤 했다. 때때로 그녀는 아무도 원하지 않는 무언가를 원하고, 러시아 전체에서 아무도 생각하지 않는 것을 원한다는 생각이 들었다. 그러다가 마음이 진정되면 심지어 자기 자신을 비웃고 무사태평하게 하루하루를 보냈다. 그러나 갑자기 통제할 수 없는, 강하고 이름 모를 무언가가 그녀 안에서 끓어오르며 밖으로 터져 나오려고 했다. 뇌우가 지나가고 지쳐 날지 못하는 그녀의 날개는 축 늘어졌다. 하지만 이런 충동은 대가 없이 그냥 지나가지는 않았다. 그녀가 내면에서 일어난 일을 드러내지 않으려 아무리 노력해도 불안한 영혼의 갈망은 그녀의 외적 평온 속에 그대로 드러났다. 친척들은 종종 그녀의 '이상함'을 당연히 이해하지 못하고 어깨를 으쓱하며 놀라곤 했다.

우리의 이야기가 시작된 그날, 옐레나는 평소보다 더 오랫동안 창가에서 떠나지 않았다. 그녀는 베르세네프와 그와의 대화에 대해 많은 생각을 했다. 그녀는 그를 좋아했고, 그의 따스한 감정과 의도의 순수함을 믿었다. 그는 그날 저녁처럼 그녀에게 말한 적이 한 번도 없었다. 그녀는 그의 소심한 눈빛과 미소를 떠올렸고 미소를 지으며 생각에 잠겼지만, 이미 그에 대한 생각은 아니었다. 열린 창문을 통해 '밤'을 응시하기 시작했다. 어둡고 낮게 매달린 하늘을 오랫동안 바라보았다. 이윽고 자리에서 일어나 머리를 흔들면서 얼굴에 흘러내린 머리카락을 뒤로 넘기고 이유도 모른 채, 차가워진 맨손을 하늘을 향해 뻗었다가 손을 떨어트리고, 침대 앞에 무릎을 꿇고 베개에 얼굴을 파묻었다. 그녀는 자신을 덮친 감정에 빠지지 않으려고 온갖 노력을 했지만 왠지 이상하고 당혹스러운, 뜨거운 눈물이 흘러내리기 시작했다.

7

다음 날 열한 시가 지나서 베르세네프는 모스크바로 돌아가는 마차를 탔다. 그는 책 몇 권을 사기 위해 우체국에서 돈을 찾아야 했고, 이참에 인사로프와 만나 이야기를 나누고 싶었다. 베르세네프는 슈빈과 마지막 대화를 하면서 인사로프를 자기 다차로 초대할 생각을 했다. 하지만 베르세네프는 인사로프를 금방 찾아내지 못했다. 인사로프가 전에 살던 셋방에서 나와 다른 셋방으로 이사했는데, 거기까지 찾아가는 게 쉽지 않았다. 셋방은 아르바트 거리와 포바르스카야 거리 사이에 페테르부르크 식으로 지어진 볼품없는 석조 가옥의 뒷마당에 있었다. 베르세네프는 더러운 현관에서 다른 현관으로 헤매고 다니며 문지기나 '누군가'에게 물어보았으나 헛일이었다. 페테르부르크에서 문지기는 방문객의 시선을 피하려고 하는데, 하물며 모스크바에서는 더욱 심했다. 아무도 베르세네프에게 반응하지 않았다. 양복 조끼만 입고 회색 실타래를 어깨에 멘 호기심 많은 재봉사만이 타박상을 입은 눈에 면도도 하지 않은 지저분한 얼굴을 높은 통풍구 밖으로 말없이 쑥 내밀었고, 말똥더미 위에 기어오른 뿔 없는 검은 산양 한 마리가 주위를 둘러보고 애처롭게 울며 전보다 더 빠르게 되새김질하기 시작했다. 마침내 낡은 외투에 뒤축이 닳아 비뚤어진 부츠를 신은 어떤 여자가 베르세네프를 딱하게 여겼던지 인사로프의 셋방을 가리켜 주었다. 인사로프는 셋방에 있었다. 인사로프는, 길을 헤매며 곤경에 처한 사람을 통풍구 밖으로 아주 무심코 내다보던 그 재봉사로부터 방 하나를 빌려 쓰고 있었다. 거의 텅 빈 방이었는데, 암녹색 벽에는 네모난 창이 세 개 있었다. 방 한쪽 구석에는 작은 침대가 놓이고 다른 한쪽 구석에는 가죽 소파가 놓여 있었다. 그리고 천정 밑에는 언젠가 꾀꼬리가 살았던 커다란 새장이 매달려 있었다. 베르세네프가 문턱을 넘자마자 인사로프가 그를 향해 걸어왔다. 그러나 "아, 당신이군!" 혹은 "오, 맙소사! 무슨 바람이 불어서 여기에 오셨나?"라고 외치지는 않았고, 심지어 "안녕하신가?"라는 말조차 하지 않았다. 인사로프는 그저 베르세네프의 손을 꽉 잡고 방에 있는 하나뿐인 의자로 이끌었다.

"앉게." 인사로프는 책상 가장자리에 앉으며 말했다.

"보다시피 방이 아직 어수선하네." 바닥에 널브러진 종이와 책 더미를 가리키며 인사로프가 덧붙였다. "아직 필요한 것을 갖춰 놓지 못했어. 그럴 시간이 없었거든."

인사로프는 러시아어를 정확하게 구사하며 단어 하나하나

를 또렷하고 강하게 발음했고, 굵은 목소리는 듣기 좋았으나 어쩐지 러시아인답지 않았다. 인사로프가 외국 출신이라는 것은(그는 불가리아 출신이었다) 외모에서 더욱 분명하게 드러났다. 그는 스물 댓쯤 된 젊은이로 마른 몸에 근골이 튼튼했고, 움푹한 가슴에 손은 마디가 많고 울퉁불퉁했다. 이목구비는 날카롭고, 매부리코에 푸른빛이 도는 검은색 직모(直毛), 좁은 이마, 깊고 응시하는 듯한 작은 눈과 짙은 눈썹을 가지고 있었다. 그가 웃을 때면 얇고 빳빳하며 지나치게 또렷한 입술 사이로 아름다운 하얀 치아가 잠시 드러나곤 했다. 그는 낡았지만 깨끗한 프록코트를 입고 단추를 위까지 채우고 있었다.

"왜 이전 셋방에서 나왔나?" 베르세네프가 인사로프에게 물었다.

"이 집이 방세도 더 싸고 대학도 더 가깝네."

"하지만 이제 방학인데……. 그리고 여름에 왜 시내에서 살려고 하나! 이왕 집을 옮기기로 결심했다면 다차를 얻을 수도 있었을 텐데."

인사로프는 이에 아무 대답도 하지 않고 베르세네프에게 파이프를 권하며 말했다.

"미안하네, 궐련도 시가도 없어."

베르세네프는 파이프에 불을 붙였다.

"나는" 베르세네프가 말을 이었다. "쿤체보 근처에 작은 집을 얻었네. 매우 싸고 편안해. 위층에 여분의 방까지 있어."

인사로프는 다시 아무 대답도 하지 않았다.

베르세네프는 담배를 한 모금 빨았다.

"나는 이런 생각까지 했네." 담배 연기를 가늘게 내뿜으며 베르세네프가 다시 말을 꺼냈다. "만약 누군가가…… 예컨대 자네 같은 사람이 말이지, 나는 이런 생각을 했다네……. 만약 우리 집 위층에 들어와 사는데 동의한다면…… 얼마나 좋을까! 드미트리 니카노리치, 어떻게 생각하나?"

"나더러 다차에서 살라고 제안하는 건가?"

"그래. 우리 집 위층에 여분의 방이 있다니까."

"대단히 고맙네, 안드레이 페트로비치. 하지만 나의 자금 사정이 허락하지 않네."

"허락하지 않다니 무슨 말인가?"

"다차에서 사는 걸 허락하지 않는단 말이네. 방을 둘씩이나 빌릴 수는 없어."

"하지만 나는……" 베르세네프가 말을 꺼내려다 멈췄다. "그것 때문에 추가 비용이 들지는 않을 거야." 베르세네프가 말을 이었다. "가령 여기 방은 자네를 위해 그냥 놔둘 수 있어. 그 대신 거기는 모든 게 아주 싸거든. 예를 들어 식사를 함께할 수 있도록 주선할 수도 있어.

인사로프는 침묵했다. 베르세네프는 어색해졌다.

"최소한 언젠가 들르기라도 하게." 잠시 후 베르세네프가 말했다. "우리 집에서 두어 걸음 떨어진 곳에 자네에게 꼭 소개하고 싶은 가족이 살고 있다네. 그 집에 정말 훌륭한 처녀가 있는데, 인사로프, 만약 자네가 그녀를 알고 지내면 좋을 텐데! 그

집엔 또 친한 친구가 살고 있는데, 상당한 재능을 지닌 사람이야. 자네가 그 친구와 친해질 거라고 확신하네. (러시아인은 대접하기를 좋아해서 딱히 대접할 게 없으면 친구를 가지고 대접한다.) 정말 한번 들르게나. 우리 집에 이사 오면 더욱 좋고, 정말이야. 함께 일도 하고 독서도 할 수 있을 거야……. 알다시피 나는 역사와 철학을 공부하고 있어. 이 모든 게 자네에게 흥미로울 거야. 나는 책도 많이 가지고 있고."

인사로프는 일어나서 방안을 서성였다.

"다차 세를 얼마 내는지 알려 주겠나?" 마침내 인사로프가 물었다.

"은화로 100루블."

"방이 모두 몇 개인가?"

"다섯 개."

"그럼, 계산상 방 하나에 20루블이군."

"계산상으로는……. 그러나 그 방은 내게 전혀 필요 없다니까. 그냥 비어 있어."

"그럴지도 모르지. 하지만 이렇게 하세." 인사로프가 단호하면서도 소박하게 고갯짓하며 덧붙였다. "만일 자네가 계산대로 돈을 받는다면, 자네 제안을 받아들일 수 있네. 나도 20루블은 낼 수 있어. 게다가 자네 말대로 거기에서 그 밖의 모든 것을 절약할 수 있을 테니까."

"물론이지. 하지만 정말 양심에 찔리는데."

"그런 조건이 아니면 안 되네, 안드레이 페트로비치."

"그럼 좋을 대로 하게. 자네도 참 고집이 세군!"

인사로프는 다시 아무 말도 하지 않았다.

두 젊은이는 인사로프가 이사할 날을 정하고 집주인을 불렀다. 그러나 집주인은 먼저 자기 딸을 보냈다. 머리에 알록달록한 커다란 머릿수건을 쓴 일곱 살쯤 된 소녀였다. 소녀는 인사로프가 하는 말을 주의 깊게, 거의 겁에 질린 표정으로 끝까지 듣고는 말없이 나갔다. 그 뒤를 따라 출산이 임박한 그녀의 어머니가 나타났는데, 역시 머리에 작은 머릿수건을 쓰고 있었다. 인사로프는 자기가 쿤체보 근처의 다차로 이사하지만 방은 빌린 채 놔두고 짐도 모두 그녀에게 맡기겠다고 설명했다. 재봉사의 아내도 마치 겁에 질린 듯 물러갔다. 마침내 집주인이 왔고, 처음에는 모든 것을 다 이해한 것처럼 생각에 잠겨 "쿤체보 근처?"라고 말했을 뿐이다. 그러더니 갑자기 문을 열고 "이 방을 그대로 놔둔단 말이지요?"라고 외쳤다. 인사로프는 그를 안심시켰다. "확실히 알아야 하니까요." 재봉사는 단호하게 되뇌고 사라졌다.

베르세네프는 자기 제안이 받아들여진 것에 무척 만족해서 집으로 떠났다. 인사로프는 러시아에서 흔히 볼 수 없는 친절하고 정중한 태도로 그를 문까지 배웅했고, 혼자 남아 프록코트를 조심스럽게 벗고 서류를 펼치기 시작했다.

8

 같은 날 저녁, 안나 바실리예브나는 응접실에 앉아 금방이라도 눈물을 흘릴 것 같았다. 방안에는 그녀 외에 남편과 니콜라이 아르툐미예비치의 육촌 아저씨 우바르 이바노비치 스타호프라는 사람이 있었다. 예순쯤 된 퇴역 기병기수(騎兵旗手)로 움직이지 못할 정도로 몸이 뚱뚱했고, 노랗게 부은 얼굴에 졸린 듯한 노란 눈과 핏기 없는 두툼한 입술을 지니고 있었다. 퇴직한 날부터 그는 상인인 아내가 남긴 작은 자본의 이자로 모스크바에서 계속 살고 있었다. 그는 아무것도 하지 않고 거의 생각조차 하지 않았으며, 생각을 하더라도 자신의 생각을 혼자 간직했다. 인생에서 단 한 번 그가 흥분해서 행동한 적이 있었다. 영국의 만국박람회에 전시된 '콘트로봄바르돈'*이라는 새로운 악기에 관한 기사를 신문에서 읽고, 이 악기를 주문하고 싶어서 어느 사무실을 통해 어디로 송금해야 하는지 물어보기까지 했다. 우바르 이바노비치는 헐렁한 황갈색 프록코트에 흰

수건을 목에 걸고 자주, 많이 먹었다. 그는 곤란한 경우에만, 즉 무슨 의견을 표현해야 할 때마다 오른손 손가락을 공중에 대고 경련하듯 움직였다. 먼저 엄지에서 새끼손가락으로, 그 다음 새끼손가락에서 엄지로 경련하듯 흔들면서 "해야만 해……. 어떻게든……"이라고 말하곤 했다.

우바르 이바노비치는 창문 옆 안락의자에 앉아 가쁘게 숨을 몰아쉬고 있었다. 니콜라이 아르툐미예비치는 양손을 주머니에 쑤셔 넣은 채 성큼성큼 방안을 걸어 다녔다. 그의 얼굴에 불만이 어려 있었다.

마침내 그는 걸음을 멈추고 머리를 흔들었다.

"네," 그가 입을 열었다. "우리 시대에는 젊은이들이 다르게 교육을 받았어요. 젊은이들이 나이 든 사람들에게 불손하지 않았지요. (그는 '불손'이란 단어를 프랑스식으로 콧소리를 내어 발음했다.) 그런데 요새 젊은이들을 보면 그저 놀랄 뿐이에요. 아마 내가 틀리고 그들이 옳은지도 몰라요. 하지만 나도 사물에 대한 나만의 견해가 있단 말입니다. 내가 바보로 태어나지는 않았으니까요. 이 점에 대해 어떻게 생각하세요, 우바르 이바노비치?"

우바르 이바노비치는 그를 힐끗 쳐다보기만 하고 손가락을 흔들었다.

"예를 들어, 옐레나 니콜라예브나," 니콜라이 아르툐미예비치가 말을 이었다. "나는 옐레나 니콜라예브나를 정말 이해할 수 없어요. 그 애에게 나는 고결한 사람이 아닙니다. 그 애의 마음은 워낙 넓어서 아주 작은 바퀴벌레나 개구리에 이르기까지, 한마디로 자기 아버지를 제외한 모든 자연을 포용할 수 있어요. 글쎄, 좋은 일이죠. 나도 그걸 아니까 이제 참견하지도 않아요. 그러니 신경질도, 학식도, 현실과 동떨어진 이상도 우리와는 맞지 않아요. 그런데 슈빈은…… 그가 놀랍고 범상치 않은 예술가라고 쳐요. 나는 이 점에 대해 논쟁하고 싶지 않아요. 하지만 손윗사람에게, 말하자면 많은 빚을 진 손윗사람에게 불손하게 구는 태도는, 솔직히, 당 몽 그로 봉 상스* 용납할 수 없어요. 나는 원래 엄격한 사람은 아니지만 모든 것에는 한계가 있는 법입니다."

안나 바실리예브나가 흥분해서 벨을 울렸다. 잔심부름을 하는 아이가 들어왔다.

"왜 파벨 야코블레비치가 안 오는 거냐?" 그녀가 말했다. "내가 부르는데도 왜 안 오는 거야?"

니콜라이 아르툐미예비치는 어깨를 으쓱했다.

"왜 그를 부르려 하오? 난 그런 것을 전혀 요구하지 않고 바라지도 않아요."

"왜라뇨, 니콜라이 아르툐미예비치? 그 애가 당신의 기분을 상하게 했잖아요. 아마 당신의 치료를 방해했을지도 몰라요. 그 애와 얘기하고 싶어요. 그 애가 무슨 짓을 해서 당신을 화나게 했는지 알고 싶어요."

"다시 말하지만 나는 그런 것을 요구하지 않소. 왜 그렇게 하려고……. 드 방 레 도메스티크.*"

안나 바실리예브나는 살짝 얼굴을 붉혔다.

"괜한 말씀이세요, 니콜라이 아르툐미예비치. 나는 결코……
드방…… 레 도메스티크…… 페듀시카, 가서 파벨 야코블레비
치를 여기로 모셔 오너라."

잔심부름을 하는 아이가 나갔다.

"그건 전혀 불필요한 일이오." 니콜라이 아르툐미예비치는
입속말로 중얼거리고 다시 방안을 서성이기 시작했다. "나는
결코 그러려고 말을 꺼낸 게 아니오."

"무슨 말씀이에요, 폴은 당신에게 용서를 빌어야 해요."

"하지만 그의 사죄를 받아 뭐 한단 말이오? 그런 사죄가 무슨
소용이 있겠소? 그건 모두 빈말이오."

"무슨 소용이라뇨? 그 애를 깨우쳐 줘야 해요."

"당신이 직접 깨우쳐 주구려. 그는 당신 말을 더 잘 들을 거
요. 나는 불만이 없소."

"아뇨, 니콜라이 아르툐미예비치, 오늘 당신은 여기에 오자
마자 기분이 안 좋아요. 내가 보기에도 요즘 몸이 수척해졌어
요. 치료가 당신에게 도움이 안 되는 것 같아 걱정이에요."

"치료는 꼭 필요하오." 니콜라이 아르툐미예비치가 말했다.
"간장이 나쁘니까."

이때 슈빈이 들어왔다. 그는 피곤해 보였다. 보일락 말락 한
가벼운 비웃음이 입술에 어려 있었다.

"부르셨습니까, 안나 바실리예브나?" 그가 말했다.

"그래, 물론 내가 불렀어. 정말이지 폴, 이건 끔찍한 일이야.

나는 네게 아주 불만이다. 네가 어떻게 니콜라이 아르툐미예비치에게 불손하게 굴 수 있지?"

"니콜라이 아르툐미예비치가 저에 대해 불평을 하셨나요?" 슈빈이 물으며 여전히 입가에 비웃음을 띠고 스타호프를 바라보았다.

스타호프는 얼굴을 돌리고 눈을 내리떴다.

"그래, 불평을 하셨다. 네가 어떤 잘못을 저질렀는지 모르지만 지금 당장 사죄해야 해. 요즘 그의 건강이 아주 좋지 않아요. 그리고 젊은 시절에는 누구나 은인을 존경해야 하는 법이야."

'오오, 대단한 논리군!' 슈빈은 생각했다. 그리고 스타호프 쪽으로 몸을 돌렸다. "기꺼이 사죄드리겠습니다, 니콜라이 아르툐미예비치." 그는 공손히 반쯤 머리를 숙이면서 말했다. "만일 제가 정말로 무슨 무례한 짓을 했다면요."

"전혀…… 그런 일 없어." 니콜라이 아르툐미예비치는 여전히 슈빈의 시선을 피하며 대답했다. "기꺼이 자넬 용서하겠네. 자네도 알다시피 나는 까다로운 사람이 아니니까."

"오, 그건 조금도 의심의 여지가 없지요." 슈빈이 말했다. "하지만 제 호기심을 용서해 주십시오. 제 잘못이 무엇인지 안나 바실리예브나도 알고 계시는지요?"

"아니, 나는 아무것도 모른다." 안나 바실리예브나가 말하며 목을 길게 뺐다.

"오, 맙소사!" 니콜라이 아르툐미예비치가 급하게 소리쳤다. "내가 몇 번이나 부탁하고 간청했는가, 이 모든 변명이나 말썽이 정말 역겹다고 몇 번이나 말했는가! 아주 오랜만에 집에 와서 쉬려고 하는데—한집안 식구니, 집안 내부 사정이니, 가족의 일원이 되라고 말들 하지만—금방 말썽이나 불쾌한 일들이 일어난다니까. 편안히 쉴 틈이 없어. 그러니 하는 수 없이 클럽이나…… 혹은 어딘가로 갈 수밖에 없는 거야. 육체를 가진 사람이 욕구도 있는 것이고. 그런데 이건……."

니콜라이 아르툐미예비치는 꺼낸 말을 다 끝맺지도 않고 재빨리 밖으로 걸어 나가 문을 쾅 닫아 버렸다.

"클럽으로 간다고?" 그녀가 씁쓸하게 중얼거렸다. "클럽에 가는 게 아니야, 바람둥이! 클럽에는 우리 목장의 말을 선물할 사람이 아무도 없어. 그것도 회색 말을! 내가 좋아하는 털색깔인데. 그래, 그래, 경박한 인간아." 그녀가 목소리를 높여 덧붙였다. "클럽으로 가는 게 아니야. 그런데 너, 폴." 그녀가 일어서며 말을 이었다. "너는 부끄럽지도 않니? 이젠 어린애도 아닌데. 또 머리가 아프구나. 조야가 어디 있는지 모르니?"

"2층 자기 방에 있을 걸요. 그 신중한 여우는 이런 날씨에는 항상 자기 굴속에 틀어박히니까요."

"그런데 어디 갔지, 어디 갔지! 강판으로 간 고추냉이 즙을 담은 조그만 유리잔 못 보았니? 폴, 제발 부탁이다, 앞으로는 나를 화나게 하지 마라."

"제가 왜 아주머니를 화나게 하겠어요? 아주머니 손에 키스하게 해 주세요. 그리고 고추냉이 즙은 서재의 작은 탁자 위에서 보았어요."

"다리야는 늘 그걸 어딘가에 놔두고 잊어버린단 말이야." 안나 바실리예브나는 이렇게 말하고 실크 드레스를 바스락거리며 물러갔다.

슈빈은 그녀의 뒤를 따라 나가려다 등 뒤에서 우바르 이바노비치의 느릿한 목소리를 듣고 걸음을 멈추었다.

"너 같은 풋내기는…… 혼쭐을 내야 하는데." 퇴역 기병기수가 더듬거리며 말했다.

슈빈이 그에게로 다가갔다.

"왜 제가 혼쭐이 나야합니까, 존경하옵는 우바르 이바노비치?"

"왜냐고? 너는 어려. 그러니 어른을 존경해야지. 그렇고말고."

"누구요?"

"누구냐고? 누군지 알잖아. 비웃어도 좋아."

슈빈은 팔짱을 끼었다.

"아아, 당신은 원시합창단의 대표자십니다." 슈빈이 외쳤다. "당신은 흑토가 낳은 힘이며 사회 조직의 초석이십니다!"

우바르 이바노비치가 손가락을 흔들어 댔다.

"이봐, 그만 해. 날 시험하지 마."

"어쨌건," 슈빈이 말을 이었다. "젊은 양반 같지는 않은데 아이들처럼 행복한 믿음을 간직하고 계시군요! 존경하라고요! 원시인 같은 당신이 왜 니콜라이 아르툐미예비치가 제게 화를 냈는지 그 이유를 아세요? 저는 오늘 아침 내내 그와 함께 그의 독일 여자 집에서 보냈습니다. 그리고 셋이서 〈내 곁을 떠나지마〉라는 노래를 불렀어요. 당신이 그 노래를 들었으면 좋았을텐데요. 아마 감동했을 겁니다. 어쨌든 우리는 계속 노래를 불렀어요. 그런데 나는 싫증이 났어요. 보니까 무언가 이상하고, 너무 달콤했어요. 두 사람을 놀려 주기 시작했어요. 곧 효과가나타나더군요. 그 여자가 처음엔 내게 화를 내더니 그다음엔그에게 화를 내는 거예요. 그러자 그가 화를 내면서 자기는 집에서만 행복하고, 자기 집이 낙원이라고 말했어요. 그러자 그녀는 그가 비도덕적이라고 말했어요. 내가 그녀에게 독일말로'아이고!'라고 말했죠. 그는 나가 버리고 나만 남았어요. 그는이리로, 즉 낙원으로 왔지만, 낙원에서도 짜증만 나는 거예요.그래서 투덜거리기 시작한 겁니다. 자, 이제 당신이 볼 때 누가잘못한 거죠?"

"물론 너지." 우바르 이바노비치가 대꾸했다.

슈빈은 그를 빤히 바라보았다.

"감히 한 말씀 여쭙겠습니다, 존경하옵는 용사님." 슈빈은 아첨하는 듯한 목소리로 입을 열었다. "그 수수께끼 같은 말씀은당신의 사고 능력 중 어떤 생각의 결과입니까, 아니면 소리라고 불리는 공기 진동을 일으키려는 순간적 욕구에 의한 것입니까?"

"나를 시험하지 말라니까!" 우바르 이바노비치가 신음하듯말했다.

슈빈은 웃음을 터뜨리며 밖으로 뛰어나갔다.

"얘야!" 15분쯤 지나 우바르 이바노비치가 소리쳤다. "그…… 보드카 한 잔."

심부름하는 아이가 보드카와 안주를 쟁반에 받쳐 들고 가져 왔다. 우바르 이바노비치는 쟁반에서 조용히 술잔을 집어 들고 마치 자기 손에 있는 것이 도대체 무언지 모르겠다는 듯이 그 것을 오랫동안 뚫어지게 쳐다보았다. 그러고 나서 심부름하는 아이를 바라보며 이름이 바시카가 아니냐고 물었다. 그리고 슬 픈 표정을 띠고 보드카를 단숨에 들이켜더니 안주를 집어 먹고 손수건을 꺼내려 주머니에 손을 집어넣었다. 사내아이는 벌써 오래 전에 쟁반과 목이 긴 보드카 병을 제자리에 갖다 놓고 먹 다 남은 청어를 먹어 치우고 나리의 외투에 기대어 잠들었다. 우바르 이바노비치는 여전히 펼쳐진 손가락으로 그 앞에 손수 건을 들고 때론 창문을, 때론 바닥과 벽을 긴장된 시선으로 바 라보고 있었다.

9

슈빈은 곁채의 자기 방으로 돌아와 책을 펼치려고 했다. 그때 니콜라이 아르툐미예비치의 시종이 조심스럽게 그의 방으로 들어와 커다란 문장(紋章) 도장으로 봉인된 세 모서리의 작은 쪽지를 건넸다. 쪽지에는 이렇게 적혀 있었다. "나는 정직한 사람인 당신이 오늘 아침에 언급된 어떤 어음에 대해 한마디라도 암시하지 않기를 기대하오. 당신은 나의 태도와 나의 원칙, 그리고 아주 작은 금액과 다른 여러 사정을 알고 있소. 끝으로 존중해야 할 가족의 비밀이 있으며 가정의 평화는 에트르 상 쾨르*만이 거절하는 신성한 것인데, 나는 당신이 그런 부류의 사람이라고 생각하지 않소! (이 쪽지를 읽고 돌려주시오.) N.S.*"

슈빈은 연필로 아래에 이렇게 썼다. "걱정 마세요. 저는 아직 남의 주머니에서 손수건을 꺼내지 않으니까요." 쪽지를 하인에게 돌려주고는 다시 책을 집어 들었다. 하지만 책은 곧 그의 손에서 미끄러졌다. 그는 붉게 물든 하늘과 다른 나무들과 떨어져 홀로 서 있는 두 그루의 튼튼한 어린 소나무를 바라보며 생각했다. '낮에는 소나무가 푸르스름한데 저녁에는 참으로 당당하고 푸르구나.' 그는 거기에서 옐레나와 만날지도 모른다는 은밀한 기대를 품고 정원으로 향했다. 그의 기대는 틀리지 않았다. 앞쪽, 덤불 사이로 난 길 위에 그녀의 드레스가 언뜻 보였다. 그는 그녀를 따라잡아 나란히 걸으며 말했다.

"내 쪽을 보지 마세요. 그럴 가치가 없는 사람이니까요."

그녀는 그를 힐긋 쳐다보고는 살짝 미소를 짓고 정원으로 깊이 들어갔다. 슈빈은 그녀를 뒤따라갔다.

"날 쳐다보지 말라고 부탁했는데……." 슈빈이 입을 열었다. "당신에게 말을 걸고 있네요. 명백한 모순이죠! 하지만 상관없어요. 나로서는 처음이 아니니까. 이제 생각났습니다. 어제의 내 어리석은 행동에 대해 마땅히 용서를 구해야 했는데, 그러지 못했습니다. 나한테 화가 난 건 아니죠, 옐레나 니콜라예브나?"

그녀는 화가 나서가 아니라 생각이 먼 곳에 있었기 때문에 걸음을 멈추고 즉시 대답하지 않았다.

"아뇨," 마침내 그녀가 대답했다. "전혀 화나지 않았어요."

슈빈은 입술을 깨물었다.

"정말 염려하는 듯한…… 무심한 얼굴이군!" 슈빈은 중얼거렸다. "옐레나 니콜라예브나," 그는 목소리를 높여 말을 이었다. "당신에게 작은 일화를 말씀드리겠습니다. 내게 친구가 한

명 있었고, 그 친구에게도 친구가 있었죠. 내 친구의 친구는 처음엔 점잖은 사람처럼 행동했지만 그 후 술을 많이 마시기 시작했어요. 그런데 어느 날 이른 아침에 내 친구가 길에서 그를 만났는데(그들은 벌써 절교한 사이였어요), 술에 취해 있었어요. 내 친구는 얼른 외면했지요. 그러자 그 사람이 다가와 이렇게 말했어요. '자네가 인사를 안 해도 화내지 않을 거야. 하지만 왜 고개를 돌리나? 내가 슬퍼서 이렇게 됐는지 모르지 않는가. 내 유골에 평화가 깃들길!'"

슈빈이 입을 다물었다.

"그것뿐이에요?" 옐레나가 물었다.

"그것뿐입니다."

"당신을 이해할 수 없어요. 무엇을 암시하는 거죠? 방금 당신 쪽을 쳐다보지 말라고 말했잖아요."

"네, 하지만 지금은 외면하는 것이 얼마나 나쁜지 말하는 겁니다."

"그럼 내가……" 옐레나가 입을 떼려고 했다.

"정말 아니란 말인가요?"

옐레나는 살짝 얼굴을 붉히고 슈빈에게 한 손을 내밀었다. 그는 그 손을 꽉 쥐었다.

"지금 당신은 내가 마치 나쁜 감정에 사로잡힌 것처럼 오해하고 계세요." 옐레나가 말했다. "당신의 의심은 옳지 않아요. 나는 당신을 피할 생각조차 하지 않았어요."

"그렇다고 하죠, 그렇다고 해요. 하지만 이 순간에도 당신의 머릿속에 수천 가지 생각이 떠오르지만, 그중 어느 하나도 털어놓지 않으리라는 것을 인정하세요. 어때요? 내 말이 사실이 아닌가요?"

"아마도."

"왜 그럴까요? 왜죠?"

"내 생각은 나 자신에게도 명확하지 않아요." 옐레나가 말했다.

"지금 당신의 생각을 다른 사람에게 털어놔야 해요." 슈빈이 말을 받았다. "하지만 문제가 뭔지 말해 주죠. 당신은 나에 대해 나쁜 견해를 가지고 있어요."

"내가요?"

"네, 당신이요. 당신은 내가 예술가니까 내 안의 모든 것이 반쯤은 거짓일 거라고 생각할 테죠. 그리고 그 어떤 일도 할 수 없을 뿐만 아니라―이 점에서는 아마 당신이 옳을 겁니다―어떤 진실하고 깊은 감정조차 느낄 수 없다고 생각할 테죠. 또 진심으로 울지도 못하고, 수다쟁이에 험담꾼이라고 생각할 테죠? 이 모든 것은 내가 예술가이기 때문입니다. 그럼 우리 예술가들은 참으로 불행한, 신의 버림을 받은 존재인가요? 예를 들어, 나는 신을 걸고 맹세할 수 있지만 당신은 나의 후회를 믿지 않을 겁니다."

"아뇨, 파벨 야코블레비치, 저는 당신의 후회를 믿고, 당신의 눈물도 믿어요. 하지만 당신의 후회는 당신을 기쁘게 하고, 당신의 눈물도 당신을 기쁘게 하는 것 같아요."

슈빈은 흠칫 몸을 떨었다.

"글쎄, 이건 의사들이 말하는 카수스 잉쿠라빌리스*인가 봅니다. 이제 고개를 숙이고 굴복하는 수밖에 없군요. 하지만 맙소사! 그런 영혼이 내 곁에 살고 있는데도 나는 여전히 나 자신에 대해 걱정하고 있다니, 이게 정말 사실인가요? 그 영혼 속으로 결코 침투할 수 없다는 것을 알아야 하고, 왜 그 영혼이 기뻐하고 슬퍼하는지, 그 안에서 무슨 일이 일어나고, 그 영혼이 무엇을 원하는지, 그 영혼이 어디로 가는지 결코 알 수 없다는 것을 알아야 하고……. 말해 보세요." 잠시 침묵한 뒤 슈빈이 말했다. "당신은 결코, 절대로, 그 어떤 경우에도 예술가를 사랑하지 않을 테죠?"

엘레나는 그의 눈을 똑바로 쳐다보았다.

"그럴 생각 없어요, 파벨 야코블레비치. 없습니다."

"바로 그걸 증명할 필요가 있었어요." 슈빈이 희극적인 침울한 표정을 짓고 말했다. "이제 당신의 고독한 산책을 방해하지 않는 게 예의라고 생각합니다. 대학 교수라면 어떤 데이터에 근거해서 '없습니다'라고 말했는지 물었을 테지만 나는 대학교수가 아니라, 당신의 견해에 따르면, 아이니까요. 하지만 아이에게서 얼굴을 돌리지 않는다는 것을 기억하세요. 안녕히 계세요. 내 유골에 평화가 깃들길!"

엘레나는 그를 붙잡으려다가 잠시 생각한 뒤 역시 이렇게 말했다.

"안녕히 가세요."

슈빈은 마당에서 나왔다. 그리고 스타호프의 다차에서 그리 멀지 않은 곳에서 베르세네프와 마주쳤다. 베르세네프는 고개를 숙이고 모자를 뒤로 젖혀 쓴 채 민첩한 걸음으로 걸어오고 있었다.

"안드레이 페트로비치!" 슈빈이 소리쳤다.

베르세네프가 멈춰 섰다.

"가게, 가." 슈빈이 말을 이었다. "그냥 불러본 거야. 자네를 붙잡지 않겠네. 곧장 정원으로 가게. 거기에서 옐레나를 만날 거야. 그녀가 자네를 기다리고 있는 것 같던데……. 하여튼 누군가를 기다리고 있어……. 그녀가 기다리고 있다! 자네는 이 말의 힘이 얼마나 대단한지 알고 있지? 이보게, 얼마나 놀라운 상황인지 알겠나? 생각해 보게. 나는 벌써 2년 동안 그녀와 한 집에서 살면서 그녀를 사랑해 왔는데 이제야, 방금 이제야 그녀를 이해하게 되었어, 아니 알게 되었어. 알고 나서 깜짝 놀랐지. 제발 빈정대는 듯한 냉소를 띠고 날 쳐다보지 말게, 그런 표정은 자네의 점잖은 용모에 어울리지 않아. 그래, 알겠어. 자네는 나더러 안누시카 일을 생각해 보라는 거겠지? 그게 어때서? 나는 그걸 부정하지 않겠네. 우리 같은 사람에게는 안누시카가 잘 어울리지. 만세! 안누시카들, 조야들 그리고 아브구스티나 흐리스티아노브나들도 만세! 이제 옐레나에게 가 보게. 나도 가야지……. 자네는 내가 안누시카에게 간다고 생각하나? 아니, 더 나쁜 곳으로 가네. 치쿠라소프 공작에게 가네. 카잔 출신의 타타르인인데 볼긴처럼 예술의 후원자야. 이 초대장, 이

글자 R. S.V.P*가 보이지? 나는 시골에서도 한가하지 않아. 아디오!*

베르세네프는 약간 당황한 듯 슈빈의 장광설을 조용히 듣고 나서 스타호프의 다차 안뜰로 들어섰다. 그리고 슈빈은 정말로 치쿠라소프 공작에게 갔고, 더없이 다정한 표정으로 신랄하고 무례하게 말했다. 카잔 출신의 타타르인 후원자가 껄껄 웃어대자 그의 손님들도 따라 웃었지만 아무도 즐겁지 않았다. 그들은 헤어지면서 모두 화를 냈다. 그것은 마치 잘 알지 못하는 두 신사가 넵스키 거리에서 우연히 만나 갑자기 서로에게 이를 드러내고 웃으며 자못 다정하게 눈과 코와 뺨을 찡그리다가 서로를 지나친 후 즉시 이전의 무관심하거나 음울한, 대개 치질 환자 같은 표정을 짓는 것과 같았다.

10

옐레나는 이미 정원이 아닌 응접실에서 베르세네프를 친절하게 맞이했고, 거의 참을성 없을 정도로 즉시 어제의 대화를 다시 시작했다. 그녀는 혼자였다. 니콜라이 아르툐미예비치는 어딘가로 조용히 사라졌고, 안나 바실리예브나는 젖은 붕대를 머리에 얹고 위층에 누워 있었다. 조야는 치마를 단정하게 펴고 양손을 무릎 위에 포갠 채 안나 바실리예브나 옆에 앉아 있었다. 우바르 이바노비치는 다락방의 넓고 편안한 소파, 즉 '수면 의자'로 불리는 소파에 앉아서 자고 있었다. 베르세네프는 다시 아버지에 대해 언급했다. 그는 아버지에 대한 기억을 신성하게 간직하고 있었다. 우리도 그의 아버지에 대해 몇 마디 하도록 하자.

82명의 농노 소유주였던 베르세네프의 아버지는 죽기 전에 농노들을 모두 해방시켰다. 괴팅겐의 이전 학생이었던 그는 일루미나트* 회원이었고, 「세계정신의 발현 혹은 예시에 대하여」

라는 원고를 썼다. 이 저술에는 셸링주의와 스베덴보리주의*와 공화주의가 매우 독창적으로 뒤섞여 있었다. 베르세네프의 아버지는 어머니가 돌아가신 직후 아직 어린 아들을 모스크바로 데려와 직접 아들 교육에 전념했다. 그는 모든 수업을 준비했고 매우 성실하게 노력했지만 완전히 실패로 끝났다. 그는 몽상가이자 독서가고 신비주의자였다. 그는 억양이 없는 낮은 목소리로 떠듬떠듬 말했고, 점점 더 많은 비유를 들어가며 모호하고 화려하게 표현했다. 그는 열렬히 사랑했던 아들까지도 피했다. 아들이 아버지의 수업을 받을 때 두 눈만 깜빡일 뿐 털끝만큼의 진전도 보이지 않은 것은 이상한 일이 아니었다. 노인은(그는 쉰 살쯤 되었고 아주 늦게 결혼했다.) 마침내 일이 잘 풀리지 않는다는 것을 깨닫고 안드류샤를 기숙학교에 넣었다. 안드류샤는 공부를 시작했지만 부모의 감독에서 벗어나지 못했다. 아버지는 끊임없이 아들을 찾아가 훈계와 대화로 교장을 지치게 했고, 교사들도 이 불청객 때문에 괴로워했다. 그들의 말에 따르면, 그는 교육에 대한 매우 난해한 책을 계속 가져왔다. 심지어 학생들조차도 노인의 가무잡잡하고 얽은 얼굴과 항상 앞깃이 뾰족한 회색 연미복을 입은 그의 초췌한 모습을 보고 거북해했다. 그 당시 학생들은 학 같은 걸음걸이와 긴 코를 가진 이 음울하고 웃지 않는 신사가 자기 아들만큼이나 그들 각자에 대해 마음 아파하고 괴로워했다는 사실을 깨닫지 못했다. 언젠가 그는 학생들에게 조지 워싱턴에 대해 이야기해 줄 생각을 했다. "젊은 학생 여러분!" 그는 입을 열었다. 하지만 그의 이상한 목소리를 듣자마자 젊은 학생들은 사방으로 흩어졌다. 이 정직한 괴팅겐파 학자는 장미 꽃밭에서만 살지는 않았다. 그는 항상 역사의 흐름과 온갖 질문과 사색에 짓눌려 있었다. 젊은 베르세네프가 대학에 입학하자 그는 아들과 함께 강의를 들으러 다녔지만 이미 건강이 여의치 않았다. 1848년의 사건*은 그를 뿌리 채 흔들어 놓았다(모든 책을 다시 써야 했다). 그는 1853년 겨울에 아들의 대학 졸업을 보지 못하고 세상을 떠났지만, 학사가 된 아들을 미리 축하하고 과학에 봉사하라는 축복을 남겼다. "너에게 횃불을 전한다." 그는 죽기 두 시간 전에 아들에게 말했다. "나는 할 수 있는 한 횃불을 붙잡고 있었다. 너도 끝까지 이 횃불을 놓지 마라."

베르세네프는 옐레나와 아버지에 대해 오랫동안 이야기했다. 그녀 앞에서 느꼈던 어색함이 사라지고, 혀짤배기소리도 그리 심하지 않았다. 화제는 대학으로 옮겨 갔다.

"말해 주세요." 옐레나가 그에게 물었다. "동료들 가운데 뛰어난 사람들이 있었나요?"

베르세네프는 슈빈의 말을 떠올렸다.

"아뇨, 엘레나 니콜라예브나, 솔직히 말해 우리들 중 뛰어난 사람이 한 명도 없었습니다. 어디에 있겠어요! 모스크바대학에도 황금시대가 있었다고 말들 해요! 그러나 지금은 아닙니다. 지금은 그저 평범한 학교이지 대학이 아니에요. 나는 동료들과 지내기가 힘들었어요." 그는 목소리를 낮추며 덧붙였다.

"힘들었다고요?" 옐레나가 속삭이듯 말했다.

"하지만" 베르세네프가 말을 이었다. "내 말을 바로잡아야겠군요. 나는 한 학생을 알고 있는데, 우리 학부의 학생은 아니지만 정말 뛰어난 사람입니다."

"그의 이름이 뭐죠?" 엘레나가 활기를 띠며 물었다.

"인사로프, 드미트리 니카노로비치. 불가리아인입니다."

"러시아인이 아니에요?"

"네, 러시아인이 아닙니다."

"그럼 왜 모스크바에서 살죠?"

"공부하러 여기에 왔어요. 그런데 그가 무슨 목적으로 공부하는지 아세요? 그에게는 단 하나의 생각이 있는데, 그건 조국의 해방입니다. 그의 운명도 평범치 않아요. 그의 아버지는 티르노프 태생의 꽤 부유한 상인이었어요. 지금 티르노프는 작은 도시에 불과하지만 옛날 불가리아가 아직 독립 왕국이었을 때는 불가리아의 수도였습니다. 아버지는 소피아에서 장사를 했고 러시아와도 거래를 했어요. 그의 누이, 즉 인사로프의 고모는 지금까지도 키예프에서 살고 있는데, 그곳 김나지움의 주임 역사 교사와 결혼했어요. 1835년, 그러니까 18년 전에 끔찍한 악행이 일어났습니다. 인사로프의 어머니가 갑자기 실종되었다가 일주일 후 참살된 채 발견되었어요."

엘레나는 몸을 부르르 떨었다. 베르세네프는 이야기를 멈췄다.

"계속 하세요, 계속 하세요." 그녀가 말했다.

"터키 장군이 그녀를 유괴하여 살해했다는 소문이 떠돌았어요. 그녀의 남편인 인사로프의 아버지는 진상을 알아내고 복수하려 했지만 단검으로 그 장군에게 상처만 입혔을 뿐……. 총살당하고 말았어요."

"총살당했다고요? 재판도 없이?"

"네. 그때 인사로프는 만 일곱 살이었죠. 그는 이웃사람들의 손에 맡겨졌습니다. 누이는 오빠 가족의 비참한 운명을 알고 조카를 맡아 기르길 원했어요. 인사로프는 오데사를 거쳐 키예프로 보내졌고, 키예프에서 만 12년을 살았습니다. 그래서 러시아말을 아주 잘 해요."

"그가 러시아말을 해요?"

"당신과 나처럼 하죠. 만 스무 살 때(1848년 초) 그는 조국으로 돌아가길 원했어요. 소피야와 티르노프에 갔다 왔고, 불가리아 전역을 두루 돌아다니며 2년을 보냈고, 다시 모국어를 배웠답니다. 터키 정부가 그를 박해했기 때문에 2년 동안 큰 위험도 당했을 겁니다. 언젠가 그의 목에서 커다란 상처를 보았는데 분명히 그때 입은 상처일 겁니다. 그러나 그는 그것에 대해 이야기하는 것을 좋아하지 않아요. 그도 일종의 침묵교도(沈黙教徒)*입니다. 나는 그에게 이것저것 캐물으려고 했지만 뜻대로 되지 않았어요. 그는 건성건성 대답하더군요. 아주 고집이 센 사람입니다. 1850년에는 다시 러시아로, 모스크바로 돌아왔는데, 교육을 충분히 더 받고 러시아인들과도 가까워지려는 의도가 있었던 거죠. 그리고 대학을 졸업하면……."

"그땐 무엇을 하죠?" 옐레나가 말을 가로막았다.

"아무도 모르죠. 미래를 예측하기는 어려운 일입니다."

엘레나는 오랫동안 베르세네프에게서 눈을 떼지 않았다.

"당신 이야기가 무척 흥미로웠어요." 그녀가 말했다. "그 사람은 어떻게 생겼죠, 그 사람 이름이…… 인사로프라고 했나요?"

"어떻게 말해야 할까? 내가 보기엔 꽤 괜찮게 생겼어요. 당신이 직접 보게 될 겁니다."

"어떻게 그럴 수가?"

"내가 그를 여기로, 당신에게 데려오겠습니다. 그는 모레 우리 마을로 이사 와서 나와 한집에서 살 겁니다."

"정말요? 그런데 그가 우리에게 오려고 할까요?"

"물론이죠! 아주 기뻐할 겁니다."

"그 사람은 거만하지 않은가요?"

"그가요? 전혀. 물론 거만하다고도 할 수 있죠. 단, 당신이 이해하는 그런 의미는 아닙니다. 예를 들어, 그는 누구에게도 돈을 빌리지 않습니다."

"그는 가난한가요?"

"네, 부자는 아닙니다. 불가리아에 갔을 때 아버지의 재산에서 남은 것을 이것저것 모았고, 고모가 도와주지만 다 합해 봤자 보잘것없지요."

"아마 성격이 강한 사람이겠죠?" 엘레나가 말했다.

"네. 강철 같은 사람이죠. 그리고 동시에 그의 집중력과 심지어 비밀스러움에도 불구하고 그에겐 아이 같고 진실한 무언가가 있어요. 사실, 그의 진실성은 우리의 쓸모없는 진실성과는 다릅니다. 숨길 것이 아무것도 없는 사람들의 진실성이죠……. 당신에게 데려올 테니 잠시 기다리세요."

"그는 부끄러워하지 않나요?"

"아뇨, 부끄러워하지 않아요. 자신을 사랑하는 사람들만이 부끄러워하죠."

"그럼 당신은 자신을 사랑하나요?"

베르세네프는 당황해서 두 팔을 벌렸다.

"당신은 내 호기심을 자극하는군요." 옐레나가 말을 이었다.

"그런데 그는 터키 장군에게 복수하지 않았나요?"

베르세네프가 미소를 지었다.

"복수는 소설 속에서만 있습니다, 옐레나 니콜라예브나. 게다가 12년이 지났으니 그 장군은 죽었겠지요."

"하지만 인사로프 씨는 그것에 대해 아무 말도 하지 않았나요?"

"아무 말도 안 했습니다."

"그는 왜 소피아에 갔을까요?"

"그곳에서 아버지가 살았으니까요."

옐레나는 잠시 생각에 잠겼다.

"자기 조국을 해방시키기 위해!" 그녀가 말했다. "이런 말은 입 밖에 내는 것조차 두려워요. 얼마나 위대한 말인지……."

그 순간 안나 바실리예브나가 방에 들어와 대화가 끊어졌다.

그날 저녁 집으로 돌아온 베르세네프는 이상한 느낌으로 마음이 흥분되었다. 그는 인사로프를 옐레나에게 소개하려는 자신의 의도를 후회하지 않았다. 젊은 불가리아인에 대한 이야기가 그녀에게 깊은 인상을 준 것은 아주 자연스럽다고 생각했다……. 이 인상을 강화하기 위해 노력한 사람은 바로 자기 자신이 아니었던가! 하지만 그의 마음속에 비밀스럽고 어두운 감정이 은밀하게 둥지를 틀고 있었다. 그는 좋지 않은 슬픔에 잠겼다. 그러나 이 슬픔도 그가 『호엔슈타우펜 왕가의 이야기』를 집어 들고 전날 밤에 중단한 바로 그 페이지부터 읽기 시작하는 것을 막지는 못했다.

11

이틀 후 인사로프는 약속대로 짐을 들고 베르세네프의 집에 나타났다. 그는 하인이 없었지만 어떤 도움도 없이 방을 정리하고 가구를 배치하고 먼지를 털고 바닥을 쓸었다. 책상이 지정된 칸막이에 잘 맞지 않아 설치하는 데 특히 오랫동안 애먹었다. 그러나 특유의 끈기로 묵묵히 자기가 마음먹은 것을 이루어 냈다. 방을 정리한 후에는 베르세네프에게 10루블을 미리 받으라고 했다. 그리고 굵은 막대기를 들고 새 주거지 주변을 둘러보러 나갔다. 세 시간쯤 지나서 돌아온 그는 함께 식사하자는 베르세네프의 초대에 오늘은 함께 식사하자는 초대를 거절하지 않겠지만, 이미 여주인과 이야기를 나눴으니 앞으로 그녀에게서 식사를 제공받겠다고 대답했다.

"하지만 식사가 형편없을 텐데." 베르세네프가 반대했다. "이 집 아낙은 전혀 요리를 할 줄 몰라. 왜 나와 함께 식사하고 싶지 않나? 비용을 반씩 부담하면 되잖나."

"내 주머니 사정이 자네처럼 식사하는 것을 허락하지 않네."
조용히 미소를 지으며 인사로프가 대답했다.

그 미소에는 상대방이 더 이상 고집할 수 없게 만드는 무언가가 있었다. 베르세네프는 더 이상 말하지 않았다. 식사 후에는 인사로프에게 스타호프 씨네로 데려가겠다고 제안했다. 그러나 인사로프는 저녁 내내 불가리아 친구들에게 편지를 써야하니 그 방문은 다음 날로 미루자고 대답했다. 베르세네프는 이미 이전부터 인사로프의 불굴의 의지를 알고 있었지만 그와 한 지붕 아래 살게 된 이제야 비로소 그가 일단 약속한 것은 결코 어기지 않고, 어떤 결심도 결코 바꾸지 않는다는 것을 분명히 확인하게 되었다. 본토박이 러시아인인 베르세네프에게 독일인보다 더한 이런 정확성이 처음에는 좀 기이하고 심지어 약간 우스꽝스럽게 보이기까지 했다. 하지만 베르세네프는 이런 정확성에 곧 익숙해졌고, 이것이 존경할 만한 것은 아니지만 적어도 매우 편리한 것이라고 결론지었다.

이사 온 지 이틀째 되는 날, 인사로프는 새벽 네 시에 일어나 쿤체보 마을의 거의 모든 지역을 뛰어다녔고 강에서 수영을 했으며, 찬 우유 한 잔을 마시고 일을 하기 시작했다. 해야 할 일이 적지 않았다. 러시아 역사, 법, 정치 경제도 공부하고, 불가리아 노래와 연대기를 번역하고, 동방 문제에 관한 자료를 수집하고, 불가리아인을 위한 러시아어 문법과 러시아인을 위한 불가리아 문법을 편집하고 있었다. 베르세네프가 잠시 들러 그와 포이에르바흐*에 대해 이야기했다. 인사로프는 베르세네프의 말을 주의 깊게 들었고, 이따금 요령 있게 반박했다. 그의 반박에서 그가 포이에르바흐를 공부할 필요가 있는지, 혹은 그냥 지나쳐도 되는지 명료하게 이해하려고 노력하는 것이 분명했다. 잠시 후 베르세네프는 인사로프가 하는 일로 화제를 돌려무언가 보여 주지 않겠느냐고 물었다. 인사로프는 자신이 번역한 불가리아 노래 두서너 곡을 베르세네프에게 읽어 주고 의견을 듣고 싶어 했다. 베르세네프는 번역은 정확하나 생동감이 부족하다고 지적했고, 인사로프는 그의 지적을 참고하겠다고 말했다. 베르세네프는 노래에서 불가리아의 현재 상황으로 화제를 돌렸다. 베르세네프는 처음으로 조국에 대한 언급만으로도 인사로프에게서 일어난 변화를 알아챘다. 그의 얼굴이 불타오르거나 목소리가 높아지는 것만이 아니었다! 그의 존재 전체가 더 강해져서 앞으로 돌진하는 것처럼 보였고, 입술의 윤곽이 더욱 날카롭고 더욱 단호하게 보였다. 그리고 눈동자 깊은 곳에서 꺼지지 않는 뭉근 불꽃이 타오르고 있었다. 인사로프는 자신의 조국 여행에 대해 떠벌리는 것을 좋아하지 않았지만, 대체로 불가리아에 대해서는 누구하고나 기꺼이 이야기했다. 그는 터키인에 대해, 터키인의 억압에 대해, 동포들의 슬픔과 큰 불행, 희망에 대해 천천히 이야기했다. 그의 말 한 마디 한 마디에서 오래전부터 간직해 온 단 하나의 열정에 대한 집중된 사색이 느껴졌다.

'아마 그럴지도 몰라.' 인사로프의 이야기를 들으며 베르세네프는 생각했다. '그 터키 장군은 그의 어머니와 아버지의 죽

음에 대한 죗값을 치렀을 거야.'

인사로프가 미처 말을 끝내기도 전에 문이 열리고 슈빈이 문지방에 나타났다.

슈빈은 왠지 지나치게 활달하고 온순한 모습으로 방으로 들어왔다. 슈빈을 잘 아는 베르세네프는 그가 무언가에 기분 상했다는 것을 즉시 알아차렸다.

"격식 없이 제 소개를 하겠습니다." 슈빈은 밝고 솔직한 표정을 지으며 입을 열었다. "성은 슈빈이고, 여기 이 젊은이의 친구죠(그는 베르세네프를 가리켰다). 인사로프 씨죠, 그렇죠?"

"인사로프입니다."

"그럼 악수하고 잘 지냅시다. 베르세네프가 내 얘기를 했는지 안 했는지 모르지만, 당신 얘기를 많이 들었습니다. 여기에 거처를 정했다고요? 아주 잘 됐군요! 당신을 너무 열심히 바라본다고 화내지 마세요. 내 직업이 조각가인데, 곧 당신의 머리를 조각할 수 있도록 허락을 구해야 할 것 같군요."

"내 머리야 마음대로 하십시오." 인사로프가 말했다.

"오늘 우리는 뭘 하지, 응?" 슈빈은 나지막한 의자에 털썩 주저앉아 쩍 벌린 무릎 위에 두 손을 얹고 입을 열었다. "안드레이 페트로비치, 귀하는 오늘 어떤 계획이라도 가지고 있는지요? 날씨도 좋고 건초와 마른 딸기 냄새가 진하게 풍기고……. 꼭 진한 차라도 마시는 것 같군. 무슨 마술이라도 하나 생각해 내야 할 텐데. 쿤체보의 새로운 거주자에게 이 마을의 셀 수 없이 많은 아름다움을 보여 주세. ('저 친구 마음이 편치 않은 모양이군.' 베르세네프는 속으로 계속 생각했다.) 자, 내 친구 호레이쇼*, 자넨 왜 잠자코 있나? 자네의 예언자다운 입을 열게. 마술을 생각해 낼까 말까?"

"인사로프가 어떨지 모르겠군." 베르세네프가 말했다. "막일을 하려는 것 같은데."

슈빈이 의자에서 몸을 돌렸다.

"일을 하시렵니까?" 그는 왠지 콧소리를 내며 물었다.

"아닙니다." 인사로프가 대답했다. "오늘은 산보하는 데 바칠 수 있습니다."

"아아!" 슈빈이 말했다. "그럼 좋아요. 가세, 나의 친구 안드레이 페트로비치. 모자로 자네의 총명한 머리를 가리고 눈길이 가는 대로 가세. 우리의 눈은 젊으니까 멀리까지 볼 수 있을 거야. 아주 허름한 주막을 하나 알고 있네. 거기서는 정말로 형편없는 음식이 나오지만 아주 유쾌할 거야. 가세."

반시간 후 세 사람은 모스크바 강기슭을 걷고 있었다. 인사로프는 귀 덮개가 달린 아주 이상한 모자를 쓰고 있었다. 슈빈은 그 모자를 보고 미칠 듯이 즐거워했지만 그리 자연스럽지 못했다. 인사로프는 천천히 걸으면서 주위를 둘러보고, 숨을 들이마시기도 하고, 이야기도 하며 조용히 미소도 지었다. 그는 이 날을 기분 전환에 바치며 맘껏 즐기고 있었다. '분별 있는 아이들이 일요일마다 저렇게 산책을 하지.' 슈빈이 베르세네프의 귀에 대고 속삭였다. 슈빈은 어릿광대짓을 하며 앞으로 뛰어가기도 하고, 유명한 조각의 포즈를 흉내 내기도 하고, 풀밭에서 재주넘기도 했다. 인사로프의 침착함은 그를 자극하지 않았지만 어릿광대짓을 하게 했던 것이다. "프랑스인, 왜 그렇게 수선을 떠는가!" 베르세네프가 두어 번 말했다. "그래, 난 프랑스인이지, 반은 프랑스인이야." 슈빈이 대꾸했다. "그럼, 어떤 웨이터가 내게 말했듯이, 자네는 농담과 진담 사이의 중간을 지키게." 젊은이들은 강기슭에서 발길을 돌려 키 큰 황금빛 호밀이 담벼락처럼 양쪽에 늘어선, 깊게 패인 좁다란 길을 따라 걸어갔다. 한쪽 담벼락에서 푸르스름한 그림자가 그들 위에 드리워졌고, 찬란한 햇빛이 호밀 이삭 위를 스치며 미끄러지는 것 같았다. 종달새가 노래하고 메추라기가 울었다. 어디나 풀이 푸르고, 따스한 바람에 풀잎이 살랑이고 꽃봉오리가 흔들렸다. 쉬기도 하고 잡담도 하면서 오랫동안 돌아다닌 후(슈빈은 지나가는 이빨 빠진 어떤 농부를 데리고 뛰어넘기 놀이를 하려고도 했다. 농부는 자기를 데리고 나리들이 무슨 짓을 해도 내내 웃기만 했다) 젊은이들은 '허름한' 주막에 다다랐다. 하인은 하마터면 그들을 밀어 넘어트릴 뻔했고, 정말 맛없는 음식과 남부 발칸 지역의 포도주가 나왔다. 그러나 슈빈이 미리 말했듯이, 이런 것은 그들이 맘껏 즐기는 데 방해가 되지 않았다. 슈빈이 누구보다 큰 소리로 떠들며 즐거워했지만 사실은 누구보다 덜 즐거웠다. 그는 알려지지 않았지만 위대한 베넬린*의 건강을 위해 건배했고, 크룸인지 흐룸인지 흐롬인지 하는, 거의 아담 시대에 살았던 불가리아 왕의 건강을 위해 건배했다.

"9세기지요." 인사로프가 슈빈의 말을 정정했다.

"9세기라고요?" 슈빈이 외쳤다. "오, 얼마나 행복한가!"

이렇게 장난치고 상식에 어긋난 언행을 하고 농담하는 사이에도 슈빈은 줄곧 인사로프를 시험하고 관찰하며 속으로 흥분하는 것 같았다. 베르세네프는 이것을 눈치챘다. 하지만 인사로프는 여전히 조용하고 침착했다.

마침내 그들은 집으로 돌아와 옷을 갈아입었다. 그리고 아침부터 유지해 온 기분을 잃지 않기 위해 그날 저녁 스타호프 집에 가기로 결정했다. 슈빈은 그들의 도착을 알리려고 먼저 달려갔다.

12

"'엉웅.'* 인사로프가 지금 이리로 납시옵니다!" 스타호프 씨
네 응접실로 들어가면서 슈빈이 엄숙하게 외쳤다. 그 순간 응
접실에는 옐레나와 조야만이 있었다.

"베어?*" 조야가 독일말로 물었다. 불시에 그녀는 항상 모국
어로 말하곤 했다. 옐레나가 몸을 똑바로 폈다. 슈빈은 입가에
장난기 어린 미소를 띠고 그녀를 바라보았다. 옐레나는 짜증이
났으나 아무 말도 하지 않았다.

"들었죠?" 슈빈이 되뇌었다. "인사로프 씨가 이리로 오고 있
습니다."

"들었어요." 그녀가 대답했다. "당신이 그를 뭐라고 부르는
지도 들었어요. 정말 놀랐어요. 인사로프 씨가 아직 여기에 발
도 들여놓지 않았는데, 당신은 벌써 거드름을 피울 필요가 있
다고 생각하는군요."

슈빈은 갑자기 풀이 죽었다.

"당신 말이 맞아요, 항상 맞아요, 엘레나 니콜라예브나." 슈빈이 중얼거렸다. "하지만 그건 그저 그래 본 겁니다. 우리는 오늘 하루 종일 함께 돌아다녔는데, 그는 정말 훌륭한 사람입니다."

"그건 묻지 않았는데요." 엘레나가 말하며 자리에서 일어났다.

"인사로프 씨는 젊은가요?" 조야가 물었다.

"백마흔네 살." 슈빈이 짜증을 내며 대답했다.

카자크 복장을 한 어린 하인이 두 친구의 도착을 알렸다. 그들은 안으로 들어왔다. 베르세네프는 인사로프를 소개했다. 엘레나는 그들에게 자리를 권하고 자기도 앉았다. 조야는 안나 바실리예브나에게 알리려 위층으로 올라갔다. 처음 만난 사람들의 대화가 다 그렇듯이 다소 의미 없는 대화가 시작되었다. 슈빈은 한쪽 구석에서 조용히 살펴보았지만, 특별히 살펴볼 것도 없었다. 그는 엘레나에게서 그, 즉 슈빈에 대한 짜증을 참고 있는 기색을 알아챘고, 그게 전부였다. 슈빈은 베르세네프와 인사로프를 바라보며 조각가로서 두 사람의 얼굴을 비교했다. '둘 다 미남은 아니야.' 그는 생각했다. '불가리아인은 특색 있고 이목구비가 뚜렷해서 조각하기에 좋은 얼굴이군. 지금 그 얼굴에 빛이 잘 비치고 있네. 대러시아인은 회화에 더 알맞겠군. 선은 없지만 표정이 있어. 엘레나는 이 사람도 저 사람도 사랑할 수 있겠어. 그녀는 아직 사랑에 빠지지 않았지만 베르세네프를 사랑하게 될 거야.' 슈빈은 마음속으로 단정했다. 안나 바실리예브나가 응접실에 나타나자 대화는 시골식이 아닌 완전히 '다차식'으로 바뀌었다. 대화는 논의 대상이 풍부해서 매우 다양했는데, 짧지만 꽤 지루한 침묵이 3분마다 대화를 끊어놓았다. 대화가 잠시 멈췄을 때 안나 바실리예브나는 조야를 바라보았다. 슈빈은 그녀가 보내는 무언의 암시를 알아채고 언짢은 표정을 지었고, 조야는 피아노 앞에 앉아 자신이 좋아하는 곡을 치며 노래를 불렀다. 우바르 이바노비치는 안으로 들어오려다 말고 손가락을 흔들며 물러갔다. 잠시 후 차가 나왔고, 차를 마신 뒤 모두가 정원을 거닐었다⋯⋯. 안뜰이 어두워지자 손님들이 돌아갔다.

실제로 인사로프는 옐레나가 기대한 것보다 훨씬 덜 인상적이었고, 더 정확하게 말하자면, 그녀가 기대한 인상을 주지 못했다. 그녀는 그의 솔직함과 자연스러운 태도가 마음에 들었고 그의 얼굴도 마음에 들었지만, 침착하고 단호하고 평범한 그의 존재 전체가 베르세네프의 이야기를 듣고 머릿속에 그렸던 형상과는 왠지 일치하지 않았다. 옐레나는 자신도 모르게 무언가 더 '숙명적인 것'을 기대하고 있었다. '그러나' 그녀는 생각했다. '그는 오늘 거의 말을 하지 않았는데, 그건 내 잘못이야. 내가 이것저것 묻지 않았으니까. 다음 만날 때까지 기다려야지⋯⋯. 그런데 그의 눈은 표정이 풍부하고 정직해 보였어!' 그녀는 인사로프에게 경탄하기보다 다정하게 손을 내밀고 싶어졌다. 인사로프 같은 사람들, 즉 '영웅들'을 다르게 상상했기에 당혹스러웠다. 이 '영웅'이란 말은 슈빈을 떠올리게 했고, 이미 침대에 누워 있던 그녀는 갑자기 얼굴을 붉히고 화를 냈다.

"새로 만난 사람들이 마음에 들었나?" 돌아오는 길에 베르세네프가 인사로프에게 물었다.

"무척 마음에 들었네." 인사로프가 대답했다. "특히 딸이 마음에 들었어. 분명 훌륭한 처녀일 테지. 그녀는 흥분하고 있었지만 그런 흥분은 좋은 거네."

"더 자주 찾아가야 할 거야." 베르세네프가 말했다.

"그래, 그래야지." 인사로프가 말하고 집에 다다를 때까지 더 이상 아무 말도 하지 않았다. 그는 곧바로 자기 방에 들어갔지만, 촛불은 자정이 훨씬 지나서도 켜져 있었다.

베르세네프가 라우머의 책을 한 페이지도 채 읽기 전에 한줌의 고운 모래가 그의 집 창문 유리창을 두드렸다. 그는 무의식적으로 흠칫 몸을 떨며 창문을 열고 백지장처럼 창백한 슈빈을 보았다.

"자네는 정말 지칠 줄 모르는 친구야! 밤나방 같아!" 베르세네프가 입을 열었다.

"쉿!" 슈빈이 그의 말을 가로막았다. "나는 총각이 처녀를 찾아오듯 몰래 자네한테 왔네. 꼭 단둘이서 두어 마디 해야 할 얘기가 있어."

"그럼 방으로 들어와."

"아니, 괜찮아." 슈빈은 이렇게 대꾸하고 창턱에 팔꿈치를 괴었다. "이래야 더 즐겁고 더 스페인식이지. 우선 자네 주가가 올라간 것을 축하하네. 자네가 찬양한 그 비범한 사람은 낙제야.

이건 내가 보증할 수 있지. 내가 공정하다는 것을 증명할 테니 들어보게. 여기 인사로프 씨의 이력서가 있네. 어떤 재능도 없고 시정(詩情)도 없지만 일할 능력은 무한하고 기억력도 좋아. 지식은 편협하고 깊지 않지만 건전하고 활기차고 뚝심과 힘이 있어. 우리끼리 얘기지만, 그 따분한 불가리아가 화제에 오르면 심지어 말재간도 있지. 뭐? 내가 공평하지 않다고? 한마디 더 하지. 자네와 그는 결코 너나들이하는 사이가 되지 못할 거야. 그 누구도 그와 너나들이하며 지내지 못했을 거야. 그는 예술가인 나를 싫어하겠지만 나는 그게 자랑스러워. 그는 뚝심, 뚝심이 있어서 우리 모두를 짓이겨 가루로 만들 수도 있어. 그는 자기 조국의 땅과 연결되어 있어. '생명수여, 우리 몸속에 흘러들어라!' 이렇게 민중에게 아부하는 우리의 빈 그릇들과는 달라. 그 대신 그의 과제는 더 간단하고 더 알기 쉬워. 터키인들을 쫓아내기만 하면 되거든. 그게 다야! 그러나 다행히도 여자들은 이 모든 자질을 좋아하지 않아. 그는 '매력'이 없어. 자네와 내가 가지고 있는 매력이 없다고."

"왜 나까지 끌고 들어가나?" 베르세네프가 중얼거렸다. "그리고 다른 점에서도 자네는 옳지 않아. 그는 자네를 전혀 싫어하지 않아. 또 자기 동포들과 너나들이하며 가깝게 지내고 있고……. 난 그걸 알아."

"그건 다른 문제지! 그들에게 그는 영웅이거든. 솔직히 말해 내가 생각하는 영웅은 다르지만 말이야. 영웅은 말재간이 필요 없어. 영웅은 황소처럼 으르렁대야 해. 그 대신 뿔을 한번 움직이면 벽이 무너져 내리지. 영웅은 왜 움직이는지 자신도 모르지만 움직이거든. 하지만 우리 시대에는 다른 종류의 영웅이 필요할지도 몰라."

"자네는 왜 그렇게 인사로프에게 관심이 많은가?" 베르세네프가 말했다. "정말 그 사람의 성격을 묘사하려고 여기로 달려왔단 말인가?"

"집에 있자니 너무 슬퍼서 여기에 왔네." 슈빈이 입을 열었다.

"아, 그래! 또 울고 싶은 건가?"

"웃어도 좋아! 나는 팔꿈치를 깨물 준비가 되어 있고, 절망과 울화와 질투가 나를 갉아먹기 때문에 여기에 왔어……."

"질투라고? 누구에 대한 질투?

"자네, 그 사람, 모든 사람에 대한 질투지. 내가 더 일찍 그녀를 이해했다면, 내가 능숙하게 그 일에 착수했다면……. 이런 생각이 날 괴롭혀. 그런데 지금 내가 무슨 말을 하는 거야! 나는 그저 웃기만 하고 바보짓이나 하고, 그녀의 말대로 변덕을 부리다가 결국 목이나 매고 말겠지."

"아니, 자네는 목을 매지 못할 거야." 베르세네프가 말했다.

"물론 이런 밤에는 목을 매지 않지. 가을까지만 살아 보세. 이런 밤에도 역시 사람들은 죽지만, 다만 행복에 겨워 죽겠지. 아아, 행복! 길을 가로질러 뻗어 있는 나무 그림자마다 '나는 행복이 어디 있는지 알아요……. 내가 말해 줄까요?'라고 속삭이는 것 같아. 자네에게 산책하자고 청하고 싶지만, 자네는 지금 그저 그런 기분인 것 같군. 잠이나 자게. 그리고 수학 기호 꿈이나 꾸라고! 그런데 나는 영혼이 터질 것만 같아. 당신들은 사람이 웃는 것을 보고 그의 마음이 편안하다고 생각하겠지. 당신들은 그가 자기모순에 빠져 있다, 즉 그는 고통 받지 않는다는 것을 증명할 수 있겠지……. 잘 있게!"

슈빈은 재빨리 창문에서 물러났다. "안누시카" 베르세네프는 그의 등에 대고 소리치고 싶었지만 참았다. 실제로 슈빈의 얼굴이 파랗게 질려 있었기 때문이다. 2분쯤 지나서 베르세네프는 흐느끼는 소리를 들은 것 같았다. 그는 자리에서 일어나 창문을 열었다. 모든 것이 조용했다. 다만 저 멀리 어딘가에서 누군가가, 아마 지나가는 어떤 농부가 〈모즈독의 초원〉이란 노래를 길게 뽑고 있었다.

13

쿤체보 근방으로 이사 온 후 처음 2주 동안 인사로프는 스타호프 부부를 네다섯 번밖에 방문하지 않았고, 베르세네프는 격일로 갔다. 옐레나는 항상 그가 오는 것을 기뻐했고, 둘 사이에는 활기차고 흥미 있는 대화가 오갔다. 그러나 그는 종종 슬픈 얼굴로 귀가하곤 했다. 슈빈은 거의 나타나지 않았고 열광적으로 예술에 몰두하고 있었다. 그는 자기 방에 틀어박혀 있다 진흙투성이 블라우스 차림으로 튀어나오거나 모스크바에 있는 작업실에서 며칠씩 보내곤 했는데, 모델과 이탈리아의 주형공(鑄型工)들, 친구들과 교사들이 찾아오곤 했다. 옐레나는 단 한 번도 인사로프와 흡족하게 이야기를 나누지 못했다. 그가 없을 때 그에게 많은 것을 물어보려고 준비했지만, 그가 오면 자기가 준비한 것이 부끄러워졌다. 무엇보다 인사로프의 더없이 침착한 태도가 옐레나를 당황케 했다. 그녀는 그에게 말을 강요할 권리가 없다 생각하고 기다리기로 했다. 그러나 인사로프가 방문할 때마다 서로 주고받은 대화가 사소한 것이었지만, 그녀는 점점 더 그에게 마음이 끌리는 것을 느꼈다. 하지만 그녀에겐 그와 단 둘이 있을 기회가 없었다. 어떤 사람과 친밀해지기 위해서는 적어도 한 번은 단 둘이서 이야기할 필요가 있다. 그녀는 베르세네프에게 인사로프에 대해 많은 이야기를 했다. 베르세네프는 옐레나의 상상력이 인사로프에게 매료되었다는 것을 깨달았고, 슈빈이 단언한 것처럼 친구가 낙방하지 않은 것에 기뻐했다. 베르세네프는 인사로프에 대해 아는 모든 것을 열심히, 매우 상세하게 이야기했고(우리는 종종 상대방이 자신을 좋아해 주길 원할 때, 그와 대화하면서 친구를 지나치게 칭찬하는데, 그것이 자신을 칭찬하는 것임을 전혀 의심하지 않는다), 이따금 옐레나의 창백한 뺨이 살짝 붉어지고 눈이 빛나며 커질 때면 그가 이미 경험한 그 좋지 않은 슬픔이 그의 마음을 압박하곤 했다.

어느 날 베르세네프는 평소와 달리 아침 열 시가 조금 넘어 스타호프 씨의 집에 도착했다. 옐레나가 그를 보러 홀로 나왔다.

"우리의 인사로프가 사라졌다고 상상해 보세요." 그는 억지로 미소를 지으며 입을 열었다.

"사라지다뇨?" 옐레나가 말했다.

"사라졌습니다. 그저께 저녁에 어딘가로 나가서 아직 돌아오지 않았어요."

"어디로 간다고 말하지 않았나요?"

"아뇨."

옐레나는 의자에 풀썩 주저앉았다.

"아마 모스크바에 갔겠죠." 그녀는 무관심한 듯 보이려 애쓰면서 말하는 동시에 그런 척하는 자신에게 스스로 놀랐다.

"그런 것 같지 않아요." 베르세네프가 대꾸했다. "그는 혼자 나가지 않았거든요."

"누구와 함께?"

"그저께 점심 식사 전에 어떤 사람 둘이 왔는데, 아마 그의 동포들일 겁니다."

"불가리아인들? 왜 그렇게 생각하세요?"

"그 사람들이 내가 모르는 말로 이야기했지만 슬라브어로 들렸기 때문입니다……. 옐레나 니콜라예브나, 당신은 항상 인사로프에게 신비로운 점이 별로 없다고 말했지만, 이 방문보다 더 신비로운 게 무엇이 있겠어요? 상상해 보세요. 그들은 그의 방으로 들어가서 소리치고 언쟁했어요. 게다가 아주 거칠고 악의에 차서…… 인사로프도 소리쳤어요."

"그도요?"

"네. 그도 소리쳤습니다. 그들은 마치 서로에 대해 불평하는 것 같았어요. 만일 당신이 그 방문객들을 보았더라면! 매부리코에 광대뼈가 튀어나오고 거무스름하고 우둔한 얼굴이었죠. 둘 다 마흔은 넘어 보이고, 옷차림이 초라하고 먼지와 땀투성이인 것이 수공업자 같았지만 수공업자도 아니고 신사도 아니고……. 그들이 어떤 사람들인지는 아무도 모르죠."

"그가 그들과 함께 나갔단 말인가요?"

"그들과 함께요. 그들에게 음식을 주고 같이 나갔습니다. 주인아주머니의 말로는, 그들은 둘이서 죽을 단지째 먹었대요. 꼭 허기진 늑대처럼 앞다투어 먹더랍니다."

옐레나는 살짝 미소를 지었다.

"두고 보세요." 그녀가 말했다. "이 모든 것이 무언가 아주 산문적인 것으로 밝혀질 거예요."

"그래야죠! 하지만 당신은 그 단어를 헛되이 사용했어요. 슈빈이 장담하지만, 인사로프에게 평범한 것은 하나도 없어요……."

"슈빈!" 옐레나가 말을 끊고 어깨를 으쓱했다. "그러나 그 두 사람이 죽을 먹었다는 것을 인정해야 해요……."

"테미스토클레스도 살라미스 해전* 전날에 음식을 먹었지요." 베르세네프가 미소를 지으며 말했다.

"그래요. 그러나 다음 날 전투가 벌어졌죠. 어쨌든 그가 돌아오면 알려 주세요." 옐레나는 이렇게 덧붙이고 화제를 돌리려 했으나 대화는 잘 이어지지 않았다.

조야가 나타나서 발끝으로 방 안을 돌아다녔는데, 그것은 안나 바실리예브나가 아직 잠에서 깨어나지 않았다는 것을 알리기 위해서였다.

베르세네프는 떠났다.

같은 날 저녁, 옐레나는 베르세네프로부터 다음과 같은 쪽지를 받았다. "그가 돌아왔습니다. 햇볕에 그을리고 눈썹까지 먼지를 뒤집어쓰고 있었습니다. 그러나 그가 왜, 어디에 갔다 왔는지 나는 모릅니다. 당신이 알아낼 수 있지 않을까요?"

"알아낼 수 있지 않겠냐고!" 엘레나가 중얼거렸다. "정말 그가 내게 말할까?"

14

다음 날 한 시가 좀 지나서 옐레나는 정원에 있는 작은 개집 앞에 서 있었다. 그녀는 이 개집에 강아지 두 마리를 키우고 있었다(울타리 밑에 버려진 강아지 두 마리를 발견한 정원사는 세탁부들로부터 아가씨가 온갖 짐승과 가축을 불쌍히 여긴다는 말을 듣고 이 강아지를 가져다주었다. 정원사의 계산은 틀리지 않았다. 옐레나는 25코페이카를 주었다.) 옐레나는 개집을 들여다보며 강아지가 건강하게 살아 있고 신선한 짚이 깔려 있는 것을 확인한 후 돌아섰다가 하마터면 비명을 지를 뻔했다. 인사로프가 혼자 오솔길을 따라 그녀를 향해 곧장 걸어오고 있었기 때문이다.

"안녕하십니까?" 그는 옐레나에게 가까이 다가와 챙 모자를 벗으며 말했다. 그녀는 그가 지난 사흘 동안 확실히 심하게 그을린 것을 알아챘다. "안드레이 페트로비치와 함께 오려고 했는데, 그가 왠지 우물쭈물해서 혼자 왔습니다. 대에는 아무도 없더군요. 모두들 자고 있거나 산책을 나간 것 같아서 여기로 왔습니다."

"마치 사과라도 하는 것 같군요." 옐레나가 대답했다. "전혀 그럴 필요 없어요. 우리는 모두 당신을 만나서 정말 반가워요……. 여기 그늘 아래, 벤치에 앉으세요."

그녀는 벤치에 앉았다. 인사로프도 그녀 옆에 앉았다.

"요새 집에 안 계셨죠." 그녀가 입을 열었다.

"네." 그가 대답했다. "어디 좀 갔다 왔습니다……. 안드레이 페트로비치에게서 들으셨나요?"

인사로프는 그녀를 쳐다보고 미소를 짓더니 챙 모자를 만지작거렸다. 그는 미소를 띠면서 재빨리 두 눈을 깜박이며 입술을 삐죽 내밀었는데, 이런 모습은 아주 선량한 인상을 주었다.

"아마, 안드레이 페트로비치는 내가 어떤…… 볼품없는 사람들과 함께 떠났다고 말했겠죠." 그는 여전히 미소를 띠며 말했다.

옐레나는 약간 당황했으나 곧 인사로프에게는 항상 진실을 말해야 한다고 느꼈다.

"네." 그녀가 단호하게 말했다.

"저에 대해 어떻게 생각했나요?" 그가 불쑥 물었다.

옐레나는 그를 올려다보았다.

"저는" 그녀가 말했다. "당신은 항상 자신이 무엇을 하는지 알고 있고, 결코 나쁜 일을 할 수 없다고 생각했어요."

"음, 그렇게 생각하셨다니 감사합니다. 사실은, 옐레나 니콜라예브나," 그는 왠지 신뢰 어린 표정과 함께 그녀 쪽으로 다가앉으며 말했다. "이곳에 우리 동포들이 작은 가족을 이루고 있습니다. 그들 가운데 별로 교육을 받지 못한 사람들이 있지만 모두 공동 대의에 아주 헌신적입니다. 불행히도 그들 사이에 다툼이 없을 수가 없어요. 모두가 나를 알고 신뢰하기 때문에 한 가지 다툼을 해결해 달라고 불렀어요. 그래서 갔다 온 겁니다."

"여기서 먼가요?"

"60베르스타*쯤 떨어진 트로이츠키 마을에 갔다 왔습니다. 거기 수도원에도 우리 동포들이 있습니다. 어쨌든 고생이 헛되진 않았어요. 일을 잘 처리했으니까요."

"힘들었나요?"

"힘들었죠. 한 사람이 계속 고집을 부렸어요. 돈을 내주려 하지 않았습니다."

"뭐라고요? 돈 때문에 다투었단 말인가요?"

"네. 큰돈도 아닙니다. 그런데 당신은 무슨 일이라고 생각했나요?"

"그런 사소한 일로 60베르스타나 갔다 왔어요? 사흘이나 허비하면서?"

"그건 사소한 일이 아닙니다, 엘레나 니콜라예브나. 동포들과 관련된 일이니까요. 거절하는 건 죄입니다. 당신도 강아지까지 돌보지 않습니까? 당신의 그런 점을 칭찬하고 싶군요. 그리고 내가 시간을 잃어버린 긴 큰일이 아닙니다. 잃어버린 시간은 나중에 벌충하면 되니까요. 우리의 시간은 우리의 것이 아닙니다."

"그럼 누구의 것이죠?"

"우리를 필요로 하는 모든 사람의 겁니다. 제가 이 모든 것을 뜬금없이 얘기하는 까닭은 당신의 의견을 소중히 여기기 때문이죠. 안드레이 페트로비치의 말을 듣고 얼마나 놀라셨을지 상상이 갑니다!"

"제 의견을 소중히 여긴다고요?" 옐레나가 속삭이듯 물었다. "왜죠?"

인사로프는 다시 미소를 지었다.

"그건 당신이 귀족 처녀가 아니고 훌륭한 아가씨니까요…….이게 답니다."

짧은 침묵이 흘렀다.

"드미트리 니카노로비치." 옐레나가 말했다. "저에게 이렇게 솔직하게 말한 건 처음인 거 아시죠?"

"그럴 리가요? 저는 항상 생각하고 있는 것을 모두 당신에게 말한 것 같은데요."

"아뇨, 이번이 처음이라 아주 기뻐요. 저도 솔직하고 싶은데, 괜찮겠죠?"

인사로프가 웃으며 말했다.

"괜찮습니다."

"미리 말씀드리는데, 저는 아주 호기심이 많아요."

"괜찮습니다. 말하세요."

"안드레이 페트로비치는 당신의 삶과 젊은 시절에 대해 많은 얘기를 해 줬어요. 어떤 상황, 그 끔찍한 상황도…… 알고 있어요. 그 후 고국에 다녀온 것도 알고 있습니다……. 제 질문이 불손하다고 여기면 제발 대답하지 마세요. 하지만 나는 한 가지 생각 때문에 괴로워요……. 당신이 그 사람과 만났는지 말해 주세요……."

엘레나는 숨이 막혔다. 자신의 당돌함이 부끄럽기도 하고 두렵기도 했다. 인사로프는 살짝 실눈을 뜨고 손가락으로 턱을 만지작거리며 그녀를 빤히 바라보았다.

"엘레나 니콜라예브나," 마침내 그가 입을 열었다. 엘레나가 흠칫 놀랄 만큼 그의 목소리는 평소보다 더 나직했다. "당신이 지금 어떤 사람에 대해 말하는지 알겠어요. 아뇨, 그 사람을 만나지 못했어요. 다행입니다! 나는 그를 찾지 않았습니다. 나에게 그 사람을 죽일 권리가 없다고 생각해서가 아니라—나는 그를 아주 태연히 죽였을 겁니다—민족 전체의 복수가 중요한 문제가 되고 있을 때…… 아니, 이 말은 적당치 않아요……. 민족 해방이 중요한 문제가 되고 있을 때 개인적인 복수에 대해 생각할 겨를이 없었습니다. 그 일은 다른 일에 방해가 될 수 있어요. 때가 오면 그 일도 그냥 넘기진 않을 겁니다……. 그냥 넘기진 않을 겁니다." 그는 이렇게 되뇌며 고개를 저었다.

엘레나는 곁눈질로 그를 슬쩍 바라보았다.

"조국을 매우 사랑하나요?" 그녀가 조심스럽게 말했다.

"아직 모릅니다." 그가 대답했다. "우리들 중 누군가가 조국을 위해 죽으면, 그때 그가 조국을 사랑했다고 말할 수 있겠죠."

"그렇다면 당신이 불가리아로 돌아갈 기회를 박탈당한다면," 옐레나는 말을 이었다. "당신은 러시아에 있는 게 무척 괴롭겠네요."

인사로프는 눈을 내리떴다.

"견딜 수 없을 것 같아요." 그가 말했다.

"그런데 불가리아어를 배우기가 어려운가요?" 옐레나가 다시 말을 꺼냈다.

"전혀요. 러시아인이 불가리아어를 모른다는 건 부끄러운 일입니다. 러시아인은 모든 슬라브 방언을 알아야 해요. 불가리아어 책을 몇 권 가져다 드릴까요? 불가리아어가 얼마나 쉬운지 알게 될 겁니다. 우리의 노래도 세르비아 노래만큼 좋아요! 잠깐만요, 불가리아 노래를 하나 번역해 줄게요. 그 노래의 내용은⋯⋯. 그런데 우리 역사를 조금이라도 아세요?"

"아뇨, 전혀 몰라요." 옐레나가 대답했다.

"기다리세요, 책을 한 권 가져다 드릴게요. 당신은 그 책을 통해 중요한 사실만이라도 알게 될 겁니다. 그럼 노래를 들어 보세요⋯⋯. 차라리 번역한 노래를 가져다 드릴게요. 우리를 사랑하리라 확신합니다. 당신은 억압받는 모든 사람을 사랑하니까요. 우리 땅이 얼마나 좋은지 당신이 아신다면! 그런데도 짓밟히고, 고통을 당하고 있습니다." 그는 무의식적으로 손을 움직이며 말했다. 그의 얼굴이 어두워졌다. "우리는 모든 것을, 우리의 교회도, 우리의 권리도, 우리의 땅도 모두 빼앗겼습니다.

그 더러운 터키놈들이 가축 무리처럼 우리를 쫓아내고 우리를 도살하고 있습니다……."

"드미트리 니카노로비치!" 옐레나가 외쳤다.

인사로프가 말을 멈추었다.

"용서하십시오. 이런 얘기를 냉정하게 말할 수가 없어요. 하지만 방금 조국을 사랑하느냐고 물었지요? 지구상에서 다른 무엇을 사랑할 수 있겠습니까? 변하지 않는 것, 모든 의심을 초월하는 것, 신 다음으로 믿지 않을 수 없는 것이 무엇일까요? 그리고 그 조국이 당신을 필요로 할 때…… 불가리아의 마지막 농부도, 마지막 거지도, 그리고 저도―우리는 모두 같은 것을 원한다는 것을 기억하세요. 우리는 모두 하나의 목표를 가지고 있습니다. 이것이 우리에게 얼마나 큰 확신과 힘을 주는지 알아야 해요!"

인사로프는 잠시 입을 다물었다가 다시 불가리아에 대해 말하기 시작했다. 옐레나는 비통한 심정으로 아주 열심히, 주의 깊게 그의 말을 듣고 있었다. 그가 말을 마치자 그녀는 다시 한 번 물었다.

"그럼 당신은 무슨 일이 있어도 러시아에 남지 않겠군요?"

인사로프가 떠날 때 그녀는 오랫동안 그의 뒷모습을 바라보고 있었다. 이날 그는 그녀에게 전혀 다른 사람이 되었다. 그녀가 배웅한 그는 두 시간 전에 그녀가 맞이한 그가 아니었다.

그날부터 인사로프는 점점 더 자주 이 집에 드나들었고, 베르세네프의 발길은 짐짐 더 뜸해졌다. 두 친구 사이에는 무언가 이상한 기운이 감돌았는데, 둘 다 그것을 잘 느꼈지만 뭐라 명명할 수 없었고 설명하기를 두려워했다. 그렇게 한 달이 흘러갔다.

15

독자가 이미 알고 있듯이 안나 바실리예브나는 집에 있기를 좋아했지만 때로는 예기치 않게 무언가 평범하지 않은 것, 어떤 놀라운 '유람 여행' 같은 것에 대한 저항할 수 없는 욕망을 느끼곤 했다. 이 '유람 여행'이 더 어려울수록, 여행을 위한 준비와 채비가 더 많이 필요할수록, 자신이 더 흥분할수록 그녀는 더 즐거워했다. 겨울에 이런 '변덕'이 일어나면 극장 특별석을 두세 개 나란히 예약하라 지시하고, 지인들을 모두 불러 모아 극장이나 심지어 가장무도회에 가기도 했다. 여름에는 교외로, 어딘가 더 먼 곳으로 가곤 했다. 그다음 날 그녀는 두통을 호소하고 끙끙대며 침대에서 일어나지 못했으나, 두어 달이 지나면 다시 '평범하지 않은 것'에 목말라했다. 지금도 똑같은 일이 일어났다. 누군가가 그녀 앞에서 차리치노의 아름다움에 대해 언급했고, 안나 바실리예브나는 돌연 내일모레 차리치노에 가겠노라 선언했다. 집 안에서는 소동이 일어났다. 급사가 니콜라이 아르툐미예비치를 데리러 모스크바로 갔고, 집사도 그와 함께 포도주, 고기파이 그리고 온갖 음식을 사러 갔다. 슈빈은 역마차를 빌리고(사륜 포장마차 하나로는 부족했다) 대체용 말을 준비하라는 지시를 받았다. 어린 하인은 두 번이나 베르세네프와 인사로프에게 뛰어가 초대장 두 장을 전달했다. 조야가 처음에는 러시아어로, 다음에는 프랑스어로 쓴 초대장이었다. 안나 바실리예브나는 직접 아가씨들의 여행 복장을 챙기느라 분주했다. 그런데 '유람 여행'은 하마터면 무산될 뻔했다. 니콜라이 아르툐미예비치는 언짢고 불만스러운 기분으로 모스크바에서 돌아왔는데(그는 여전히 아브구스티나 흐리스티아노브나에게 불만이었다), 무슨 일인지 알고 나서는 가지 않겠다고 단호하게 선언했다. 쿤체보에서 모스크바로, 모스크바에서 차리치노로, 차리치노에서 다시 모스크바로, 모스크바에서 다시 쿤체보로 마차를 타고 다니는 것은 어리석은 일이며, 마지막으로 지구의 한 지점에서 노는 것이 다른 지점에서 노는 것보다 더 즐거울 수 있다는 것을 먼저 증명한다면 자신도 가겠노라고 덧붙였다. 물론 아무도 그것을 증명할 수 없었다. 안나 바실리예브나는 믿음직한 남자 동반자가 없어서 이미 '유람 여행'을 포기하려 했다. 낙심한 그녀는 우바르 이바노비치를 떠올렸고, "물에 빠진 사람은 지푸라기라도 잡는다"라고 말하며 노인을 부르러 그의 방으로 사람을 보냈다. 잠에서 깨어난 노인은 아래층으로 내려와 안나 바실리예브나의 제안을 조용히 듣더니 손가락을 움직이며 모두가 놀랍게도 동의했다. 안나 바실리예브나는 노인의 뺨에 키스하며 그를 상냥한 분이라 불렀다. 니콜라이 아르툐미예비치는 경멸어린 미소를 지으며 '켈부르드"라고 말했다(그는 이런 경우 '멋진' 프랑스어를 사용하는 것을 좋아했다). 다음날 아침 일곱 시에 꼭대기까지 짐을 가득 실은 포장마차 한 대와 사륜마차 한 대가 스타호프 씨네 다차의 마당에서 굴러 나왔다. 포장마차에는 숙녀들, 하녀, 베르세네프가 앉았고, 인사로프는 마부석에 앉았다. 사륜마차에는 우바르 이바노비치와 슈빈이 앉았다. 우바르 이바노비치가 손가락을 움직여 슈빈을 자기 자리로 불렀다. 노인은 슈빈이 가는 내내 자신을 놀리리라는 것을 알고 있었지만, 이 '흑토의 힘'과 젊은 예술가 사이에는 어떤 묘한 유대감과 말싸움을 즐기는 솔직함이 있었다. 하지만 이번에는 슈빈이 이 뚱뚱한 노인을 편안히 내버려두었는데, 노인의 태도가 조용하고 무심하고 온순했기 때문이다.

마차가 한낮인데도 음울하고 위압적인 차리치노성의 폐허에 도착했을 때, 태양은 이미 구름 한 점 없는 창공에 높이 떠 있었다. 일행은 모두 풀밭에 내려 곧바로 공원을 향해 걸어갔다. 엘레나와 조야가 인사로프와 함께 앞장섰다. 안나 바실리예브나는 우바르 이바노비치의 팔짱을 끼고 몹시 행복한 표정으로 그들의 뒤를 따라갔다. 노인은 숨을 헐떡이며 뒤뚱뒤뚱 걸었다. 새 밀짚모자가 이마를 조였고, 부츠 안에서 발이 타 듯이 화끈거렸지만 노인도 기분이 좋았다. 슈빈과 베르세네프는 행렬의 말미에서 걷고 있었다. "이보게, 우리는 어떤 베테랑들처럼 예비군이 될 거야." 슈빈이 베르세네프에게 속삭였다. "저기는 지금 불가리아야." 눈썹으로 옐레나를 가리키며 슈빈이 덧붙였다.

날씨는 기막히게 좋았다. 주변의 모든 것이 꽃을 피우고 흥얼대며 노래하고 있었다. 저 멀리 연못의 물이 반짝였다. 축제와 같은 밝고 명랑한 느낌이 영혼을 감싸 안았다. "아, 좋다! 아, 좋아!" 안나 바실리예브나가 끊임없이 되뇌었다. 우바르 이바노비치는 그녀의 감탄에 화답하듯 고개를 끄덕이다가 한 번은 "말할 나위 없어!"라고 말하기까지 했다. 옐레나는 가끔 인사로프와 말을 주고받았다. 조야는 두 손가락으로 챙 넓은 모자의 끝을 잡고 코가 뭉툭한 연회색 구두를 신은 작은 발을 분홍색 베이지 드레스 밑에서 애교스럽게 꺼내 보이며 이따금 옆이나 뒤를 살펴보곤 했다. "앗!" 슈빈이 별안간 낮은 목소리로 외쳤다. "조야 니키티시나가 돌아보는 것 같군. 그녀에게 가 보겠네. 옐레나 니콜라예브나는 지금 나를 경멸하고 있지만, 안드레이 페트로비치, 자네를 존경하고 있네. 하긴 마찬가지지만, 나는 가 보겠네. 그만 의기소침해야지. 친구, 자네는 식물 채집이나 하고 있게. 자네 입장에서는 그게 자네가 생각할 수 있는 최선이고, 과학적인 점에서도 유익하니까. 잘 있게!" 슈빈은 조야에게로 달려가 팔을 굽혀 내밀며 "마담, 당신의 팔을" 하고 말하더니 그녀의 팔을 끼고 함께 앞으로 나아갔다. 옐레나는 걸음을 멈추고 베르세네프를 불러 역시 그의 손을 잡았으나 계속 인사로프와 이야기를 나누었다. 그녀는 인사로프에게 은방울

꽃, 단풍나무, 참나무, 피나무를 불가리아어로 뭐라고 부르는지 물었다……. ('불가리아!' 불쌍한 안드레이 페트로비치는 생각했다.)

갑자기 앞쪽에서 고함소리가 들렸다. 모두가 고개를 들었다. 조야가 한 손으로 던진 슈빈의 시가 케이스가 덤불 속으로 날아가고 있었다. "두고 보자, 당신에게 보복할 거야!" 슈빈은 소리를 지르고 덤불 속으로 들어가 시가 케이스를 찾아 조야에게 돌아가려고 했다. 그러나 조야에게 미처 다가가기도 전에 시가 케이스가 다시 오솔길을 가로질러 날아갔다. 이런 장난이 대여섯 번 되풀이되었다. 슈빈은 계속 껄걸 웃으며 위협했지만 조야는 조용히 미소만 짓고 고양이처럼 몸을 움츠렸다. 마침내 슈빈이 조야의 손가락을 너무 세게 쥐어서 그녀가 '악' 소리를 냈다. 조야는 짐짓 화를 내며 오랫동안 손을 후후 불어 댔고, 슈빈은 그녀의 귀에 대고 무슨 노래를 부르고 있었다.

"장난꾸러기 젊은이들이야." 안나 바실리예브나가 우바르 이바노비치에게 유쾌하게 말했다.

노인은 손가락을 놀렸다.

"조야 니키티시나는 어때요?" 베르세네프가 엘레나에게 말했다.

"슈빈은 어때요?" 그녀가 대답했다.

한편 일행은 밀로비도바 정자에 다가가 차리치노 연못의 광경을 감상하기 위해 멈춰 섰다. 연못들은 몇 베르스타에 걸쳐 줄지어 이어져 있었고, 그 니미로 울창한 숲이 컴컴하게 들어서 있었다. 중앙 연못까지 언덕의 전체 경사면을 뒤덮은 풀은 유난히 밝은 에메랄드빛을 물 위에 던지고 있었다. 어디에도, 심지어 연못 기슭에도 물결 하나 일렁이지 않았고, 하얀 거품도 보이지 않았다. 매끄러운 수면에는 잔물결조차 일지 않았고, 얼어붙은 것 같은 유리 덩어리가 커다란 성수반(聖水盤) 속에 묵직하게 반짝이며 담겨 있는 것 같았다. 하늘은 수면 밑바닥에 내려앉고, 구불구불한 나무들도 움직이지 않고 수면의 투명한 가슴을 바라보고 있었다. 모두가 오랫동안 말없이 넋을 잃고 경치를 바라보았다. 슈빈조차도 말이 없고, 조야도 생각에 잠겼다. 마침내 모두가 한마음으로 보트를 타고 싶어 했다. 슈빈, 인사로프 그리고 베르세네프가 풀밭을 따라 달려 내려갔다. 그들은 페인트를 칠한 커다란 보트를 발견했고, 두 명의 노 젓는 사람을 찾아서 숙녀들을 불렀다. 여자들이 그들 쪽으로 내려왔다. 우바르 이바노비치도 조심스럽게 여자들 뒤를 따라 내려왔다. 노인이 보트에 올라타고 자리를 잡는 동안 많은 웃음이 터져 나왔다. "조심하슈, 나리, 우리를 물속에 빠트리지 말아요." 알렉산드리아식 셔츠*를 입은 들창코의 젊은 노 젓는 사람이 말했다. "그래, 그래, 투덜이 같으니!" 우바르 이바노비치가 말했다. 보트가 출발했다. 젊은이들이 노를 잡으려고 했으나 인사로프만 노를 저을 줄 알았다. 슈빈은 러시아 노래를 합창하자고 제안했고, 그가 먼저 "어머니강을 따라 내려가며……"를 뽑았다. 베르세네프와 조야, 심지어 안나 바실리예브나도 따라 불렀다. (인사로프는 노래를 부를 줄 몰랐다.) 하지만 화음이 맞지 않아 세 번째 구절에서 뒤죽박죽이 되었다. 베르세네프만 저음으로 "물결 속에는 아무것도 보이지 않아" 하고 계속 부르려다 금세 헛갈렸다. 노 젓는 사람들은 서로 눈짓하며 말없이 이를 드러내고 웃었다. "왜?" 슈빈이 그들을 쳐다보며 말했다. "우리가 노래를 부를 줄 모르는 것 같나?" 알렉산드리아식 셔츠를 입은 젊은이가 그저 고개를 흔들었다. "그럼 기다려, 들창코 씨." 슈빈이 항의하듯 말했다. "조야 니키티시나, 우리에게 니데르마이어*의 〈호수〉를 불러 줘요. 당신들은 노를 젓지 마오!" 젖은 노들이 날개처럼 공중으로 솟아올랐다 갑자기 멈춰 서서 뚝뚝 물방울을 떨어트렸다. 보트는 조금 더 떠가다가 백조처럼 물 위에서 살며시 빙글빙글 돌다가 멈추었다. 조야는 거드름을 피웠다……. "알롱"* 안나 바실리예브나가 상냥하게 말했다……. 조야는 모자를 벗고 노래를 부르기 시작했다. "오, 호수여! 한 해가 거의 다 지나가고……."

그녀의 작지만 맑은 목소리가 거울 같은 수면을 따라 울려 퍼졌고, 멀리 숲속에서 노래 가사 하나하나가 메아리로 돌아왔다. 저 멀리 숲속에서 누군가가 맑고 신비하지만 비인간적인 천상의 목소리로 노래하는 것 같았다. 조야가 노래를 마치자 어느 강변 정자에서 "브라보"를 외치는 우렁찬 목소리가 울려퍼졌고, 그 정자에서 상판이 벌건 독일인 몇 명이 뛰쳐나왔다. '흥겹게 마시며 떠들려고' 차리치노에 온 사람들이었다. 그들 중 몇 명이 프록코트, 넥타이, 심지어 조끼도 입지 않은 채 미친 듯이 "앙코르"를 외쳐 대시 안나 바실리예브나는 어서 연못의 다른 쪽 끝으로 가라고 지시했다. 하지만 보트가 기슭에 닿기도 전에 우바르 이바노비치가 또 한 번 일행을 놀라게 했다. 숲속 한 곳에서 메아리가 유난히 또렷하게 울린다는 것을 알아챈 그가 별안간 메추라기 울음소리를 내기 시작했다. 처음에는 모두 몸을 떨었지만 우바르 이바노비치가 매우 충실하고 비슷하게 메추라기 울음소리를 내자 곧 진정한 즐거움을 느꼈다. 이에 고무된 노인은 "야옹야옹" 하고 고양이 우는 소리를 내려고 했다. 하지만 고양이 울음소리는 그리 신통치 못했다. 그는 다시 한 번 메추라기 소리를 내고 모두를 바라보더니 입을 다물었다. 슈빈은 노인에게 키스하려고 달려들었으나 노인이 그를 밀쳐 냈다. 그 순간 보트가 물가에 닿았고, 일행 모두가 강기슭에 내렸다.

그 사이에 마부가 하인, 하녀와 함께 마차에서 바구니를 가져와 오래된 피나무 아래 풀밭 위에 식사를 준비했다. 일행은 펼쳐 놓은 식탁보 주위에 둘러앉아 고기만두와 다른 음식을 먹기 시작했다. 모두가 식욕이 왕성했고, 안나 바실리예브나는 공기 좋은 곳에서는 많이 먹는 것이 건강에 좋다고 단언하면서 손님들에게 더 많이 먹으라고 계속 권했다. 그녀는 우바르 이바노비치에게도 같은 말을 했다. 노인은 입안에 음식을 가득 넣은 채 "안심하시오"라고 중얼거렸다. "하느님이 참으로 좋은 날씨를 주셨어!" 그녀는 끊임없이 되뇌었다. 그녀는 알아볼 수 없을 정도로 변했고, 스무 살은 더 젊어 보였다. 베르세네프가 그녀에게 무척 젊어 보인다고 말했다. "네, 그래요." 그녀가 말했다. "나도 한창 때는 어딜 가도 빠지지 않았답니다. 열 손가락 안에 들었어요." 슈빈은 조야 곁에 앉아 계속 와인을 따라 주었다. 조야가 거절하면 결국 자기가 잔을 비우고 다시 그녀에게 와인을 권하곤 했다. 그리고 그녀의 무릎에 머리를 얹고 싶다고 말했지만, 그녀는 '이 크나큰 자유'를 결코 허용하고 싶지 않았다. 엘레나는 누구보다 진지해 보였지만 그녀의 마음속에는 오랫동안 맛보지 못한 놀라운 평온함이 깃들었다. 그녀는 자신이 무한히 선량하다고 느꼈고, 인사로프뿐만 아니라 베르세네프도 계속 곁에 두고 싶었다……. 안드레이 페트로비치는 이것이 무엇을 의미하는지 어렴풋이 이해하고 남몰래 한숨을 쉬었다.

시간이 흘러 저녁이 가까워지고 있었다. 안나 바실리예브나는 갑자기 수선을 떨었다. "아, 맙소사, 너무 늦었네." 그녀가 입을 열었다. "여러분, 실컷 먹고 실컷 마셨으니 이제 돌아갈 때에요." 그녀가 서두르자 모두들 분주하게 움직이며 마차가 있는 성 쪽으로 향했다. 연못을 지나면서 차리치노의 경치를 마지막으로 감상하려고 모두가 걸음을 멈추었다. 사방에서 석양의 선명한 색채가 불타고 있었다. 하늘이 붉게 물들고 솟아오른 바람에 일렁이는 나뭇잎들이 반짝반짝 빛났다. 저 멀리 연못의 물이 녹은 금물처럼 흐르고, 정원 여기저기에 흩어져 있는 불그레한 탑과 정자가 짙은 녹색의 나무들과 선명하게 구분되었다. "잘 있거라, 차리치노야, 오늘 여행을 잊지 않으리!" 안나 바실리예브나가 말했다……. 그런데 바로 이 순간 그녀의 마지막 말을 확인하는 것처럼 정말 쉽게 잊을 수 없는 기이한 사건이 일어났다.

그 사건인즉슨 이렇다. 안나 바실리예브나가 차리치노에 작별 인사를 채 끝내기도 전에 갑자기 그녀에게서 몇 걸음 떨어진 키 큰 라일락 덤불 뒤에서 난잡한 감탄사, 웃음, 고함소리가 들리더니 머리칼이 헝클어진 한 무리의 남자가 한길로 쏟아져 나왔다. 좀 전에 조야에게 열렬히 박수를 보낸 그 음악 애호가들이었다. 거나하게 취한 듯한 그들은 여자들을 보고 걸음을 멈췄다. 그들 중 키가 엄청 크고 황소 목에 황소처럼 눈이 시뻘건 남자가 동료들에게서 떨어져 나왔다. 그는 어색하게 인사하고 비틀거리면서 깜짝 놀라 돌처럼 굳어 버린 안나 바실리예브나에게 다가갔다.

"봉주르, 마담." 그가 쉰 목소리로 말했다. "건강은 어떠세요?"

안나 바실리예브나는 비틀거리며 뒤로 물러났다.

"우리 일행이 앙코르, 브라보, 앙코르를 외쳤을 때, 왜 앙코르를 거절했죠?" 그 거인이 서툰 러시아어로 말을 이었다.

"그래, 그래, 왜 안했어?" 이런 외침이 일행 속에서 울려 퍼졌다.

인사로프가 앞으로 나서려고 했지만, 슈빈이 그를 멈춰 세우고 직접 안나 바실리예브나를 보호했다.

"실례지만, 존경하는 낯선 양반," 슈빈이 입을 열었다. "당신의 행동으로 우리 모두가 얼마나 놀랐는지 아시오? 내가 판단할 수 있는 한, 당신은 카프카스 종족의 색손계에 속하는 것 같은데, 그렇다면 사교계의 예의 정도는 알아야 하지 않겠소? 그런데 소개도 받지 않은 부인에게 말을 걸다니요. 사실 다른 때라면, 당신과 가까워지는 것을 매우 기뻐했을 거요. 당신에게서 아주 잘 발달된 이두근, 삼두근, 삼각근 같은 근육을 보았기 때문이오. 조각가로서 당신을 모델로 삼을 수 있다면 진짜 행운으로 생각하겠지만 지금은 우리를 그냥 내버려두시오."

'존경하는 낯선 양반'은 경멸하듯 고개를 한쪽으로 삐딱하게 틀고 두 손을 옆구리에 댄 채 슈빈의 말을 끝까지 들었다.

"당신이 무슨 소리를 하는지 도통 모르겠군." 마침내 그가 말했다. "당신이 보기에 내가 구두장이나 시계 수선공 같소. 여보쇼, 나는 장교야, 관리라고, 그래."

"나는 그것을 의심치 않소." 슈빈이 대꾸하려고 했다…….

"내 말은," 낯선 양반은 길가에 늘어진 나뭇가지를 밀치듯 힘센 팔로 슈빈을 떠밀면서 말을 이었다. "내 말은, 왜 우리가 앙코르를 외쳤을 때 다시 노래를 부르지 않았소? 나는 이제 곧 떠나겠지만 이게 필요하오. 이 부인이 아니라, 이 부인은 필요 없고, 이 아가씨나 저 아가씨(그는 옐레나와 조야를 가리켰다)가 독일말로, '아이넨 쿠스'*를 해 달라는 거요. 어떻소? 이건 아무것도 아니지."

"아무것도 아니야, 아이넨 쿠스, 그건 아무것도 아니야." 다시 일행 속에서 이런 소리가 울려 퍼졌다.

"에구, 저 괴짜!" 완선히 맛이 간 독일인이 우스워 죽겠다는

전날 밤 121

듯 캑캑거리며 말했다.

조야가 인사로프의 손을 붙잡았지만, 그는 조야의 손을 뿌리치고 장대 같은 무뢰한 앞에 다가섰다.

"저리 가시오." 그는 나직하지만 날카로운 목소리로 말했다.

독일인이 묵직하게 껄껄 웃어 댔다.

"뭐, 저리 가라고? 이거 재미있군! 나는 산보하면 안 되나? 뭐, 저리 가라고! 왜 저리 가?"

"당신이 감히 부인께 실례를 하고 있기 때문이오." 인사로프의 얼굴이 갑자기 창백해졌다. "당신이 술에 취했기 때문이오."

"뭐? 내가 취했다고? 나는 장교야. 알겠어? 호렌 지 다스, 헤어 프로피조어?* 이 자가 감히……. 지금 나는 만족을 원해! 키스를 원한다고!"

"만일 당신이 한 걸음이라도 더 내디디면," 인사로프가 입을 열었다…….

"그래? 그럼 어쩔 거야?"

"당신을 물속에 던져 버리겠어."

"물속에? 맙소사! 그게 다야? 자, 어디 보자. 그거 아주 재미있겠군. 어떻게 물속에…….."

장교라는 자가 두 팔을 쳐들고 앞으로 나섰다. 그런데 별안간 놀라운 일이 일어났다. 장교는 '꽥' 하고 비명을 내질렀고, 그 거대한 몸뚱이가 흔들거리며 땅에서 쳐들리고, 두 다리는 허공에서 버둥거렸다. 여자들이 비명을 지르기도 전에, 그 누구도 어떻게 이런 일이 일어났는지 이해하기도 전에 장교의 육중한 몸뚱이가 첨벙 소리를 내며 연못에 떨어졌고, 곧바로 소용돌이치는 물속으로 사라져 버렸다.

"어마나!" 여자들이 일제히 비명을 질렀다.

"마인 고트!"*라는 소리가 다른 쪽에서 들렸다.

1분쯤 지났다⋯⋯. 젖은 머리칼이 착 달라붙은 둥근 머리가 물 위에 나타났다. 그 머리는 물거품을 내뿜었고, 두 손은 경련하듯 입술 언저리에서 버둥거렸다.

"물에 빠져 죽겠어, 저자를 구해 줘요, 구해 줘!" 안나 바실리예브나가 강가에 다리를 벌리고 서서 숨을 깊이 몰아쉬고 있는 인사로프에게 소리쳤다.

"헤엄쳐 나올 겁니다." 그는 멸시하듯, 무자비할 정도로 무심하게 말했다. "가시죠." 그는 안나 바실리예브나의 팔을 붙잡으며 덧붙였다. "가시죠. 우바르 이바노비치, 옐레나 니콜라예브나."

"아⋯⋯ 아⋯⋯ 오⋯⋯ 오⋯⋯" 그 순간 강가의 갈대를 간신히 움켜잡은 불행한 독일인의 울부짖는 소리가 울려 퍼졌다.

모두 인사로프의 뒤를 따라 걸어갔다. 그들은 바로 그 '일행' 옆을 지나가야 했다. 그러나 두목을 잃은 무뢰한들은 조용해져서 말 한마디 하지 못했다. 그들 중 가장 용감한 한 사람만이 고개를 흔들며 중얼거렸다. "글쎄, 이건, 그러나⋯⋯ 모를 일이야⋯⋯ 나중에." 다른 한 사람은 모자를 벗기까지 했다. 그들에게 인사로프가 매우 무섭게 보였는데, 그건 까닭이 있었다. 인사로프의 얼굴에 무언가 악의에 차고 위험한 기색이 어려 있었다. 독일인들은 동료를 끌어올리려고 달려갔다. 단단한 땅 위로 기어올라오자마자 그 독일인은 '러시아 사기꾼들'의 뒤에 대고 고소를 하겠다느니, 백작 폰 키제리츠 각하를 찾아가겠다느니 하며 눈물 섞인 목소리로 욕설을 퍼붓고 외치기 시작했다.

그러나 '러시아 사기꾼들'은 그의 외침에 주의를 기울이지 않고 되도록 빨리 성 쪽으로 걸음을 재촉했다. 정원을 걸어가는 동안 모두가 침묵했고, 안나 바실리예브나만이 가볍게 한숨을 쉬었다. 하지만 그들이 마차에 다가가 멈춰 섰을 때, 호메로스의 작품에 나오는 천계에 사는 사람들처럼 억제할 수 없는 웃음이 끊이지 않고 터져 나왔다. 가장 먼저 슈빈이 미친 사람처럼 자지러지게 웃어 댔고, 그 뒤를 따라 베르세네프가 완두콩으로 북을 두드리는 듯한 웃음소리를 냈다. 그다음은 조야가 가는 구슬을 뿌리듯 깔깔 웃어 댔고, 안나 바실리예브나도 갑자기 허리가 끊어지도록 웃어 댔다. 심지어 엘레나도 미소를 띠지 않을 수 없었고, 마침내 인사로프도 웃지 않을 수 없었다. 하지만 누구보다 더 크게, 누구보다 더 오래, 누구보다 더 격렬하게 껄껄 웃어 댄 사람은 우바르 이바노비치였다. 노인은 옆구리가 결리고, 재채기가 나고, 숨이 막힐 정도로 웃어 댔다. 조금 진정하고 나서 노인은 눈물을 흘리며 말했다. "나는…… 생각하길…… 첨벙 하는 것이 뭔가 했더니……. 그런데 이건…… 그자가…… 납작하게……." 경련하듯 마지막 말을 내뱉으며 노인은 다시 폭소를 터트리고 온몸을 흔들었다. 조야가 더욱 그를 부추겼다. "두 다리가 공중에서 버둥거리는 걸 보니." 조야가 말했다. "그래, 그래." 우바르 이바노비치가 말을 받았다. "두 다리, 두 다리가……. 그러자 첨벙! 그자가 나-아-압작……!" "그런데 인사로프 씨는 대체 무슨 수를 썼을까요? 독일인이 그보다 세 배는 더 크지 않았어요?" 조야가 물었다. "내가 말해 주지." 우바르 이바노비치가 눈물을 닦으며 대답했다. "나는 봤거든. 한손으로 허리를 잡고 다리를 거는가 싶더니 첨벙 소리가 나는 거야! 그 소리를 듣고 이게 뭔가 하고 보았더니……. 그 자가 나-아-압작……."

마차는 이미 오래전에 출발했고, 차리치노성은 이미 시야에서 사라졌다. 우바르 이바노비치는 여전히 진정할 수 없었다. 다시 노인과 함께 사륜마차에 탄 슈빈이 마침내 그에게 무안을 주었다.

그러나 인사로프는 부끄러웠다. 마차에 엘레나와 마주 앉은 인사로프는(베르세네프는 마부석에 앉았다) 침묵했고, 그녀도 잠자코 있었다. 인사로프는 그녀가 자기를 비난하고 있다고 생각했지만, 그녀는 그를 비난하고 있지 않았다. 처음에는 매우 겁에 질렸고, 이윽고 그의 얼굴 표정에 충격을 받았다. 그러고 나서 계속 생각에 잠겨 있었다. 그녀는 자신이 무슨 생각을 했는지 분명하지 않았다. 낮에 느꼈던 느낌은 사라졌고, 그녀도 이것을 의식하고 있었다. 그러나 그 느낌은 그녀가 아직 알지 못하는 다른 무언가로 대체되었다. 유람 여행은 너무 오래 지속되었고, 저녁은 어느새 밤으로 변했다. 마차는 곡물 냄새가 향긋하고 공기가 후덥지근한, 낟알이 익어 가는 밭이나 넓은 초원을 따라 빠르게 달렸고, 갑자기 초원의 신선한 냄새가 가벼운 물결처럼 얼굴을 스치기도 했다. 하늘 가장자리에서 마치 연기가 피어오르는 것 같았다. 마침내 흐릿한 붉은 달이 떠올랐다. 안나 바실리예브나는 졸고 있었고, 조야는 창밖으로 머리를 쑥 내밀고 길을 바라보고 있었다. 마침내 한 시간 이상 인사로프와 말을 하지 않았다는 생각이 옐레나의 머릿속에 떠올랐다. 그녀는 사소한 질문을 했고, 그는 즉시 유쾌하게 대답했다. 어떤 불명료한 소리가 대기 속에서 들렸는데, 마치 멀리서 수천 개의 목소리가 말하는 것 같았다. 모스크바가 그들을 향해 돌진하고 있었다. 앞쪽에서 불빛이 어른거리더니 점점 더 많아졌다. 마침내 마차 바퀴 아래에서 돌이 부딪히는 소리가 들렸다. 안나 바실리예브나가 깨어났고, 마차에 탄 모든 사람이 말하기 시작했지만 두 대의 마차와 서른두 개의 말발굽이 포장도로를 너무 요란하게 달리는 바람에 상대방이 무슨 말을 하는지 아무도 알아들을 수 없었다. 모스크바에서 쿤체보까지의 여정은 길고 지루하게 느껴졌다. 모두가 다른 구석에 머리를 기대고 잠을 자거나 잠자코 있었다. 옐레나만 눈을 뜨고 인사로프의 어두운 모습에서 눈을 떼지 않았다. 슈빈은 슬픔에 빠져 있었다. 가벼운 바람이 눈에 불어와 그를 짜증나게 했다. 그는 외투 깃에 얼굴을 감싸고 하마터면 울음을 터트릴 뻔했다. 우바르 이바노비치는 좌우로 흔들리며 무사태평하게 코를 골았다. 마침내 마차가 멈췄다. 두 명의 하인이 안나 바실리예브나를 마차 밖으로 데리고 나왔다. 그녀는 완전히 녹초가 되어 동행인들과 작별하면서 "겨우 살았다"고 말했다. 그들은 감사를 표했지만 그녀는 "겨우 살았다"는 말만 되뇌었다. 옐레나는 인사로프와 처음으로 악수했고, 옷도 갈아입지 않은 채 오랫동안 창가에 앉아 있었다. 슈빈은 떠나는 베르세네프에게 속삭일 기회를 포착했다.

"그래, 어찌 영웅이 아니란 말인가. 술 취한 독일인들을 물속에 던져 버렸는데!"

"자네는 그러지도 못했어." 베르세네프는 반박하고 인사로프와 함께 집으로 향했다.

두 친구가 집으로 돌아왔을 때 하늘에는 이미 새벽노을이 물들고 있었다. 태양은 아직 떠오르지 않았지만 이미 쌀쌀한 기운이 감돌기 시작했고, 회색 이슬이 풀을 덮었고, 첫 종달새들이 어슴푸레한 허공의 심연에서 목청껏 울어 댔고, 그곳에서 외로운 눈처럼 커다란 마지막 별이 내려다보고 있었다.

16

옐레나는 인사로프와 알고 난 직후 일기를(다섯 번인가 여섯 번) 쓰기 시작했다. 다음은 이 일기에서 발췌한 것이다.

6월……. 안드레이 페트로비치는 책들을 가져다주지만 그것들을 읽을 수 없다. 그에게 이 사실을 고백하는 건 부끄러운 일이다. 책을 돌려주며 읽었다고 거짓말하고 싶지는 않다. 그가 속상해 할 것 같다. 그는 항상 나를 주의 깊게 살핀다. 나에게 무척 끌리고 있는 것 같다. 안드레이 페트로비치는 매우 훌륭한 사람이다.

……나는 무엇을 원하는 걸까? 내 마음이 왜 이토록 무겁고 괴로울까? 왜 날아다니는 새들을 선망의 눈으로 바라볼까? 새들과 함께 날고 싶다. 어디로 날아갈지는 모르지만, 다만 멀리, 여기서 멀리멀리 날아가고 싶다. 이런 바람은 죄악이 아닐까? 여기에 어머니, 아버지, 가족이 있다. 정말 나는 그들을 사랑하지 않는 것일까? 그렇다, 나는 그들을 사랑하고 싶은 만큼 사랑

하지 못한다. 말하기 두렵지만 사실이다. 아마 나는 중죄인인 가 보다. 그래서 내 마음이 이토록 슬프고 불안한가 보다. 어떤 손이 나를 짓누르고 있다. 나는 마치 감옥에 있는 것 같고, 벽이 곧 내게로 무너져 내릴 것 같다. 왜 다른 사람들은 이런 것을 느 끼지 못할까? 내가 가족에게 냉담하다면, 대체 나는 누구를 사 랑하려는 걸까? 아버지는 내가 개와 고양이만 사랑한다고 꾸 짖는데, 아버지가 옳은 것 같다. 이것에 대해 생각해야 한다. 나 는 기도도 잘 하지 않는다. 기도해야 한다……. 하지만 나도 사 랑할 수 있을 것 같다!

……나는 여전히 인사로프 씨와 있으면 겁이 난다. 왜 그런 지 모르겠다. 나는 어린애가 아니고, 그는 매우 소박하고 친절 하다. 가끔 그의 얼굴은 매우 진지하다. 아마 그는 우리에게 관 심이 없는 것 같다. 나는 이걸 느낀다. 그래서 그에게서 시간을 빼앗는 것이 어쩐지 부끄럽다. 안드레이 페트로비치는 다르다. 그와는 하루 종일이라도 이야기할 수 있다. 하지만 그는 항상 인사로프 얘기만 한다. 끔찍할 정도로 자세히 이야기한다! 나 는 지난 밤 꿈에서 손에 단검을 들고 있는 그를 보았다. 마치 그 가 "당신을 죽이고 나도 죽겠다"고 말하는 것 같았다. 이 얼마 나 어리석은 말인가!

……오, 만일 누군가 "너는 바로 이 일을 해야 한다"라고 말 해 주면 좋을 텐데! 착한 사람이 되는 것, 이것만으로는 충분하 지 않다. 선행을 하는 것…… 그렇다, 이것은 인생에서 중요하 다. 그러나 어떻게 착한 일을 할 것인가? 아아, 만일 내가 자신

을 통제할 수 있다면! 왜 나는 인사로프 씨를 이토록 자주 생각하는지 모르겠다. 그가 우리 집에 와서 자리에 앉아 주의 깊게 귀를 기울이고 있을 때, 그는 무엇을 하려고 애쓰지 않고 서두르지도 않는다. 나는 그런 그를 바라보는 게 즐겁다. 그러나 그뿐이다. 그가 떠나면, 나는 그가 한 말을 계속 떠올리며 자신에게 화를 내고 심지어 흥분하기도 한다……. 그 이유를 나 자신도 모르겠다. (그는 프랑스어를 잘하지 못하지만 부끄러워하지 않는다. 그것이 마음에 든다.) 하지만 나는 항상 새로운 얼굴들에 대해 많이 생각한다. 그와 이야기를 나누다 문득 우리 집 식당에서 일했던 바실리 생각이 났다. 바실리는 불타는 농가에서 한쪽 다리가 없는 노인을 끌어냈고, 하마터면 자신이 죽을 뻔했다. 아버지는 그를 용감한 사람이라고 불렀고, 어머니는 그에게 5루블을 주었다. 나는 그의 발밑에 엎드려 절을 하고 싶었다. 그는 얼굴이 소박하고 심지어 멍청했는데, 나중에 술주정뱅이가 되었다.

……오늘 나는 어떤 여자 거지에게 동전 한 닢을 줬는데, 그 거지가 왜 그렇게 슬퍼하느냐고 물었다. 내가 슬픈 표정을 짓고 있는지 몰랐다. 내가 모든 선과 악을 가진 채 항상 혼자 있기 때문에 그런 슬픈 표정을 짓는 것 같다. 손을 내밀 사람이 아무도 없다. 내게 다가오는 사람은 필요 없고, 내가 원하는 사람은 지나쳐 버린다.

……오늘 나에게 무슨 일이 있는지 모르겠다. 머리가 혼란스럽다. 무릎을 꿇고 용서를 구하고 간청할 준비가 되어 있다. 누

가 어떻게 살해당했는지 모르지만 마치 내가 살해당한 것 같다. 나는 속으로 비명을 지르고 분개하며, 울고 침묵할 수 없다……. 오, 신이시여! 신이시여! 내 안에 있는 이 충동을 진정시켜 주옵소서! 당신만이 할 수 있나이다. 다른 모든 것은 무력하나이다. 보잘것없는 자선도 공부도 아무것도, 아무것도 나를 도울 수 없습니다. 정말 하녀가 되어 어딘가로 갔으면 좋겠다. 그러면 훨씬 마음이 가벼울 것 같다.

청춘은 무엇을 위한 것인가, 나는 무엇을 위해 살고 있는가, 왜 나에겐 영혼이 있는가, 그리고 나는 왜 이 모든 것을 괴로워하는가?

……인사로프, 인사로프 씨—정말 어떻게 써야 할지 모르겠다—는 여전히 내 마음을 사로잡고 있다. 그의 영혼 속에 무엇이 있는지 알고 싶다. 그는 매우 솔직하고 다가가기 쉬운 사람처럼 보이지만, 나에겐 아무것도 보이지 않는다. 이따금 그는 주의 깊게 나를 바라본다……. 이건 나만의 공상일까? 폴은 항상 나를 놀려 대는데, 폴에게 화가 난다. 그가 원하는 게 뭘까? 그는 나를 사랑하지만 나는 그의 사랑이 필요 없다. 그는 조야도 사랑한다. 나는 그에게 공정하지 않다. 그는 어제 내가 반쯤은 불공정하다고 말했다……. 그건 사실이다. 그건 매우 나쁘다.

아아, 사람에게는 불행이나 가난이나 질병 같은 것이 필요하다고 느낀다. 그렇지 않으면 바로 교만해진다.

……안드레이 페트로비치는 왜 오늘 니에게 그 불가리아인

두 명에 대해 이야기했을까! 마치 의도적으로 이야기한 것 같다. 인사로프 씨가 나에게 무엇이란 말인가? 안드레이 페트로비치에게 화가 난다.

……펜을 들었는데, 어떻게 시작해야 할지 모르겠다. 오늘 정원에서 그가 말을 건넨 것은 정말 뜻밖이다! 그는 얼마나 다정하고 순진한가! 어떻게 이런 일이 빨리 일어났을까! 마치 우리는 오랜 친구인데 이제야 서로를 알아본 것 같다. 나는 어떻게 지금까지 그를 이해하지 못했을까! 지금 그는 나에게 얼마나 가까운 사람인가! 지금 내 마음이 훨씬 편해졌다는 게 무엇보다 놀랍다. 어제 안드레이 페트로비치와 그에게 화를 낸 것이 우습다. 심지어 그를 "인사로프 씨"라고 불렀다. 그런데 오늘…… 마침내 정직한 사람이 나타났다. 그는 신뢰할 수 있는 사람이다. 이 사람은 거짓말을 하지 않는다. 내가 만난 사람들 중 거짓말을 하지 않는 첫 번째 사람이다. 다른 사람들은 모두 거짓말을 한다. 모든 것이 거짓말이다. 다정하고 선량한 안드레이 페트로비치, 내가 어찌 당신을 모욕할 수 있겠어요? 그래! 아마 안드레이 페트로비치는 그 사람보다 더 학식이 많고, 심지어 더 현명할지도 모른다. 하지만 그 사람 앞에서는 아주 작아 보인다. 조국에 대해 이야기할 때는 점점 더 커지고, 그의 얼굴은 더 환해지고 목소리는 강철 같다. 아니, 그때 세상에는 그가 눈을 내리깔 만한 사람은 없었던 것 같다. 그는 말뿐만 아니라 행동했고 앞으로도 행동할 것이다. 나는 그에게 이것저것 물어볼 것이다……. 그는 갑자기 나를 향해 돌아서서 미소를

지었다……! 형제들만이 그렇게 웃을 수 있다. 아아, 너무 만족스럽다! 그가 처음 우리 집에 왔을 때 우리가 이렇게 빨리 가까워지리라고는 전혀 생각하지 못했다. 지금은 처음에 무관심했던 것이 마음에 들기까지 한다……. 무관심! 지금은 나는 무관심하지 않은가?

……이렇게 내면의 평온을 느껴 본 건 정말 오랜만이다. 내 마음은 아주 고요하고 평온하다. 그래서 쓸 것이 없다. 나는 그를 자주 본다, 이게 전부다. 더 이상 무엇을 쓰겠는가?

……폴은 방 안에 틀어박혀 있다. 안드레이 페트로비치는 점점 뜸하게 찾아온다……. 가엾은 사람! 내가 보기에 그는……. 하지만 그런 일은 있을 수 없다. 나는 안드레이 페트로비치와 이야기하는 것을 좋아한다. 그는 자신에 대해 한마디도 하지 않고, 항상 무언가 가치 있고 유익한 것에 대해 이야기한다. 슈빈과는 다르다. 슈빈은 나비처럼 차려입고 자기 옷차림에 감탄한다. 나비들도 그러진 않는다. 하지만 슈빈도, 안드레이 페트로비치도……. 나는 내가 무슨 말을 하고 싶은지 알고 있다.

……그는 우리 집에 오는 게 즐거운 모양이다. 나는 그것을 알 수 있다. 하지만 왜일까? 그는 내게서 무엇을 발견했을까? 사실 우리의 취향은 비슷하다. 그도 나도, 우리 둘 다 시를 좋아하지 않는다. 둘 다 예술을 이해하지 못한다. 하지만 그는 나보다 훨씬 낫다! 그는 침착한데 나는 항상 불안하다. 그는 길이 있고 목표가 있지만, 나는 어디로 가고 있는가? 내 둥지는 어디인가? 그는 침착하지만 그의 모든 생각은 먼 곳에 기 있다. 때가

오면, 그는 우리를 영원히 떠나 바다 건너 저기 자기 조국으로 갈 것이다. 어쩌겠는가? 그에게 신의 가호가 있기를! 하지만 그가 여기 있는 동안 그를 알게 되어 기쁘다.

왜 그는 러시아인이 아닌가? 아니, 그는 러시아인일 수 없다.

어머니도 그를 좋아한다. 어머니는 그가 겸손한 사람이라고 말한다. 착한 어머니! 어머니는 그를 이해하지 못한다. 폴은 침묵하고 있다. 그는 내가 그의 암시를 싫어한다고 짐작했지만 그는 인사로프를 질투하고 있다. 짓궂은 소년! 그런데 무슨 권리로? 정말 내가 언제…….

이 모든 것은 쓸데없는 생각이다! 왜 이런 생각이 내 머릿속에 떠오르는 걸까?

……하지만 지금껏, 스무 살이 될 때까지 아무도 사랑하지 않았다는 것은 이상하지 않은가! D(그를 D라고 부르겠다. 이 이름이 마음에 든다)의 영혼이 그렇게 맑은 것은 그가 자기 일에, 자기 꿈에 자신을 온전히 바치고 있기 때문인 것 같다. 왜 그가 걱정하겠는가? 온전히…… 온전히…… 온전히 자신을 바치는 사람에게는 슬픔도 적은 법이다. 그런 사람은 그 무엇에도 책임질 필요가 없으니까. 내가 원하지 않는 것을 그는 원한다. 그런데 그도 나도 같은 꽃을 좋아한다. 오늘 나는 장미꽃 한 송이를 꺾었다. 꽃잎 하나가 떨어졌는데, 그가 그 꽃잎을 집어 들었다……. 나는 그에게 장미꽃을 통째로 주었다.

얼마 전부터 이상한 꿈을 꾸곤 한다. 이건 무슨 뜻일까?

……D는 자주 우리 집에 온다. 어제는 저녁 내내 앉아 있었

다. 그는 내게 불가리아어를 가르치고 싶어 한다. 그와 함께 있으면 집에 있는 것처럼 기분이 좋다. 집에 있는 것보다 더 좋다.

……하루하루가 빠르게 지나간다……. 좋기도 하고 왠지 무섭기도 하다. 신에게 감사하고 싶고 울고도 싶다. 오, 따스하고 맑은 나날이여!

……나는 여전히 편안하다. 다만 가끔씩, 가끔씩 좀 슬프다. 나는 행복하다. 정말 행복한가?

……어제의 여행을 오랫동안 잊지 못할 것이다. 얼마나 이상하고 새롭고 무서운 인상(印象)인가! 그가 갑자기 그 거인을 붙잡아 공을 던지듯 물속에 던졌을 때 놀라지 않았다……. 하지만 그의 모습을 보고 겁이 났다. 그의 얼굴은 거의 잔인할 정도로 정말로 무시무시했다! "그자는 기어 나올 겁니다"라고 그는 말했다! 이 말에 곤혹스러웠다. 그리고 그를 이해할 수 없었다. 잠시 후 모두가 웃고 있을 때, 그리고 내가 웃고 있을 때 그 때문에 얼마나 마음 아팠던가! 그는 부끄러워했고, 나는 그것을 느낄 수 있었다. 그가 내 앞에서 부끄러워했던 것이다. 나중에 컴컴한 마차 안에서 그를 살펴보며 두려워하고 있을 때, 그는 이런 말을 했다. 그렇다, 그와는 농담할 수 없지만, 그는 자신을 변호할 줄 안다. 그러나 그 증오, 그 떨리는 입술, 그 눈 속의 독기는 대체 무엇 때문일까? 아니면, 달리 될 수는 없는가? 온화하고 부드러운 남자이자 투사는 될 수 없단 말인가? 삶은 거친 것이라고 그가 얼마 전에 말했다. 나는 이 말을 안드레이 페트로비치에게 반복했지만, 그는 D의 날에 동의하지 않았다.

그들 중 누가 옳은가? 그날은 정말 멋지게 시작되었다! 침묵 속에서 그와 함께 걷는 것이 너무 즐거웠다……. 하지만 나는 그런 일이 일어났다는 것이 기쁘다. 그래야만 했던 것 같다.

……다시 불안하다……. 나는 건강이 썩 좋지 않다.

……요즘 이 노트에 아무것도 쓰지 못했다. 쓰고 싶지 않았기 때문이다. 내가 무엇을 쓰든 내 마음 속에 있는 것과 다를 것이라고 느꼈다. 그럼 내 마음속에는 무엇이 있는가? 나는 그와 많은 대화를 나누었고 많은 것을 알게 되었다. 그는 자신의 계획도 말했다. (지금 그의 목에 상처가 난 이유를 알고 있다……. 아아! 그가 이미 사형선고를 받았고, 간신히 살아났고, 온몸에 상처를 입었다고 생각하면…….) 그는 전쟁을 예상하고, 그것을 반기고 있다. 이 모든 것에도 불구하고 나는 그토록 슬픈 표정의 D를 본 적이 없다. 그가 무엇을……. 그가……! 슬퍼할 수 있을까? 아버지가 시내에서 돌아와 우리 둘을 발견하고는 이상하게 바라보았다. 안드레이 페트로비치가 왔다. 그는 몹시 마르고 창백했다. 그는 내가 지나치게 차갑게, 함부로 슈빈을 대하는 것 같다고 비난했다. 그런데 나는 폴을 완전히 잊고 있었다. 그를 만나면 내 잘못을 씻도록 해야겠다. 지금은 그에 대해 신경 쓸 겨를이 없다……. 세상의 그 누구에 대해서도. 안드레이 페트로비치는 어떤 유감 같은 것을 가지고 말했다. 이 모든 것은 무엇을 의미할까? 왜 내 주변과 내 안이 이토록 어두울까? 내 주변과 내 안에서 무언가 수수께끼 같은 일이 일어나고 있는 것 같은데, 적당한 말을 찾아내야겠다…….

……밤에 잠을 못자서 머리가 아프다. 글은 써서 무엇 하나? 그는 오늘 너무 빨리 떠났다. 그와 이야기하고 싶었는데…….
그가 나를 피하는 것 같다. 그렇다, 그는 나를 피하고 있다.

……적당한 말을 찾아냈다. 한 줄기 빛이 나를 비추었다! 신이시여! 저를 가엽게 여기소서……. 저는 사랑에 빠졌습니다!

17

엘레나가 이 치명적인 마지막 말을 일기장에 써 넣은 바로 그날, 인사로프는 베르세네프의 방에 앉아 있었고, 베르세네프는 당혹한 표정으로 인사로프 앞에 서 있었다. 인사로프는 다음 날 모스크바로 이사하겠다는 의향을 방금 베르세네프에게 밝혔던 것이다.

"그게 무슨 말인가!" 베르세네프가 외쳤다. "이제 가장 아름다운 시기가 시작된다네. 모스크바에서 무엇을 하려는가? 도대체 왜 그런 갑작스런 결정을 했나! 혹시 무슨 소식이라도 받았나?"

"아무 소식도 받지 못했네." 인사로프가 대답했다. "하지만 내 사정상 여기 머물 수가 없네."

"어떻게 그럴 수가……."

"안드레이 페트로비치," 인사로프가 말했다. "제발 고집부리지 말게. 부탁이야. 나도 자네와 헤어지는 게 괴롭지만 어쩔 수 없네."

베르세네프는 인사로프를 유심히 바라보았다.

"자네를 설득할 수 없다는 것은 알고 있네." 마침내 베르세네프가 말했다. "그런데 이 일은 확정적인가?"

"완전히 확정적이네." 인사로프가 대답하고 자리에서 일어나 물러갔다.

베르세네프는 방 안을 서성이다 모자를 집어 들고 스타호프씨네로 향했다.

"내게 무언가 전할 말이 있죠?" 단 둘이 남자마자 엘레나가 말했다.

"그래요, 어떻게 짐작했죠?"

"상관없어요. 말하세요, 무슨 일이죠?"

베르세네프는 인사로프의 결심을 전달했다.

엘레나는 얼굴이 창백해졌다.

"그게 무슨 뜻이죠?" 그녀는 어렵게 말했다.

"아시겠지만, 드미트리 니카노로비치는 자신의 행동에 대해 설명하는 것을 좋아하지 않아요. 하지만 내 생각에…… 앉으세요, 엘레나 니콜라에브나, 몸이 안 좋아 보입니다……. 그가 갑자기 떠나려는 이유를 짐작할 수는 있을 것 같아요."

"어떤, 어떤 이유죠?" 엘레나는 자신도 모르게 차가운 손으로 베르세네프의 손을 꼭 쥐며 되물었다.

"그건 말입니다," 베르세네프는 슬픈 미소를 띠며 입을 열었다. "어떻게 설명해야 할까? 올봄, 그러니까 내가 인사로프와 더 가까워진 당시로 돌아가야 합니다. 그때 어떤 친척 집에서 그와 만났습니다. 그 친척은 아주 예쁜 딸이 하나 있었어요. 인사로프가 그녀에게 관심이 있는 것 같았고, 나는 그에게 그렇게 말했지요. 그랬더니 인사로프가 웃으면서 내가 틀렸다고, 자기 마음은 사랑 따위로 괴로워하지 않는다고 말했어요. 그러나 만일 그와 비슷한 일이 생기면 즉시 떠날 거라고 했어요. 이건 그의 말인데, 개인적 감정의 만족을 위해 일과 의무를 배반하고 싶지 않기 때문이라는 겁니다. '나는 불가리아인이야. 러시아인의 사랑은 필요 없네……'라고 말했어요."

"그럼…… 음…… 당신은 이제……." 옐레나는 타격을 예상한 사람처럼 무의식적으로 고개를 돌리며 여전히 베르세네프의 손을 꼭 쥔 채 속삭이듯 말했다.

"내 생각에," 베르세네프는 목소리를 낮추었다. "그때 막연하게 생각한 일이 지금 일어난 것 같아요."

"즉…… 당신 생각에…… 나를 괴롭히지 말아요!" 옐레나가 갑자기 큰 소리로 외쳤다.

"내 생각에," 베르세네프가 재빨리 말을 받았다. "지금 인사로프는 어떤 러시아 처녀를 사랑하게 되었고, 자신의 약속대로 도망갈 결심을 한 모양입니다."

옐레나는 갑자기 얼굴과 목에 불길처럼 번지는 부끄러움의 홍조를 남의 시선으로부터 숨기려는 듯, 그의 손을 더욱 꼭 쥐고 고개를 더 낮게 숙였다.

"안드레이 페트로비치, 천사처럼 친절하군요." 옐레나가 말했다. "하지만 작별 인사는 하러 오겠죠?"

"네, 아마 올 겁니다. 그도 떠나고 싶지 않을 테니까요."

"그에게 말해 주세요, 말해 주세요……."

그러나 이때 가련한 처녀는 더 이상 참을 수 없었다. 그녀의 눈에서 눈물이 쏟아졌고, 그녀는 방에서 뛰어나갔다.

'이게 바로 그녀가 그를 사랑하는 방식이군.' 베르세네프는 천천히 집으로 돌아가면서 생각했다. '나는 예상하지 못했어. 벌써 이렇게 열렬할 줄은 예상하지 못했어. 내가 친절하다고 그녀가 말했지.' 그는 계속 생각했다……. '내가 어떤 감정과 동기로 이 모든 것을 엘레나에게 전달했는지 그 누가 알까? 그건 선량해서가 아니야, 친절해서가 아니야. 정말 자신의 상처에 단검이 꽂혔는지 확인하고 싶은 그 망할 놈의 욕망 때문이 아닌가? 그들은 서로를 사랑하고 있고, 나는 그들을 도와주는 것으로 만족해야 해……. 슈빈은 나를 "과학과 러시아 민중 사이의 미래의 매개자"라고 부르지만, 매개자가 되는 것이 나의 타고난 운명인가 보다. 하지만 내 생각이 틀렸다면? 아니야 내 생각은 틀리지 않았어…….'

안드레이 페트로비치의 마음은 씁쓸했고, 라우머도 그의 머리에 떠오르지 않았다.

다음 날 오후 한 시가 지나 인사로프가 스타호프 집에 나타났다. 우연히도 그때 안나 바실리예브나의 응접실에는 여자 손님이 한 사람 앉아 있었다. 이웃에 사는 사제장의 아내로 매우 훌륭하고 존경받는 여자였으나 경찰과 약간 불쾌한 일이 있었다. 몹시 무더운 날, 어떤 유력한 장군 가족이 자주 마차를 타고 지나다니는 길가 연못에서 그녀가 목욕할 생각을 했기 때문이다. 인사로프의 발걸음 소리를 듣자마자 얼굴에 핏기가 가신 옐레나는 처음엔 다른 사람이 있는 게 심지어 반갑기까지 했다. 하지만 그가 그녀와 단 둘이 이야기도 하지 않고 가 버릴지 모른다는 생각이 들자 그녀의 심장은 얼어붙는 것 같았다. 인사로프도 당황한 듯 그녀의 눈길을 피하고 있었다. '정말 저 사람은 이제 작별 인사를 하려는가?' 옐레나는 생각했다. 실제로 인사로프는 안나 바실리예브나에게 막 말을 하려고 했다. 옐레나는 얼른 일어나서 그를 옆으로, 창 쪽으로 불러냈다. 사제장의 아내가 깜짝 놀라 돌아보려고 했지만, 코르셋이 너무 꽉 조여 움직일 때마다 삐걱삐걱 소리를 냈다. 그래서 그녀는 움직이지 않았다.

"저 좀 보세요." 옐레나가 서둘러 말했다. "당신이 왜 왔는지 알고 있어요. 안드레이 페트로비치가 당신의 의도를 알려 주었어요. 하지만 부탁이에요. 제발 오늘은 우리와 작별 인사를 하지 말고, 내일 좀 더 일찍, 한 열한 시쯤에 여기로 와 주세요. 당신에게 몇 마디 할 게 있어요."

인사로프는 조용히 고개를 숙였다.

"당신을 붙잡지 않겠어요. 약속하는 거죠?"

인사로프는 다시 고개를 숙였지만 아무 말도 하지 않았다.

"레노치카, 이리 와." 안나 바실리예브나가 말했다. "사모님의 핸드백이 얼마나 아름다운지 보려무나."

"제가 직접 수를 놓았답니다." 사제장의 아내가 말했다.

옐레나는 창문에서 물러났다.

인사로프는 스타호프 집에서 채 15분도 머무르지 않았다. 옐레나는 몰래 그를 살펴보았다. 그는 앉은 자리에서 안절부절못했고, 여전히 눈을 어디에 둬야 할지 몰라 했다. 그러다가 왠지 이상하게, 마치 사라지듯 갑자기 가 버렸다.

옐레나에게 이 날은 느리게 지나갔다. 긴긴밤은 더 느리게 지나갔다. 옐레나는 침대에 앉아 두 팔로 무릎을 끌어안고 그 위에 머리를 고이기도 하고, 창문으로 가서 차가운 유리에 뜨거운 이마를 대고 지칠 때까지 생각하고 또 생각했다. 심장이 돌처럼 굳어졌는지 가슴에서 사라졌는지 그녀는 그것을 느낄 수 없었다. 하지만 머릿속 혈관이 세차게 뛰고, 머리카락이 불에 타는 듯하고, 입술은 바싹 말랐다. '그는 올 거야……. 어머니와 작별 인사도 안 했으니까……. 그는 속이지 않을 거야……. 정말 안드레이 페트로비치가 말한 것이 사실일까? 그럴 리 없어……. 그는 오겠다고 말로 약속하지는 않았어……. 정녕 그와 영원히 헤어지는 걸까?' 바로 이런 생각이 그녀를 떠나지 않았고…… 정말 떠나지 않았다. 그 생각들은 어디서 왔다 돌아가는 것도 아니고 마치 안개처럼 그녀 안에서 끊임없이 흔들렸다. '그가 나를 사랑한다!' 이런 생각이 그녀의 온 존재 속에서 갑자기 타올랐고, 그녀는 어둠을 뚫어져라 바라보았다. 누구에게도 보이지 않는 은밀한 미소가 그녀의 입술에 번졌다……. 그러나 즉시 고개를 설레설레 흔들고 깍지 낀 손을 머리 뒤쪽으로 가져갔다. 그러면 이전의 생각들이 다시 안개처럼 그녀 안에서 흔들렸다. 아침이 되기 전에 옷을 벗고 잠자리에 들었지만 잠을 잘 수 없었다. 불타는 듯한 첫 햇살이 그녀의 방으로 비쳐 들었다. "오, 그가 나를 사랑한다면!" 그녀는 갑자기 외쳤고, 그녀를 비추는 햇살을 부끄러워하지 않고 포옹이라도 하듯 두 팔을 활짝 벌렸다…….

그녀는 일어나서 옷을 입고 아래층으로 내려갔다. 집 안에는 아직 아무도 일어나지 않았다. 그녀는 정원으로 갔다. 정원은 너무 고요하고 푸르고 싱그러웠고, 새들은 너무나 순진하게 지저귀고, 꽃들도 너무 즐거워 보여서 그녀는 무서워졌다. '오!' 그녀는 생각했다. '그게 사실이라면 나보다 더 행복한 풀은 없을 거야. 하지만 그게 사실일까?' 그녀는 방으로 돌아가 어떻게든지 시간을 보내기 위해 옷을 갈아입기 시작했다. 그러나 모든 것이 그녀의 손에서 미끄러져 바닥에 떨어졌다. 옷을 반쯤 입은 채 여전히 경대 앞에 앉아 있는데, 어머니가 차를 마시자고 그녀를 불렀다. 그녀는 아래층으로 내려갔다. 어머니는 딸의 창백한 얼굴을 알아차렸지만 "오늘 아주 멋져 보인다"라고 말하며 그녀를 힐끗 쳐다보고 덧붙였다. "그 드레스가 아주 잘 어울린다. 누구에게 잘 보이고 싶을 때 항상 그 옷을 입도록 해라." 옐레나는 아무 대답도 하지 않고 구석에 앉았다. 이러는 사이 시계가 아홉 시를 쳤다. 열한 시까지는 아직 두 시간이 남았다. 옐레나는 책을 들었다가 바느질감을 잡았다가 다시 책을 집어 들었다. 그리고 나서 같은 오솔길을 백 번 걷겠다고 스스로에게 약속하고 그렇게 했다. 잠시 후 안나 바실리예브나가 페이션스*를 하는 것을 오랫동안 지켜보았다⋯⋯. 그녀는 시계를 힐끗 쳐다보았으나 아직 열 시도 되지 않았다. 슈빈이 응접실로 들어왔다. 옐레나는 그에게 말하려고 했으나 왠지 사과만 했다⋯⋯. 그녀의 말 한마디 한마디가 그녀에게 노력을 요하는 것은 아니었지만, 그녀 자신에게 어떤 당혹감을 불러일으켰다. 슈빈이 그녀를 향해 몸을 숙였다. 그녀는 조롱을 예상하고 눈을 들어 눈앞에 있는 슬프고 우정 어린 얼굴을 보았다⋯⋯. 그녀는 그 얼굴에 미소를 지었고, 슈빈도 말없이 미소를 짓고 조용히 나갔다. 그녀는 그를 붙잡고 싶었지만 그를 어떻게 불러야 할지 바로 떠올리지 못했다. 마침내 시계가 열한 시를 쳤다. 그녀는 기다리기 시작했고, 계속 기다리며 귀를 기울였다. 그녀는 이미 아무것도 할 수 없었고 생각조차 하지 않았다. 그녀의 심장이 살아나서 세차게, 점점 더 세차게 고동치기 시작했다. 정말 이상하게도 시간이 더 빨리 가는 것 같았다! 15분이 지나고, 30분이 지나고, 옐레나의 생각으로는 몇 분이 더 지난 것 같았다. 그러다 그녀는 갑자기 몸을 부르르 떨었다. 시계가 열두 시가 아니라 한 시를 쳤기 때문이다. '그는 오지 않을 거야. 작별 인사도 없이 떠날 거야⋯⋯.' 이런 생각이 피와 함께 그녀의 머릿속으로 확 밀려들었다. 그녀는 숨이 막히고 눈물이 막 쏟아질 것만 같았다⋯⋯. 그녀는 방으로 달려가 두 손으로 얼굴을 감싸고 침대에 쓰러졌다.

그녀는 30분 동안 꼼짝 않고 누워 있었다. 손가락 사이로 눈물이 흘러내려 베개를 적셨다. 그녀는 갑자기 엉거주춤 일어나 앉았다. 무언가 이상한 일이 그녀의 내부에서 일어났다. 그녀의 얼굴은 변했고, 촉촉한 눈은 저절로 말라서 반짝이기 시작했다. 그녀는 눈살을 찌푸리고 입술을 꽉 다물었다. 또 30분이 흘렀다. 그녀는 귀에 익은 목소리가 들리지 않을까 마지막으로 귀를 기울였다. 그녀는 일어나서 모자와 장갑을 끼고 망토를 어깨에 걸친 후, 살그머니 집을 빠져나와 베르세네프의 집으로 이어지는 길을 따라 민첩하게 걸어갔다.

18

엘레나는 고개를 숙이고 정면을 응시한 채 걸어갔다. 그녀는 아무것도 두려워하지 않았고, 아무 생각도 하지 않았으며, 인사로프를 다시 한 번 만나고 싶었다. 그녀는 태양이 무거운 먹장구름에 가려져 오래전에 사라진 것도, 나무들 사이로 바람이 단속적으로 울부짖고 드레스를 휘젓는 것도, 갑자기 먼지기둥이 일어 길 위를 휩쓰는 것도 알아채지 못한 채 계속 걸어갔다……. 굵은 빗방울이 떨어지기 시작했지만 그것도 알아채지 못했다. 빗방울이 점점 더 자주, 점점 더 세차게 떨어졌고 번개가 번쩍이고 천둥이 쳤다. 엘레나는 걸음을 멈추고 주위를 둘러보았다……. 다행히 뇌우를 만난 곳에서 멀지 않은 곳에 폐허가 된 우물 위에 낡고 무너진 예배당이 있었다. 그녀는 그곳으로 달려가 나지막한 처마 밑으로 들어갔다. 비는 억수로 퍼붓고 하늘은 온통 구름으로 뒤덮였다. 엘레나는 빠르게 떨어지는 빗방울의 촘촘한 그물망을 멍하니 바라보며 조용히 전망에 잠겼다. 인사로프를 볼 수 있다는 마지막 희망이 사라지고 있었다. 거지 노파가 예배당으로 들어와 몸을 흔들며 빗방울을 털고 절을 하며 말했다. "비를 피하시는군요, 아가씨." 노파는 끙끙 신음 소리를 내며 우물가 턱진 곳에 걸터앉았다. 옐레나가 주머니에 손을 넣자 노파가 그 움직임을 알아차렸다. 노랗게 뜬 주름투성이 얼굴, 한때는 아름다웠을 노파의 얼굴에 생기가 돌았다. "고마워요, 친절한 아가씨." 노파가 말했다. 옐레나의 주머니에는 지갑이 없었지만 노파는 이미 한 손을 내밀고 있었다…….

"돈이 없네요, 할머니." 옐레나가 말했다. "이거라도 받아 둬요. 무슨 소용이 있을지 모르니까."

옐레나는 노파에게 손수건을 건넸다.

"아이고, 어여쁜 아가씨." 거지 노파가 말했다. "나에게 이 손수건이 무슨 소용이 있겠수? 손녀가 시집갈 때 줘야겠네. 아가씨의 친절하심에 신의 은총이 있기를!"

그때 천둥이 울렸다.

"주여, 예수 그리스도여." 거지 노파는 중얼거리며 세 번 십자를 그었다. "그런데 전에도 아가씨를 뵌 것 같아요." 잠시 후 노파가 덧붙였다. "이 할미에게 동냥을 주셨죠?"

옐레나가 노파를 들여다보고 알아보았다.

"그래요, 할머니." 옐레나가 대답했다. "그때 나를 보고 왜 그렇게 슬픈 얼굴을 하고 있냐고 물었죠?"

"맞아, 아가씨, 맞아요. 그래서 내가 아가씨를 알아본 거유.

그런데 지금도 아가씨는 슬픔에 잠겨 살고 있네요. 이 손수건이 아가씨의 눈물로 젖어 있어요. 아가씨처럼 젊은 처녀들에게는 한 가지 슬픔뿐이지요, 커다란 슬픔!"

"어떤 슬픔인데요, 할머니?"

"어떤 슬픔이냐고? 에이, 착한 아가씨, 나 같은 늙은이는 속이지 못해요. 아가씨가 슬퍼하는 이유를 알아요. 아가씨의 슬픔은 고아의 슬픔이 아니지. 아가씨, 나도 젊은 시절이 있었고, 이런 고통을 다 겪었다오. 그래, 아가씨가 친절하니까 내 말하리다. 아가씨는 변덕스럽지 않은 좋은 남자를 만났으니 그 사람을 꼭 잡아요. 죽음보다 더 강하게 꼭 잡아요. 그렇게 되면 좋고, 안 되면 그건 하느님의 뜻이라오. 그래, 아가씨는 왜 그렇게 놀라서 나를 바라보오? 난 점쟁이라우. 아가씨의 손수건으로 아가씨의 슬픔을 몽땅 가지고 갈까? 내가 가져갈 테니 그만 슬퍼해요. 비가 약하게 내리고 있으니 아가씨는 좀 더 기다리세요. 나는 갈게요. 나야 비에 젖는 게 처음이 아니니까. 잊지 마세요, 아가씨. 슬픔은 왔다가 사라지고, 흔적도 없이 사라지는 거라오. 주여, 자비를 베푸소서!"

거지 노파는 턱진 곳에서 몸을 일으켜 예배당을 나가 느릿느릿 제 갈 길을 걸어갔다. 옐레나는 놀라서 노파의 뒷모습을 바라보았다. '이게 무슨 뜻일까?' 옐레나는 무의식적으로 속삭였다.

빗줄기가 점점 더 뜸해졌고, 잠시 후 해가 나왔다. 옐레나가 막 대피소를 떠나려던 참이었다……. 갑자기 예배당에서 열 걸음쯤 떨어진 곳에서 인사로프가 보였다. 망토를 두른 그는 옐레나가 왔던 길을 따라 걸어가고 있었는데, 급히 집으로 가는 것 같았다.

그녀는 낡은 현관 난간에 손을 기대고 그를 부르려 했으나 목소리가 나오지 않았다……. 인사로프는 고개를 들지 않고 이미 지나가고 있었다…….

"드미트리 니카노로비치!" 마침내 그녀가 말했다.

인사로프는 갑자기 걸음을 멈추고 주위를 둘러보았다……. 처음에는 옐레나를 알아보지 못했으나 곧 그녀에게 다가갔다.

"당신! 당신이 여기에!" 그가 외쳤다.

그녀는 조용히 예배당 안으로 물러섰다. 인사로프가 그녀를 뒤따라갔다.

"당신이 여기에!" 그가 되뇌었다.

그녀는 아무 말 없이 길고 부드러운 눈길로 그를 바라볼 뿐이었다. 그는 눈을 내리떴다.

"우리 집에서 오는 건가요?" 그녀가 물었다.

"아뇨……. 댁에서 오는 게 아닙니다."

"아니라고요?" 옐레나가 되묻고 미소를 지으려 애썼다. "그게 약속을 지키는 거예요? 저는 아침부터 당신을 기다렸어요."

"기억하겠지만, 옐레나 니콜라예브나, 나는 어제 아무 약속도 하지 않았어요."

옐레나는 다시 간신히 미소를 짓고 손으로 얼굴을 쓰다듬었다. 얼굴도 손도 몹시 창백했다.

"그럼 작별 인사도 없이 떠나려고 했어요?"

"네." 인사로프가 단호하고 먹먹한 목소리로 말했다.

"어째서죠? 우리가 교제한 이후, 많은 대화를 나눈 이후, 모든 것 이후…… 그러니까 만일 여기서 당신을 우연히 만나지 않았다면(옐레나의 목소리가 울렸고, 그녀는 잠시 침묵했다)…… 나와 마지막 악수도 하지 않고 그냥 떠났겠군요. 그러면 당신은 미안하지 않았을까요?"

인사로프는 얼굴을 옆으로 돌렸다.

"옐레나 니콜라예브나, 제발, 그렇게 말하지 마세요. 안 그래도 기분이 좋지 않아요. 믿어 주세요, 이런 결정을 하기가 무척 힘들었어요. 당신이 그걸 아신다면……."

"알고 싶지 않아요." 옐레나가 깜짝 놀라 그의 말을 막았다. "왜 가는 건지……. 아마 그럴 필요가 있겠죠. 아마 우리는 헤어져야겠죠. 당신은 까닭 없이 친구들을 슬프게 하고 싶지는 않겠죠. 하지만 친구들이 그렇게 헤어져야 하나요? 나와 당신은 친구잖아요, 그렇죠?"

"아닙니다." 인사로프가 말했다.

"뭐라고요?" 옐레나가 말했다. 그녀의 뺨이 살짝 붉어졌다.

"우리는 친구가 아니기 때문에, 바로 그렇기 때문에 내가 떠나는 겁니다. 내가 말하고 싶지 않은 것, 내가 말하지 않을 것을 말하도록 강요하지 마십시오."

"이전에 당신은 솔직했어요." 옐레나는 가볍게 비난하듯 말했다. "기억하세요?"

"그땐 솔직할 수 있었죠. 그땐 숨길 게 아무것도 없었으니까. 하지만 지금은…….."

"그런데 지금은요?" 옐레나가 물었다.

"그런데 지금은…… 그런데 지금은 떠나야 합니다. 안녕히 계세요."

이 순간 인사로프가 눈을 들어 옐레나를 보았다면, 자신은 점점 더 침울해지고 어두워진 데 반해 그녀의 얼굴은 점점 더 밝아지는 것을 알아차렸을 것이다. 그러나 그는 고집스럽게 바닥을 내려다보고 있었다.

"그럼, 안녕히 가세요, 드미트리 니카노로비치." 그녀가 입을 열었다. "하지만 이왕 이렇게 만났으니 최소한 악수라도 해요."

인사로프는 손을 내밀려다 거두었다.

"아니, 그렇게 할 수 없습니다." 인사로프는 다시 고개를 돌렸다.

"할 수 없다고요?"

"할 수 없습니다. 안녕히 계세요." 그리고 그는 예배당 출구로 향했다.

"잠시만 더 기다려요." 옐레나가 말했다. "마치 당신은 날 두려워하는 것 같군요. 하지만 나는 당신보다 더 용감해요." 그녀는 갑자기 온몸을 가볍게 떨며 덧붙였다. "나는 말할 수 있어요……. 왜 당신이 여기서 날 만났는지 알고 싶으세요? 내가 어디로 가고 있었는지 아세요?"

인사로프는 깜짝 놀라 옐레나를 바라보았다.

"당신에게 가고 있었어요."

"나에게?"

옐레나가 손으로 얼굴을 가렸다.

"내가 당신을 사랑한다고 말하게 만들고 싶었죠?" 그녀가 속삭였다. "자…… 말했어요."

"옐레나!" 인사로프가 외쳤다.

그녀는 얼굴에서 손을 떼고 그를 쳐다보더니 그의 가슴에 쓰러졌다.

그는 그녀를 꼭 껴안고 아무 말도 하지 않았다. 그녀를 사랑한다고 말할 필요가 없었다. 그녀는 그의 외침에서, 그의 전 존재의 순간적 변화에서, 그녀가 믿음으로 몸을 밀착시킨 그의 가슴이 오르락내리락 하는 것에서, 그의 손가락 끝이 그녀의 머리카락에 닿는 감촉에서 자신이 사랑받고 있다는 것을 알 수 있었다. 그는 침묵했고, 그녀는 말이 필요 없었다. '그가 여기 있고, 그가 사랑하는데…… 무엇이 더 필요한가?' 행복의 고요함, 흔들림 없는 안식의 고요함, 달성된 목표의 고요함, 죽음 그 자체에도 의미와 아름다움을 부여하는 천상의 고요함이 그녀의 온몸을 신성한 물결로 가득 채웠다. 그녀는 모든 것을 소유했기에 아무것도 원하지 않았다. "오, 내 형제, 내 친구, 내 사랑……!" 그녀의 입술이 속삭였다. 그녀의 가슴에서 너무 달콤하게 뛰고 녹아내리는 것이 누구의 심장인지, 그녀의 심장인지 그의 심장인지 그녀 자신도 알 수 없었다.

그는 움직이지 않고 서서 자신에게 봄을 맡긴 이 젊은 생명을 굳게 껴안고 이 새롭고 한없이 소중한 짐을 가슴에 느꼈다. 감동의 느낌, 설명할 수 없는 감사의 느낌이 그의 단단한 영혼을 산산조각 냈고, 전에 알지 못한 눈물이 그의 눈에 그렁그렁 맺혔다…….

그러나 그녀는 울지 않았고, "오, 내 친구, 오, 내 형제!"라는 말만 되뇔 뿐이었다.

"그럼 어디든지 나를 따라 오겠소?" 15분쯤 지나서, 그는 여전히 그녀를 품에 안은 채 말했다.

"어디든, 땅끝까지라도 가겠어요. 당신이 있는 곳에 나도 있을 거예요."

"자신을 속이는 건 아니오? 당신 부모님이 우리의 결혼에 절대 동의하지 않으리라는 것을 알잖소?"

"나는 자신을 속이지 않아요. 나도 그것을 알아요."

"내가 가난하고 거의 무일푼이라는 것을 알고 있나요?"

"알아요."

"내가 러시아인이 아니고 러시아에서 살 운명이 아니라는 것도? 그리고 조국과 육친과의 인연도 끊어야 한다는 것도 알고 있나요?"

"알아요, 알아요."

"내가 어렵고 남에게 인정받지 못하는 일에 헌신하고 있다는 것도, 내가…… 우리가 위험뿐만 아니라 궁핍과 어쩌면 굴욕도 겪어야 한다는 것도 알고 있나요?"

"알아요, 다 알아요……. 나는 당신을 사랑해요."

"당신은 모든 습관을 버려야 하고, 거기 낯선 사람들 속에서 혼자 일을 해야 될지도 모르오⋯⋯."

그녀는 그의 입술에 손을 가져다 댔다.

"당신을 사랑해요, 내 사랑."

그는 그녀의 작은 분홍색 손에 뜨거운 키스를 퍼붓기 시작했다. 옐레나는 그의 입술에서 손을 떼지 않고 어린애 같은 기쁨과 웃음기 어린 호기심을 가지고 그녀의 손과 손가락에 키스를 퍼붓는 그를 바라보았다.

갑자기 옐레나는 얼굴을 붉히고 그의 가슴에 얼굴을 파묻었다.

그는 다정하게 그녀의 머리를 쳐들고 그녀의 눈을 뚫어져라 들여다보았다.

"자, 지금부터는," 그가 말했다. "당신은 사람들과 신 앞에서 나의 아내요!"

19

　한 시간 후 옐레나는 한 손에는 모자를, 다른 한 손에는 망토를 들고 다차의 응접실로 조용히 들어섰다. 그녀의 머리카락은 살짝 헝클어졌고 양쪽 뺨에는 작은 분홍색 반점이 보였다. 그녀의 입술에서 미소가 떠나지 않았고, 반쯤 감긴 두 눈에도 미소가 어려 있었다. 그녀는 피곤해서 거의 움직일 수 없었고, 이 피곤함은 그녀를 기쁘게 했다. 정말 그녀에게는 모든 것이 유쾌하고 사랑스럽고 정겹게 느껴졌다. 우바르 이바노비치는 창문 아래에 앉아 있었다. 옐레나는 노인에게 다가가 그의 어깨에 손을 얹고 살짝 기지개를 켜더니, 왠지 무의식적으로 웃기 시작했다.

　"뭣이 우스워?" 노인이 깜짝 놀라 물었다.

　그녀는 무슨 말을 해야 할지 몰랐다. 그녀는 노인에게 키스하고 싶었다.

　"등을 대고 누우세요!" 마침내 그녀가 말했다.

그러나 노인은 눈썹조차 움직이지 않고 놀란 표정으로 계속 엘레나를 쳐다보았다. 그녀는 노인에게 망토와 모자를 떨어뜨렸다.

"사랑하는 우바르 이바노비치." 그녀가 말했다. "저는 자고 싶어요, 피곤해요." 그녀는 다시 웃으며 그의 옆에 있는 안락의자에 주저앉았다.

"흠." 우바르 이바노비치는 끙끙거리며 손가락을 움직이기 시작했다. "이건, 분명히, 그래……."

엘레나는 주위를 둘러보며 생각했다. '곧 이 모든 것과 헤어져야 해……. 그런데 이상하게도 내 마음속에는 두려움도, 의심도, 후회도 없어……. 아니, 어머니가 불쌍해!' 잠시 후 그녀의 눈앞에 다시 예배당이 나타나고 그의 목소리가 울렸다. 그녀는 그의 팔이 자신을 감싸는 것을 느꼈다. 그녀의 심장은 기쁘지만 약하게 뛰고 있었다. 심장도 행복에 겨워 피곤한 것 같았다. 그녀는 거지 노파를 떠올렸다. '정말 그 노파가 내 슬픔을 가져간 것 같아.' 그녀는 생각했다. '오, 나는 얼마나 행복한가! 너무 과분해! 이렇게 빨리!' 만일 그녀가 자신에게 아주 작은 자유를 허락했다면, 그녀의 눈에서 달콤하고 끝없이 흐르는 눈물이 흘러내렸을 것이다. 그녀는 그저 웃음으로 눈물을 참고 있었다. 그녀가 어떤 자세를 취하든 이보다 더 좋고 편안할 수 없을 것 같았고, 마치 요람에 누워 자는 것 같았다. 그녀의 모든 움직임은 느리고 부드러웠다. 그녀의 성급함과 모난 성격은 어디로 갔을까? 조야가 들어왔다. 엘레나는 조야의 얼굴보다 디

매혹적인 얼굴을 본 적이 없다고 생각했다. 안나 바실리예브나가 들어왔다. 옐레나는 무언가 아픔을 느꼈지만 선량한 어머니를 더없이 부드럽게 포옹하고 이미 희끗희끗해진 머리카락 근처의 이마에 키스했다! 잠시 후 그녀는 방으로 갔다. 방 안의 모든 것이 미소를 지었다! 그녀는 수줍은 승리와 겸손을 느끼며 세 시간 전 그토록 괴로운 순간을 보냈던 바로 그 침대에 앉았다! '그때 그가 나를 사랑한다는 것을 알았어.' 그녀는 생각했다. '그리고 전에도……. 오, 아니야! 아니야! 그건 죄야.' '당신은 내 아내요…….' 그녀는 속삭이면서 두 손으로 얼굴을 가리고 무릎을 꿇었다.

저녁이 되자 더욱 깊은 생각에 잠겼다. 그녀는 인사로프를 곧 보지 못하리라는 생각에 슬퍼졌다. 인사로프가 베르세네프의 집에 머물면서 의심을 사지 않을 수 없었기에 그와 옐레나는 인사로프가 모스크바로 돌아가 가을까지 두어 번 그들을 방문하기로 결정했다. 그녀는 그에게 편지를 쓰고, 가능하면 쿤체보 근처 어딘가에서 만나기로 했다. 그녀는 차를 마시러 응접실로 내려갔다. 응접실에는 모든 가족과 슈빈이 있었다. 슈빈은 그녀가 나타나자마자 주의 깊게 그녀를 살펴보았다. 그녀는 여전히 그와 다정하게 이야기하고 싶었지만 그의 통찰력과 자신이 두려웠다. 그가 2주 이상 그녀를 조용히 내버려둔 데는 까닭이 있는 것 같았다. 곧 베르세네프가 와서 안나 바실리예브나에게 경의도 표하지 못하고 모스크바로 돌아간 것에 대한 인사로프의 사과와 함께 인사를 전달했다. 인사로프의 이름이 하루 동안 처음으로 옐레나 앞에서 오르내렸다. 그녀는 얼굴이 붉어지는 것을 느꼈다. 그 순간 좋은 친구가 갑자기 떠난 것에 유감을 표명해야 한다는 것을 깨달았지만 억지로 그런 척할 수 없었고, 안나 바실리예브나가 한숨을 내쉬며 슬퍼하는 동안 계속 움직이지 않고 침묵을 지켰다. 옐레나는 베르세네프의 곁에 있으려고 애썼다. 그가 그녀의 비밀의 일부를 알고 있었지만, 그녀는 그를 두려워하지 않았다. 그녀는 조롱하는 것이 아니라 주의 깊게 자신을 계속 바라보는 슈빈으로부터 베르세네프의 날개 아래로 피신했다. 베르세네프도 저녁 내내 당혹스러웠다. 그는 옐레나가 더 슬퍼하리라 예상했다. 그녀에겐 다행스럽게도 베르세네프와 슈빈 사이에 예술에 대한 논쟁이 시작되었다. 그녀는 한쪽으로 물러나서 마치 꿈속에 있는 것처럼 그들의 목소리를 들었다. 점점 그들뿐만 아니라 방 전체, 그녀를 둘러싸고 있는 모든 것이 마치 꿈처럼 느껴졌다. 탁자 위의 사모바르도, 우바르 이바노비치의 짤막한 조끼도, 조야의 매끈한 손톱도, 벽에 걸린 콘스탄틴 파블로비치 대공의 유화 초상화도 모두 사라지고, 모든 것이 안개로 덮여 존재하지 않게 되었다. 다만 그녀는 그들 모두를 불쌍하게 여겼다. '그들은 무엇을 위해 사는 걸까?' 그녀는 생각했다.

"졸리니, 레노치카?" 어머니가 그녀에게 물었다. 그녀는 어머니의 질문을 듣지 못했다.

"반쯤 공정한 암시란 말이지?" 슈빈이 날카롭게 쏘아붙인 이 말이 갑자기 옐레나의 주의를 환기시켰다. "천만에." 슈빈이 말을 이었다. "바로 이런 말에 풍미가 있는 거야. 공정한 암시는 권태를 일으키지. 그건 기독교적이 아니야. 사람은 불공정한 것에 무관심한데, 그건 어리석은 일이지. 사람은 반쯤 공정한 것에는 화도 내고 초조감을 느끼지. 예를 들어, 내가 옐레나 니콜라예브나는 우리 중 한 명과 사랑에 빠졌다고 말한다면, 이건 어떤 종류의 암시가 될까? 응?"

"오, 무슈 폴." 옐레나가 말했다. "내 짜증을 보여 주고 싶지만, 정말 그럴 수가 없네요. 너무 피곤해요."

"그럼 왜 잠자리에 들지 않니?" 안나 바실리예브나가 말했다. 그녀는 저녁에 항상 졸기 때문에 다른 사람들을 잠자리에 들게 하는 것이 즐거웠다. "나에게 작별 인사를 하고 하늘 나라로 가려무나. 안드레이 페트로비치도 양해하실 거다."

옐레나는 어머니에게 키스하고 모두에게 인사하고 나서 물러갔다. 슈빈은 그녀와 함께 문까지 걸어갔다.

"옐레나 니콜라예브나." 슈빈이 문지방에서 그녀에게 속삭였다. "당신은 무슈 폴을 짓밟고 무자비하게 유린하는데도 무슈 폴은 당신을, 당신의 작은 발도, 당신이 신고 있는 구두도, 그 구두의 밑창까지도 축복하오."

옐레나는 어깨를 으쓱하고 그에게 마지못해 손을 내밀었다. 그 손은 인사로프가 키스한 손이 아니었다. 방으로 돌아온 그녀는 즉시 옷을 벗고 자리에 누워 잠들었다. 그녀는 깊고 평온한 잠을 잤다…… 심지어 아이들조차도 그렇게 잠을 자지 못한다. 엄마가 요람 옆에 앉아 아이를 바라보며 숨소리를 듣고 있을 때 병에서 회복한 아이만이 이렇게 잠을 잔다.

20

"잠시 내게 들르게." 슈빈이 안나 바실리예브나와 작별 인사를 마치자마자 베르세네프에게 말했다. "자네에게 보여 줄 것이 있어."

베르세네프는 슈빈의 곁채로 갔다. 젖은 천 조각으로 덮여 방 구석구석에 놓여 있는 작은 조각상과 반신상 등 작업장의 많은 작품을 보고 베르세네프는 깜짝 놀랐다.

"보아하니, 굉장히 많은 일을 하고 있군." 그가 슈빈에게 말했다.

"무언가 해야 해." 슈빈이 대답했다. "한 가지 일에 운이 없으니 다른 일을 시도해야지. 하지만 나는 코르시카인처럼 순수예술보다 피의 복수에 더 관심이 많아. 트레마 비산치아!*"

"자네를 이해할 수 없군." 베르세네프가 말했다.

"잠깐 기다리게. 내 사랑하는 친구이자 은인이여, 내 복수 1호를 보게."

슈빈이 한 조각품에서 천 조각을 벗기자, 베르세네프의 눈앞에 인사로프와 꼭 닮은 훌륭한 흉상이 나타났다. 슈빈은 얼굴 특징을 아주 세세한 부분까지 충실히 포착하여 정직하고 고결하며 용감한 표정을 부여했다.

베르세네프는 흉상을 보고 감격했다.

"이거 정말 걸작인데!" 그가 외쳤다. "축하하네. 전시해도 되겠어! 그런데 이 멋진 작품을 왜 '복수'라고 부르나?"

"선생, 옐레나 니콜라예브나의 명명일에 이것을, 자네 말대로, 이 멋진 작품을 그녀에게 선물할 계획이거든. 이 알레고리를 이해하겠나? 우리는 장님이 아니니까 우리 주변에서 무슨 일이 일어나는지 알고 있어. 하지만 우리는 신사니까 신사답게 복수할 거야."

"자, 이걸 보게." 다른 조각품을 꺼내며 슈빈이 덧붙였다. "최신 미학에 따르면 예술가는 자기 안의 온갖 혐오스러운 것을 구현하여 걸작으로 승화시킬 수 있는 부러운 권리를 누리고 있기 때문에 걸작 제2호를 만들면서 더 이상 신사답게 복수하는 것이 아니라 그저 악당처럼 복수했네."

그가 능숙하게 천을 벗겨 내자 베르세네프의 눈앞에 당탕 식으로 만든 똑같은 인사로프의 작은 조각상이 나타났다. 이보다 더 사악하고 재치 있는 것은 생각할 수 없었다. 젊은 불가리아인은 뒷다리로 일어서 뿔을 기울여 공격하는 숫양으로 표현되어 있었다. 무뚝뚝한 오만, 격정, 고집, 어색함, 편협함 등이 '가는 털을 가진 숫양'의 얼굴에 그대로 각인되어 있었다. 그런데 그 유사성이 너무 놀랍고 확실해서 베르세네프는 웃음을 터트리지 않을 수 없었다.

"어때? 재미있나?" 슈빈이 말했다. "영웅을 알아보겠지? 이것도 전시회에 보내라고 하겠나? 여보게, 이건 내 명명일에 나한테 선물할 거야……. 존귀하신 선생, 무릎 동작 좀 보여드리겠습니다!"

그리고 슈빈은 발바닥으로 뒤에서 자신을 때리면서 서너 번 뛰어올랐다.

베르세네프는 바닥에서 천을 집어 들어 작은 조각상을 덮었다.

"오, 자네는 너그럽군." 슈빈이 입을 열었다. "역사에서 특히 관대한 인물로 누굴 치지? 자, 그건 아무래도 좋아! 자, 이제." 슈빈은 엄숙하고 슬픈 표정으로 꽤 큰 진흙덩이로 빚은 세 번째 작품에서 천을 벗기며 말을 이었다. "자네는 친구의 겸손과 현명함, 통찰력을 증명하는 무언가를 보게 될 거야. 그러나 진실한 예술가인 친구가 자기 비방의 필요성과 유용성을 느끼고 있다는 것을 자네는 확인하게 될 거야. 자, 보게!"

천이 휘말려 올라갔고, 베르세네프는 두 개의 머리가 마치 붙어 있는 것처럼 옆에, 가까이 있는 것을 보았다……. 그는 무엇이 문제인지 즉시 이해하지 못했지만 자세히 살펴본 후 그중 하나가 안누시카고, 다른 하나는 슈빈이라는 것을 알아봤다. 하지만 그것은 초상화라기보다 캐리커처였다. 안누시카는 낮은 이마, 부은 눈, 멋진 들창코를 가진 예쁘고 뚱뚱한 처녀로 표현되었다. 그녀의 두툼한 입술은 건방진 미소를 띠었고, 얼굴 전체는 관능미와 부주의, 대담성을 표현하고 있었다. 슈빈은 자신을 깡마르고 쇠약한 탕아로 묘사하고 있었다. 움푹 꺼진 두 볼에 성긴 머리카락이 힘없이 축 늘어져 있고, 정기 없는 흐릿한 눈은 무의미한 표정을 짓고 있었으며, 코는 죽은 사람의 코처럼 날카로웠다.

베르세네프는 혐오감을 느끼며 몸을 돌렸다.

"얼마나 멋진 짝인가?" 슈빈이 말했다. "적당한 표제를 붙여주지 않겠나? 처음 두 작품에는 이미 표제를 생각해 두었어. 흉상에는 '조국을 구하려는 영웅!'이란 표제를 붙이고, 작은 조각상에는 '조심해, 독일놈들!'이란 표제를 붙일 거야. 그리고 이 작품에는 '예술가 파벨 야코블레비치 슈빈의 미래'라는 표제를 붙일 건데, 어떻게 생각하나? 좋지?"

"그만 하게." 베르세네프가 대꾸했다. "그런 일에 시간을 낭비하다니……." 그는 적절한 말을 즉시 찾아내지 못했다.

"역겹다고? 아니야 친구, 용서하게. 그러나 전시회에 출품한다면 바로 이 군상(群像)을 출품해야 해."

"정말 역겹군." 베르세네프가 되뇌었다. "정말 그게 무슨 헛소리인가? 자네에게는 불행히도 지금까지 우리 예술가들이 너무 많이 가지고 있는 그런 발전의 바탕이 전혀 없어. 자네는 그저 자신을 비방하고 있을 뿐이야."

"그렇게 생각하나?" 슈빈이 우울하게 말했다. "내 안에 그런 게 없다면, 그리고 그런 게 내게 생긴다면 그것은 어떤 한 사람

때문일 거야……. 내가 이미 술을 마시기 시작했다는 걸 알고 있나?"슈빈이 비극적으로 눈썹을 찌푸리며 덧붙였다.

"거짓말이지?!"

"마시기 시작했어. 정말이야."슈빈이 대꾸하고 갑자기 이를 드러내고 웃으며 밝아졌다. "그런데 여보게, 맛이 없어. 목구멍으로 내려가지 않고 나중엔 머리가 지끈거려. 위대한 루시치힌, 모스크바 일등 술고래 하를람피 루시치힌, 다른 사람들의 말에 따르면 위대한 러시아의 깔대기 하르람피 루시치힌이 아무 쓸모없을 거라고 말했어. 그의 말에 따르면, 술병이 나에게 아무 말도 하지 않는다는 거야."

베르세네프가 군상을 향해 손을 휘두르려 하자 슈빈이 그를 막았다.

"여보게, 됐네. 부수지 말게. 이건 허수아비처럼 좋은 교훈이 될 거야."

베르세네프가 웃기 시작했다.

"그렇다면 좋네. 자네의 허수아비를 살려 주겠네."그가 말했다. "영원하고 순수한 예술 만세!"

"만세!"슈빈이 말을 받았다. "예술과 함께하면 좋은 것은 더 좋고, 나쁜 것도 문제가 되지 않아!"

두 친구는 굳게 악수를 하고 헤어졌다.

21

옐레나가 잠에서 깨어났을 때 첫 느낌은 즐거운 놀라움이었다. '정말일까? 그게 정말일까?' 그녀는 스스로에게 물었다. 그녀의 심장은 행복에 겨워 멎을 것만 같았다. 추억이 밀려들었고……. 그녀는 그 추억 속에 빠졌다. 그리고 그 행복하고 황홀한 고요함이 다시 그녀를 덮쳤다. 하지만 아침에는 조금씩 불안해졌고, 다음 날에는 나른하고 지루해졌다. 사실, 이제야 자신이 무엇을 원하는지 알게 되었지만, 그렇다고 기분이 나아지지는 않았다. 그 잊을 수 없는 밀회는 그녀를 낡은 틀에서 영원히 벗어나게 했다. 그녀는 더 이상 그 안에 서 있지 않았고, 그 낡은 틀은 멀리 떨어져 있었다. 한편, 주변의 모든 것은 평소처럼 진행되었고, 마치 모든 것이 전혀 변하지 않은 것처럼 순서대로 진행되었다. 이전의 삶은 여전히 옐레나의 참여와 협조를 기대하며 계속 흘러가고 있었다. 그녀는 인사로프에게 편지를 쓰려고 했지만 그것도 실패했다. 종이에 적힌 말은 생명이 없거나 거짓말 같았다. 그녀는 일기를 끝맺으며 마지막 줄 밑에 굵은 선을 그었다. 그것은 과거였다. 그녀의 모든 생각과 모든 존재는 미래로 가 있었다. 그녀는 괴로웠다. 아무것도 의심하지 않는 어머니와 함께 앉아 어머니의 말을 듣고, 대답하고, 이야기하는 것이 무언가 죄를 짓는 것 같았다. 그녀는 자기 안에 어떤 위선 같은 것을 느꼈다. 부끄러워할 이유가 없었지만 자신에게 화가 났다. 나중에 무슨 일이 일어나더라도 모든 것을 다 털어놓고 싶은, 거의 저항할 수 없는 욕망이 그녀의 영혼 속에 일어난 적이 한두 번이 아니었다. '왜 드미트리는 그때 예배당에서 그가 원하는 곳으로 나를 데려가지 않았을까?' 그녀는 생각했다. '그는 내가 그의 아내라고 신 앞에서 말하지 않았던가? 나는 왜 여기 있는 걸까?' 그녀는 갑자기 모든 사람, 심지어 우바르 이바노비치조차도 피하기 시작했다. 노인은 그 어느 때보다 더 의아해하며 손가락을 놀렸다. 그녀는 더 이상 주변의 모든 것이 정겹거나 사랑스럽지 않았고, 심지어 꿈처럼 여겨지지 않았다. 그것은 악몽처럼 움직이지 않는 죽은 짐이 되어 그녀의 가슴을 짓눌렀고, 마치 그녀를 비난하고 분노하며 그녀에 대해 알고 싶어 하지 않았다…… . 그들은 '너는 여전히 우리 가족이야'라고 말하는 것 같았다. 심지어 그녀의 불쌍한 애완동물들, 억압받는 새와 짐승들조차도 적의에 찬 불신의 눈으로 그녀를 바라보았다. 적어도 그녀에게는 그렇게 느껴졌다. 그녀는 자신의 감정이 부끄럽고 수치스러웠다. '하지만 여기는 내 집, 내 가족, 내 조국이 아닌가…… .' 그녀는 생각했다. '아니, 여기는 더 이상 네 조국이 아니고 네 가족이 아니야.' 다른 목소리가 그녀에게 반복했다. 두려움에 사로잡힌 그녀는 자신의 소심함에 화가 났다. 문제는 이제 막 시작되었는데, 그녀는 벌써 인내심을 잃고 있었다……. 그녀가 그에게 약속한 것이 고작 이것이란 말인가?

그녀는 쉽게 자신을 다스리지 못했다. 그러나 한 주가 지나고 또 한 주가 지났다……. 옐레나는 조금씩 마음이 안정되었고 새로운 상황에도 익숙해졌다. 그녀는 인사로프에게 작은 쪽지 두 개를 써서 직접 우체국에 가지고 갔다. 수치심과 자존심 때문에 결코 하녀에게 맡길 수 없었다. 그녀는 이미 그를 기다리기 시작했다……. 그러나 인사로프 대신 어느 화창한 아침에 니콜라이 아르툐미예비치가 도착했다.

22

퇴역한 근위대 중위 스타호프의 집에서 그가 그날처럼 언짢아하면서도 동시에 자신만만하고 거만 떠는 모습을 본 적이 없었다. 그는 외투와 모자를 쓰고 응접실로 천천히 들어와 다리를 넓게 벌리고 구두 뒤축을 쿵쿵 울리며 거울로 다가가서 차분하고 엄숙하게 고개를 흔들고 입술을 깨물며 오랫동안 자신을 바라보았다. 안나 바실리예브나는 겉으론 흥분하면서도 은밀한 기쁨을 느끼며 그를 맞이했다. (그녀는 그를 달리 맞이한 적이 없었다.) 그는 모자도 벗지 않고 아내와 인사도 나누지 않은 채 옐레나에게 조용히 손을 내밀어 섀미 가죽 장갑에 키스하게 했다. 안나 바실리예브나는 치료 과정에 대해 이것저것 묻기 시작했지만 그는 아무 대답도 하지 않았다. 우바르 이바노비치가 나타나자 그는 노인을 힐끗 쳐다보고 "여!"라고 말했다. 대체로 그는 노인을 차갑고 오만하게 대했지만, 이 노인에게 '진짜 스타호프 혈통의 흔적'이 있음을 인정했다. 거의 모든 러시아 귀족 가문은 그들만의 남다른 혈통적 특성이 존재한다고 확신하는 것으로 알려져 있다. 우리는 '포드살란스킨'의 코와 '페레프레예프'의 뒤통수에 대해 '자기들끼리' 이야기하는 것을 여러 번 들었다. 조야가 들어와서 니콜라이 아르툐미예비치 앞에 앉았다. 그는 툴툴거리며 안락의자에 털썩 주저앉아 커피를 요구하고 나서야 모자를 벗었다. 그리고 커피를 가져오자 잔을 비우고는 모든 사람을 차례로 둘러보고 우물거리며 말했다. "소르테 실 부 플레."* 그리고 아내에게 돌아서서 덧붙였다 "에 부, 마담, 레스테, 즈 부 프리."*

안나 바실리예브나를 제외한 모두가 나갔다. 그녀의 머리는 흥분으로 떨렸다. 남편의 의기양양한 태도에 깜짝 놀란 그녀는 무언가 특별한 것을 기대했다.

"도대체 무슨 일이에요?" 문이 닫히자마자 그녀가 외쳤다.

니콜라이 아르툐미예비치는 아내에게 무심한 시선을 던졌다.

"특별한 일은 아니오. 당신은 갑자기 희생자라도 된 듯한 표정을 지었는데, 그게 대체 무슨 버릇이오?" 그는 말끝마다 불필요하게 입꼬리를 내리며 말했다. "오늘 우리 집에서 새로운 손님이 식사할 예정임을 미리 알리려 했을 뿐이오."

"누군데요?"

"쿠르나톱스키, 예고르 안드레예비치. 당신은 모를 거요. 원로원의 상급 서기요."

"그 사람이 오늘 우리 집에서 식사할 예정이라고요?"

"그렇소."

"단지 그 말을 하려고 모두에게 나가라고 한 건가요?"

니콜라이 아르툐미예비치는 다시 아내에게 시선을 던졌지만, 이번에는 아이러니한 시선이었다.

"당신은 이 말에 놀랐소? 놀라기엔 좀 이르오."

그는 입을 다물었다. 아내도 잠시 침묵했다.

"바라건대," 그녀가 말하기 시작했다…….

"당신이 항상 나를 '부도덕한' 사람으로 생각한다는 것을 알아요." 니콜라이 아르툐미예비치가 불쑥 말을 꺼냈다.

"내가요!" 안나 바실리예브나가 깜짝 놀라서 중얼거렸다.

"아마 당신이 맞을 거요. 사실 가끔은 내가 당신이 불만을 가질 정당한 원인을 제공했다는 걸 부인하고 싶지 않아요(안나 바실리예브나의 머리에 '회색 말'이 퍼뜩 떠올랐다). 그러나 당신도 동의해야 하오. 알다시피 당신 체질은…….

"그래요, 나는 당신을 전혀 비난하지 않아요, 니콜라이 아르툐미예비치."

"세 포시블.* 어쨌든 나는 자신을 정당화할 생각은 없어요. 시간이 나의 정당함을 증명할 거요. 그러나 내 의무를 알고, 내게 맡겨진…… 내게 맡겨진 가족의 이익을 배려할 줄 안다는 것을 당신에게 확실히 말해 두는 게 내 의무라고 생각해요."

'이게 다 무슨 뜻일까?' 안나 바실리예브나는 생각했다. (그녀는 전날 밤 영국 클럽의 소파가 있는 방 한구석에서 러시아인은 '스피치'를 할 줄 모른다는 문제로 논쟁이 벌어졌던 사실을 알지 못했다. '우리들 중 말을 할 줄 아는 사람이 누구요? 누구든 이름을 대 보시오' 논쟁자들 중 한 명이 외쳤다. '예를 들어, 스타호프를 들 수 있겠지.' 다른 사람이 대답하며 옆에 서 있던 니콜라이 아르툐미예비치를 가리켰다. 그때 그는 기뻐서 거의 비명을 지를 뻔했다.)

"예를 들어" 니콜라이 아르툐미예비치가 말을 이었다. "우리 딸 옐레나 말이오. 드디어 그 애도 인생의 길로 확고한 걸음을 내디딜 때가 되었다고 생각하지 않는지…… 내가 말하고 싶은 건 그 애도 결혼할 때가 되었단 말이오. 사색이니 박애니 다 좋지만 그것도 어느 정도고 어느 나이까지지. 그 애도 이젠 허황된 생각을 버리고 무슨 예술가니 학생이니 몬테네그로인* 사회에서 벗어나 다른 사람처럼 행동할 때가 되었단 말이오."

"당신 말을 어떻게 이해해야 하죠?" 안나 바실리예브나가 물었다.

"내 말을 잘 들어 봐요." 니콜라이 아르툐미예비치는 여전히 입꼬리를 내리며 대답했다. "당신에게 솔직히 말하리다. 나는 쿠르나톱스키라는 젊은이를 알게 되었는데, 그를 내 사위로 삼고 싶어 가까워졌단 말이오. 당신도 그 사람을 만나 보면 내 판단이 편견이라거나 경솔하다고 비난하지 않으리라 감히 생각해요. (니콜라이 아르툐미예비치는 말을 하면서 자신의 웅변에 감탄했다.) 그는 훌륭한 교육을 받은 법률가로 매너가 좋아요. 나이는 서른셋이고, 원로원의 상급 서기에 6등 문관이며, 스타니슬라프 훈장을 목에 걸고 있소. 바라건대, 나를 관등에만 열광하는, 희극에 나오는 아버지들의 부류에 넣지는 마오. 아무튼 당신도 옐레나 니콜라예브나가 실제적이고 적극적인 사람을 좋아한다고 말하지 않았소. 예고르 안드레예비치는 자기 분야에서 첫째가는 실무가요. 반면에 내 딸은 관대한 행위에 약해요. 그런데 예고르 안드레예비치는 자기 봉급으로 걱정 없이 생활할 수 있자 아버지가 매년 보내 주던 할당금을 형제들을 위해 즉시 거절했다는 거요."

"그런데 그의 아버지가 누구에요?" 안나 바실리예브나가 물었다.

"그의 아버지 말이오? 그의 아버지도 어떤 면에서 유명한 사람인데, 매우 덕망 높은 진짜 스토아학파의 일원이고 아마 퇴역 소령으로 B…… 백작의 영지 전체를 관리하고 있어요."

"아!" 안나 바실리예브나가 말했다.

"아! '아'가 뭐요?" 니콜라이 아르툐미예비치가 말을 받았다. "정말 당신도 편견에 물든 게 아니오?"

"나는 아무 말도 안했어요." 안나 바실리예브나가 입을 열려고 했다…….

"아니, 당신은 '아!'라고 말했어……. 어쨌든 내 사고방식을 미리 알려 둘 필요가 있다고 생각해요. 쿠르나톱스키 씨가 아브라 주베르*를 받으리라 감히 생각하고 기대하오. 그 사람은 몬테네그로인 따위와는 다르오."

"물론이죠. 요리사 반카를 불러서 음식을 더 준비하라고 일러야겠어요."

"내가 이런 일에 간여하지 않는다는 걸 알거요." 니콜라이 아르툐미예비치는 자리에서 일어나 모자를 쓰고 휘파람을 불며(그는 누군가로부터 다차나 승마 훈련장에서만 휘파람을 불 수 있다는 말을 들었다) 정원으로 산책하러 나갔다. 슈빈은 별채의 자기 방 창문을 통해 그를 바라보다가 그에게 조용히 혀를 내밀었다. 10분 전 네 시에 역마차 한 대가 스타호프의 다차 현관에 다가왔다. 단정한 외모에 단순하고 우아하게 차려입은 젊은이가 마차에서 내려서 자신의 도착을 알리라고 지시했다. 이사람이 예고르 안드레예비치 쿠르나톱스키였다.

그건 그렇고, 무엇보다 엘레나는 다음 날 인사로프에게 편지를 썼다.

"사랑하는 드미트리, 날 축하해 줘요. 내게 구혼자가 나타났답니다. 그는 어제 우리 집에서 식사를 했어요. 아빠가 영국 클럽에서 그를 알게 되어 초대한 모양이에요. 물론, 어제 그는 구혼자로 온 건 아니었어요. 하지만 아버지의 희망을 들은 선량한 어머니가 손님이 누구인지 내 귀에 속삭였어요. 그의 이름은 예고르 안드레예비치 쿠르나톱스키로 원로원 상급 서기래요. 먼저 그의 외모를 묘사할 게요. 키는 당신보다 작고 체격은 좋아요. 단정한 이목구비에 머리카락은 짧게 치고 볼수염을 길게 기르고 있어요. 눈은 작고(당신 눈처럼) 갈색인데, 민첩하게 움직이고, 입술은 평평하고 두터워요. 눈과 입술에 항상 미소가 어려 있는데, 왠지 형식적인 것 같고 마치 미소가 그 사람 옆에서 당직을 서고 있는 것 같아요. 그는 매우 단순하게 행동하고 분명하게 말했으며 매사가 분명했어요. 그리고 일을 하는 것처럼 걷고 웃고 먹었어요. '정말 잘도 연구했군!' 이 순간 당신은 이렇게 생각할지도 몰라요. 그래요, 그건 당신에게 그를 묘사하기 위해서죠. 그리고 어떻게 구혼하는 남자를 연구하지 않을 수 있겠어요! 그에게는 무언가 무쇠 같은 것이 있어요……. 동시에 우둔하고 공허한 면이 있고, 정직한 구석도 있어요. 실제로 그는 아주 정직한 사람이라고 말들 해요. 당신도 무쇠 같은 사람이지만 이 사람과는 달라요. 식사 때 그는 내 옆에 앉았고, 맞은편에 슈빈이 앉아 있었어요. 처음에는 무슨 상사(商社) 이야기를 했는데, 그는 상사에 대해 잘 알고, 한때 큰 공장을 인수하기 위해 자기 직무를 거의 포기했다고 해요. 이건 짐작도 못했죠! 그러다 슈빈이 연극에 대해 이야기를 꺼냈어요. 쿠르나톱스키 씨는 예술에 대해 아무것도 모른다고 선언했는데, 일부러 겸손을 떠는 말은 아니었어요. 그것은 당신을 떠올리게 했는데…… 나는 이렇게 생각했어요. '아니, 나와 드미트리는 다른 방식으로 예술을 이해하지 못하는 거야' 그런데 그는 '예술을 이해하지 못합니다. 그리고 예술은 필요 없습니다. 하지만 훌륭한 국가에서는 예술이 허용되지요'라고 말하고 싶은 듯했어요. 그는 페테르부르크나 상류사회에 대해 꽤나 무관심했는데, 한번은 자신을 프롤레타리아라고 부르기까지 했어요. 우리는 날품팔이 노동자라고 그가 말했답니다. '만일 드미트리가 이런 말을 했다면 싫었겠지만 마음대로 말하라지! 실컷 자랑하라지!'라고 생각했죠. 그는 아주 공손했지만, 내내 매우 관대한 상관과 얘기하는 느낌이었어요. 그가 누군가를 칭찬하고 싶을 때 아무개는 원칙을 가지고 있다고 말하더군요. 이게 그가 즐겨 쓰는 말입니다. 그는 자신만만하고 근면하며 자기희생도 할 수 있어요(내가 공정하다는 것은 당신도 알아요). 말하자면 그는 자신의 이익을 희생할 수 있겠지만 대단한 폭군입니다. 이런 사람의 손아귀에 들어간다면 정말 불행입니다! 식사 때 뇌물에 대한 이야기도 나왔어요…….

'제 생각에' 그가 말했어요. '많은 경우, 뇌물을 받은 사람은 죄가 없습니다. 그는 달리 행동할 수 없었을 테니까요. 그러나 일단 걸리면 그런 자는 처단해야 합니다.'

'죄 없는 사람을 짓밟아요!' 내가 비명을 질렀어요.

'그래요, 원칙을 위해서.'

'어떤 원칙이죠?' 슈빈이 물었어요.

쿠르나토프스키는 당황하고 놀라며 말했어요.

'그런 건 설명할 필요가 없습니다.'

그를 존중하는 것 같은 아빠가 말을 받아서 '없고말고'라고 말했어요. 그런데 분하게도 이 이야기는 여기서 중단되었어요. 저녁에 베르세네프가 와서 그와 매우 열띤 논쟁을 벌였어요. 지금까지 우리의 착한 안드레이 베르세네프가 그렇게 흥분한 모습을 한 번도 본 적이 없어요. 쿠르나톱스키 씨는 학문이나 대학 등의 효용성을 결코 부정하지는 않았지만…… 나는 안드레이 페트로비치의 분노를 이해할 수 있었어요. 쿠르나톱스키 씨는 이 모든 것을 무슨 체조를 보듯이 보고 있으니까요. 슈빈이 식사 후 내게로 다가와 말했어요. '여기 이 사람과 다른 누구는(그는 당신의 이름을 입에 올리진 않았어요.) 둘 다 실제적인 사람이지만 어떤 차이가 있는지 보세요. 그 사람은 생활에서 얻은 진짜 살아 있는 이상을 가지고 있지만, 여기 이 사람은 사명감도 없고 단지 근무상의 성실함과 내용 없는 실무적 수완만을 가졌을 뿐이오.' 슈빈은 총명한 사람이에요. 그래서 당신을 위해 그가 한 말을 기억해 두었답니다. 그러나 내가 보기에 당신들 사이에는 공통점이 없어요. 당신은 믿음이 있지만, 그 사람에겐 믿음이 없어요. 단지 자기 자신만을 믿는 것은 믿음이 아니기 때문이죠.

쿠르나톱스키 씨는 늦게 우리 집을 떠났지만, 엄마는 그가 나를 마음에 들어 하고, 그래서 아빠가 감격하고 있다고 알려 주셨어요……. 그 사람은 내가 원칙을 갖고 있다고 나에 대해 말하지 않았을까요? 정말 죄송하지만 나는 남편이 있다고 엄마에게 대답할 뻔했어요. 왜 아빠는 그토록 당신을 싫어할까요? 엄마하고는 어떻게 해 볼 수 있을 텐데…….

오, 내 사랑! 그 사람을 이토록 자세히 묘사하는 것은 나의 슬픔을 달래기 위해서랍니다. 나는 당신 없이 살 수 없고, 항상 당신을 보고, 당신의 말을 듣고 있습니다……. 당신을 기다리고 있지만 당신이 바람대로 우리 집에서는 아니에요. 상상해 보세요, 우리가 얼마나 괴롭고 거북하겠어요! 아시죠, 내가 편지에서 당신에게 말했던 곳, 바로 그 덤불숲에서……. 오, 내 사랑! 내가 당신을 얼마나 사랑하고 있는지!"

23

쿠르나톱스키가 처음 방문한 지 3주쯤 지나 안나 바실리예
브나는 옐레나의 큰 기쁨 속에 모스크바의 프레치스텐카 근처
에 있는 큰 목조 가옥으로 이사했다. 둥근 기둥과 모든 창문 위
에 하얀 수금(竪琴)과 화환이 있는 집, 다락방과 부속 건물, 작
은 정원, 푸른 잔디가 자란 넓은 안뜰, 마당에 우물, 우물 옆에
작은 개집이 있는 집이었다. 안나 바실리예브나는 이렇게 일찍
다차에서 돌아온 적이 없었지만, 그해 초가을에는 추위로 치조
염(齒槽炎)이 생겼다. 한편, 니콜라이 아르툠미예비치는 치료
를 마친 후 아내를 그리워했다. 게다가 아브구스티나 흐리스티
아노브나가 레벨에 사는 사촌 언니를 만나러 떠났고, 모스크바
에 도착한 한 외국 가족이 '율동적인 포즈'를 선보였는데, 『모
스크바 통보』에 실린 그 기사가 안나 바실리예브나의 호기심
을 무척 자극했다. 한마디로 다차에 더 머무르는 것은 불편할
뿐만 아니라 니콜라이 아르툠미예비치의 말에 따르면 그의 '계

획'을 이행하는 데에도 부적합했다. 지난 2주는 엘레나에게 매우 길게 느껴졌다. 쿠르나톱스키는 일요일에 두 번 방문했는데 다른 날은 바빴다. 그는 엘레나를 보러 왔지만 조야와 더 많은 이야기를 나누었다. 조야는 그가 무척 마음에 들었다. '이 사람은 남자다!' 남자답고 거무스름한 그의 얼굴을 바라보고 자신만만하고 겸손한 그의 말을 들으면서 조야는 속으로 생각했다. 그녀의 의견에 따르면, 그 누구도 그렇게 멋진 목소리를 갖지 못했고, '영광입니다'나 '매우 만족합니다'란 말을 그렇게 완벽하게 발음할 수 없었다. 인사로프는 스타호프 집에 오지 않았지만, 엘레나는 모스크바 강변의 작은 숲에서 그를 몰래 한 번 만났다. 그녀가 그곳에서 만나기로 약속했었다. 그들은 겨우 몇 마디를 주고받을 수 있었다. 슈빈은 안나 바실리예브나와 함께 모스크바로 돌아왔고, 며칠 후 베르세네프도 모스크바로 돌아왔다.

인사로프는 방에 앉아 불가리아에서 '인편'으로 보내 온 몇 통의 편지를 세 번째 다시 읽고 있었다. 그들은 우편으로 편지를 보내는 것을 두려워했다. 그는 편지를 읽고 매우 불안했다. 사태는 동양에서 빠르게 전개되고 있었다. 러시아 군대의 몇몇 공국(公國) 점령은 모든 사람들의 마음을 흔들어 놓았다. 위난(危難)은 점점 커지고, 피할 수 없는 임박한 전쟁의 기운이 이미 감지되었다. 주위는 불길에 휩싸였고, 그 불길이 어디로 번지고 어디서 멈출지 아무도 예견할 수 없었다. 해묵은 분노와 오래된 희망—이 모든 것이 꿈틀대기 시작했다. 인사로프의 심장은 세차게 뛰었고 그의 희망이 실현되고 있었다. '하지만 아직 이르지 않나? 헛된 건 아닐까?' 그는 손을 움켜쥐고 생각했다. '우리는 아직 준비가 안 되었어. 그러나 그렇게 할 수밖에 없어! 가야 해.'

무언가 문 뒤에서 살짝 소리가 났고, 문이 빠르게 열리더니 엘레나가 방으로 들어왔다.

인사로프는 온몸을 떨며 그녀에게 달려가 무릎을 꿇고 그녀의 몸통을 껴안고서 머리를 꼭 눌렀다.

"내가 올 줄 몰랐어요?" 그녀는 겨우 숨을 돌리며 입을 열었다. (그녀는 빠르게 계단을 뛰어올라왔다.) "오, 내 사랑! 내 사랑!" 그녀는 손을 그의 머리에 얹고 주위를 둘러보았다. "이런 데서 사는군요? 당신을 금방 찾았어요. 주인집 딸이 데려다 주었어요. 우리는 그저께 이사했어요. 당신에게 편지를 쓰려고 했지만 직접 오는 게 낫다고 생각했죠. 15분쯤 여기 있을 수 있어요. 일어나 문을 걸어요."

인사로프는 일어나 재빨리 문을 잠그고 그녀에게 돌아와 두 손을 잡았다. 그는 말을 할 수 없었고 기뻐서 숨이 막혔다. 그녀는 미소를 머금고 그의 눈을 바라보았다……. 두 눈에 행복이 넘쳐났다……. 그녀는 부끄러웠다.

"잠깐만요." 그녀가 그에게서 부드럽게 손을 빼며 말했다. "모자를 벗을게요."

그녀는 모자의 리본을 풀어 모자를 집어던지고 어깨에 걸친 망토를 내리고 나서 머리카락을 매만지더니 작고 낡은 소파에 앉았다. 인사로프는 움직이지 않고 매혹당한 사람처럼 그녀를 바라보았다.

"앉아요." 그녀는 그를 쳐다보지 않고 옆자리를 가리키며 말했다.

인사로프는 소파가 아니라 바닥에, 그녀의 발치에 앉았다.

"자, 장갑을 벗겨 줘요." 그녀가 고르지 못한 목소리로 말했다. 그녀는 두려워하고 있었다.

그는 먼저 단추를 풀고 한쪽 장갑을 반쯤 벗겨 내리다 장갑 아래 드러난 희고 가늘고 부드러운 손목에 뜨거운 입술을 갖다 댔다.

옐레나는 흠칫 몸을 떨며 다른 손으로 그를 밀어내려 했지만, 그는 그 손에도 입을 맞추기 시작했다. 그녀가 그의 손을 자기 쪽으로 끌어당기자 그가 고개를 뒤로 젖혔다. 그녀는 그의 얼굴을 바라보며 몸을 숙였고, 그들의 입술이 포개졌다…….

한 순간이 지나갔다……. 그녀가 그를 뿌리치고 일어나 "안 돼요, 안 돼"라고 속삭이고 재빨리 책상으로 다가갔다.

"나는 이곳의 여주인이니까 당신에게 비밀이 없어야 해요." 그녀는 무심하게 보이려 애쓰면서 그에게 등을 돌렸다. "종이가 정말 많아요! 이 편지들은 뭐죠?"

인사로프는 눈살을 찌푸렸다.

"이 편지들?" 바닥에서 일어나면서 그가 말했다. "읽어 봐요."

옐레나가 편지를 손에 들고 뒤적거렸다.

"너무 많고 글씨가 깨알 같아요. 나는 이제 가야 해요……. 읽은 거로 하죠! 경쟁자에게서 온 것은 아니겠죠? 그런데 러시아어가 아니군요." 얇은 종이를 뒤적이며 그녀가 덧붙였다.

인사로프는 그녀에게 다가가 그녀의 몸을 어루만졌다. 그녀는 갑자기 그에게로 돌아서서 환하게 웃으며 그의 어깨에 기댔다.

"불가리아에서 온 편지요, 엘레나. 친구들이 쓴 거요. 그들이 날 부르고 있어요."

"지금? 거기로?"

"네……. 지금. 아직 시간이 있을 때, 통과할 수 있을 때."

그녀는 갑자기 그의 목을 두 팔로 감쌌다.

"날 데려갈 거죠?"

그는 그녀를 가슴에 꼭 끌어안았다.

"오, 나의 사랑스러운 아가씨, 오 나의 주인공이여! 당신이 그런 말을 하다니! 그러나 집도 가족도 없는 내가 당신을 데려가는 것은 죄를 짓는 일이 아닐까, 분별없는 짓이 아닐까……. 그리고 어디로!"

그녀는 그의 입을 손으로 막았다.

"쉿……. 가만있지 않으면 화를 내고 다시는 당신에게 오지 않을 거예요. 모든 게 결정되지 않았나요? 우리 사이에 모든 것이 해결되지 않았나요? 나는 당신의 아내가 아닌가요? 아내가 남편과 헤어질 수 있나요?"

"아내들은 전쟁에 나가지 않아요." 그는 약간 슬픈 미소를 지으며 말했다.

"네, 아내들이 남아 있을 수 있을 때 그렇죠. 그런데 내가 여기 남아 있을 수 있겠어요?"

"옐레나, 당신은 천사요······! 하지만 생각해 봐요. 어쩌면 나는 2주 후에 모스크바를······ 떠나야 할지도 몰라요. 이제 대학 강의도, 일의 마무리도 생각할 수 없게 되었소."

"뭐라고요?" 옐레나가 그의 말을 막았다. "곧 떠나야 한다고요? 좋아요, 당신이 원하면 나는 지금, 지금이라도 여기 남아서 영원히 당신과 함께 하겠어요. 집으로 돌아가지 않겠어요. 그럴까요? 지금 당장 떠날까요?"

인사로프는 두 배로 힘을 주어 그녀를 자신의 품에 안았다.

"신이 내게 벌을 내리시길," 그가 소리쳤다. "내가 나쁜 일을 한다면! 오늘부터 우리는 영원히 하나가 되었소!"

"남을까요?" 옐레나가 물었다.

"아니, 나의 순진한 아가씨. 아니, 나의 보물. 오늘은 집으로 돌아가오. 하지만 준비하세요. 이 일은 단번에 할 수 없소. 모든 것을 잘 생각해야 해요. 돈과 여권도 필요하고······."

"돈은 내게 있어요." 옐레나가 그의 말을 가로막았다. "80루블."

"글쎄, 그건 많은 돈이 아니오." 인사로프가 말했다. "하지만 도움은 될 거요."

"돈은 더 구할 수 있어요. 빌리거나 엄마에게 부탁하겠어요······. 아니, 엄마한테는 부탁하지 않겠어요······. 시계를 팔아도 되고. 귀걸이도 있고, 팔찌 두 개…… 레이스도 있어요."

"문제는 돈이 아니오, 옐레나. 여권, 당신의 여권을 어떻게 마련한단 말이오?"

"그렇군요. 그걸 어떻게 마련하죠? 여권이 꼭 필요한가요?"

"꼭 필요해요."

옐레나는 조용히 웃었다.

"방금 어떤 생각이 떠올랐어요! 기억하건대, 내가 아직 어릴 때…… 우리 집 하녀가 도망쳤어요. 하녀는 붙잡혔지만 용서를 받았고 오랫동안 우리 집에서 살았죠. 하지만 모두가 그녀를 도망자 타티야나라고 불렀어요. 그때는 내가 그녀처럼 도망자가 되리라고 생각하지 못했어요."

"옐레나, 그런 말을 하다니 부끄럽지 않소!"

"왜요? 물론 여권을 가지고 가는 것이 더 좋겠죠. 하지만 그럴 수 없다면……."

"이 모든 것은 나중에, 나중에 정리하기로 하고, 좀 기다려요." 인사로프가 말했다. "내가 사정을 잘 살펴보고 생각해 보겠소. 둘이 모든 것에 대해 충분히 상의합시다. 돈은 내게도 있어요."

옐레나는 그의 이마에 흘러내린 머리카락을 한 손으로 쓸어 올렸다.

"오, 드미트리! 우리 둘이 함께 가면 얼마나 기쁠까!"

"그래요," 인사로프가 말했다. "하지만 우리가 가는 그곳은……."

"왜요?" 옐레나가 끼어들었다. "둘이 함께 죽는 것도 기쁘지 않을까요? 아니, 죽긴 왜 죽어요? 우린 살 거야, 우린 젊어요. 당신은 몇 살이죠? 스물여섯?"

"스물여섯."

"나는 스물. 아직 앞날이 창창해요. 아! 당신은 내게서 도망치려고 했죠? 러시아인의 사랑은 필요 없었나요, 불가리아인! 이제 당신이 어떻게 내게서 멀어지는지 보자고요! 하지만 그때 내가 당신에게 가지 않았다면 우리는 어떻게 되었을까!"

"옐레나, 내가 왜 떠나야 했는지 당신은 알 거요."

"알아요. 당신은 사랑에 빠졌고 두려워했어요. 하지만 당신이 사랑받고 있다는 것을 정말 몰랐나요?"

"맹세코 몰랐어요, 옐레나."

옐레나는 불시에 재빨리 그에게 키스했다.

"바로 이래서 당신을 사랑하는 거예요. 그럼 안녕히 계세요."

"좀 더 있을 수 없을까?" 인사로프가 물었다.

"안 돼요. 내 사랑. 혼자 떠나는 내 마음은 편한 줄 아세요? 벌써 15분이 지났어요." 그녀는 망토와 모자를 썼다. "그럼 내일 저녁에 우리 집에 오세요. 아니, 모레 오세요. 힘들고 지루하겠지만 어쩔 수 없어요. 적어도 서로 만날 수 있으니까. 안녕히 계세요. 나를 놔 줘요." 인사로프는 마지막으로 그녀를 포옹했다. "아야! 이것 좀 봐요. 내 시곗줄이 망가졌어요. 오, 서투른 드미트리! 하지만 괜찮아요. 더 잘 됐어요. 쿠즈네츠키 다리로 가서 수리를 맡길 게요. 누가 물어보면 쿠즈네츠키 다리에 갔다 왔다고 말해야지." 그녀는 문손잡이를 잡았다. "그런데 깜빡 잊었어요. 뮤슈 쿠르나톱스키가 아마 며칠 내로 청혼할 거예요. 하지만 나는 그에게…… 이렇게 할 거예요." 그녀는 왼손 엄지손가락을 코끝에 대고 나머지 손가락을 공중에서 흔들었다. "안녕히 계세요. 또 만나요. 이제 길을 아니까……. 시간을 낭비하지 마세요……."

엘레나는 문을 살짝 열고 귀를 기울이더니 인사로프에게 돌아서서 고개를 한 번 끄덕이고는 방에서 살그머니 빠져나갔다.

인사로프는 닫힌 문 앞에 잠시 서서 역시 귀를 기울였다. 아래 마당으로 통하는 문이 쾅 닫혔다. 그는 소파로 걸어가 앉고는 손으로 눈을 가렸다. 지금껏 이런 일은 한 번도 없었다. '내가 무슨 일을 했기에 이런 사랑을 받을 수 있을까?' 그는 생각했다. '이건 꿈이 아닌가?'

그러나 엘레나가 그의 초라하고 어두운 방에 남긴 은은한 목서초 향기는 그녀의 방문을 떠올리게 했다. 그 향기와 함께 젊은 목소리, 가볍고 젊은 발자국 소리, 그리고 젊은 처녀의 몸에서 풍기는 따뜻함과 신선함이 공기 중에 여전히 남아 있는 것 같았다.

24

인사로프는 더 좋은 소식을 기다리기로 결심하고 직접 출국 준비를 시작했다. 매우 어려운 일이었다. 사실 그에게는 장애물이 없었다. 여권만 신청하면 그만이었다. 그러나 옐레나는 어떻게 해야 하나? 그녀의 여권을 합법적으로 받기는 불가능했다. 그녀와 비밀리에 결혼한 후 부모 앞에 나타난다⋯⋯. '그러면 그들도 우리를 보내 주겠지.' 그는 생각했다. '만약 보내 주지 않으면? 그래도 우리는 떠날 거야. 만약 그들이 고소를 한다면⋯⋯ 만약⋯⋯ 아니야, 어떻게든 여권을 구하려고 노력하는 게 좋아.'

그는 한 지인(물론 이름은 밝히지 않겠다)과 상의하기로 결심했다. 그 사람은 퇴직했거나 면직된 검사로 온갖 비밀스러운 일에 정통하고 노련한 인물이었다. 이 존경할 만한 사람은 먼 곳에 살고 있었다. 인사로프는 초라한 가두마차를 타고 꼬박 한 시간을 달려 그를 찾아갔으나 그 사람은 집에 없었고 돌아오는 길에 갑자기 소나기를 만나 속옷까지 흠뻑 젖었다. 다음 날 아침 인사로프는 꽤 심한 두통에도 불구하고 다시 퇴직 검사를 찾아갔다. 그는 가슴이 풍만한 요정의 이미지로 장식된 담뱃갑에서 담배 냄새를 들이마시며 담뱃색의 작고 교활한 눈으로 손님을 흘깃흘깃 쳐다보며 주의 깊게 경청했다. 그리고 인사로프의 말을 다 듣고 나서 '사실에 대한 진술의 명확성'을 더 요구했다. 인사로프가 자세한 얘기를 꺼린다는 것을 알아챈 (인사로프는 마지못해 검사를 찾아왔다) 퇴직 검사는 우선 '돈'으로 무장하라고 충고만 하고 "더 신뢰가 생기고 의심이 덜 들 때" 다시 한번 들르라고 말했다. 그는 덮개가 열린 담뱃갑에서 담배 냄새를 맡으며 덧붙였다. "그런데 여권은 말입니다." 그는 혼잣말을 하듯 말을 이었다. "사람의 손에 달린 문제죠. 예를 들어 여행을 하는데, 당신이 마리야 브레디히나인지 카롤리나 포겔메이예르*인지 누가 알겠소?" 인사로프는 혐오감을 느꼈지만 검사에게 감사를 표하고 며칠 내로 다시 들르겠다고 약속했다.

같은 날 저녁 인사로프는 스타호프 씨네에 갔다. 안나 바실리예브나는 그를 다정하게 맞이하며 그들을 완전히 잊은 줄 알았다고 책망했다. 그리고 그의 창백한 얼굴을 보고 건강이 어떠냐고 물었다. 니콜라이 아르툐미예비치는 아무 말도 하지 않고 신중하면서도 무관심한 호기심을 가지고 그를 바라만 보았다. 슈빈은 차갑게 대했지만, 엘레나는 그를 놀라게 했다. 그녀는 그를 기다렸고, 그를 위해 예배당에서 처음 만난 날 입었던 그 드레스를 입었다. 그러나 그를 너무 침착하게 맞이했고, 너무 친절하고 태연하고 쾌활해서 그녀를 보면 누구도 이 처녀의 운명이 이미 정해졌고 그녀의 생기발랄한 모습과 가볍고 매력적인 동작이 행복한 사랑에 대한 은밀한 자각 때문이라고 생각하지 못했을 것이다. 엘리나는 조야 대신 차를 따르고 농담을 하고 수다를 떨었다. 슈빈이 자신을 지켜보고 있고 인사로프가 가면을 쓰고 태연한 척할 수 없다는 것을 알고 미리 무장한 것이다. 그녀의 예상은 틀리지 않았다. 슈빈은 그녀에게서 눈을 떼지 않았고, 인사로프는 저녁 내내 말없이 침울한 표정을 지었다. 엘레나는 너무 행복해서 그를 놀려 주고 싶었다.

"그런데 어때요?" 갑자기 그녀가 인사로프에게 물었다. "당신의 계획은 잘 진행되고 있나요?"

인사로프는 당황했다.

"무슨 계획?"

"잊으셨나요?" 그녀는 그의 얼굴을 보고 웃으며 대답했다. 인사로프만이 그 행복한 웃음의 의미를 알 수 있었다. "러시아인을 위한 불가리아어 독본 말이에요?"

"켈 부르드!"* 니콜라이 아르툐미예비치가 입속말로 웅얼거렸다.

조야가 피아노 앞에 앉았다. 엘레나는 거의 알아채지 못할 정도로 어깨를 으쓱하며 인사로프에게 집에 가라고 말하려는 듯이 눈짓으로 문을 가리켰다. 그리고 나서 적당한 간격을 두고 손가락으로 테이블을 두 번 두드리고는 그를 바라보았다.

그는 그녀가 이틀 후에 밀회를 약속했다는 것을 알아챘고, 그녀는 그가 이해한 것을 보고 재빨리 미소를 지었다. 인사로프는 일어나 작별 인사를 하기 시작했다. 그는 몸이 좋지 않았다. 쿠르나톱스키가 나타났다. 니콜라이 아르툐미예비치는 벌떡 일어나 오른손을 머리 위로 높이 쳐들었다 서기의 손바닥 위에 살짝 내려놓았다. 인사로프는 자신의 경쟁자를 보려고 몇 분 더 남아 있었다. 엘레나는 남몰래 능청스럽게 머리를 흔들었다. 주인은 그들을 서로 소개할 필요가 없다고 생각했다. 인사로프는 엘레나와 마지막 눈빛을 교환하고 그 집을 떠났다. 슈빈은 줄곧 생각에 잠겨 있다가 자신이 전혀 모르는 법적 문제에 대해 쿠르나톱스키와 열띤 논쟁을 벌였다.

인사로프는 밤새 잠을 못 잤고 아침에도 기분이 좋지 않았으나 열심히 서류를 정리하고 편지를 썼다. 하지만 머리가 무겁고 왠지 혼란스러웠다. 점심 무렵에는 열이 났고 아무것도 먹을 수 없었다. 저녁때가 되자 열이 부쩍 심해지더니 사지가 쑤시고 견딜 수 없이 머리가 아팠다. 인사로프는 바로 얼마 전에 엘레나가 앉았던 그 작은 소파에 누워 '나는 벌을 받아 마땅해. 왜 그 늙은 협잡꾼을 찾아갔을까'라고 생각하며 잠을 자려고 애썼다……. 그러나 이미 병마가 그를 움켜쥐고 있었다. 혈관이 무섭게 뛰기 시작했고 피가 뜨겁게 타올랐으며, 온갖 생각이 새들처럼 머릿속에서 맴돌았다. 그는 의식을 잃었다. 마치 짓눌린 듯 나자빠졌고, 갑자기 누군가 위에서 조용히 웃으며 속삭이는 듯한 느낌이 들었다. 그는 간신히 눈을 떴다. 타 버린 양초의 빛이 칼처럼 그의 눈을 찔렀다……. 이게 뭐지? 전날 밤에 봤던 것처럼 실내복에 명주 띠를 허리에 두른 늙은 검사가 그 앞에 서 있었다……. "카롤리나 포겔메이예르"라고 이빨 빠진 입이 중얼거렸다. 인사로프가 바라보자 노인은 점점 넓어지고, 부풀어 오르고, 커지더니 더 이상 사람이 아닌 나무가 되었다……. 인사로프는 험한 나뭇가지를 타고 기어올라야 했다. 그는 간신히 나뭇가지에 매달려 있다가 뾰족한 돌 위에 떨어져 가슴을 다쳤다. 카롤리나 포겔메이예르는 장사꾼 차림으로 쪼그리고 앉아 "피로시키, 피로시키, 피로시키*"라고 웅얼거렸다. 피가 흐르고 사벨이 눈부시게 반짝인다……. 옐레나……! 그리고 모든 것이 진홍빛 혼돈 속으로 사라졌다.

25

"열쇠공인지 누군지 알 수 없는 사람이 찾아와 나리를 뵙고 자 합니다." 다음 날 저녁 하인이 베르세네프에게 말했다. 이 하인은 주인에 대한 엄격한 태도와 회의적 사고방식으로 유별났다.

"불러와." 베르세네프가 말했다.

'열쇠공'이 들어왔다. 베르세네프는 그가 인사로프가 살던 아파트의 주인인 재봉사임을 알아보았다.

"무슨 일인가?" 그가 재봉사에게 물었다.

"제가 온 것은" 재봉사는 천천히 발을 이리저리 옮기고, 마지막 세 손가락으로 소맷부리를 잡은 오른손을 가끔 흔들며 말했다. "우리 집에 세 들어 사는 사람이 굉장히 아픕니다."

"인사로프가?"

"맞습니다. 우리 집에 세 들어 사는 사람 말이에요. 어찌된 일인지 어제 아침까지만 해도 멀쩡했는데 저녁에 마실 것 좀 달라기에 우리 집사람이 물을 갖다 주었지요. 그런데 밤중에 헛소리를 하지 뭡니까. 칸막이 방이라 다 들려요. 오늘 아침에는 이미 말도 못하고 꼼짝 않고 누워 있는데 열도 심하고, 아, 큰일입니다! 그래서 그가 죽을지도 모르니 경찰서에 알려야겠다고 생각했어요. 그는 혼자 몸이니까요. 그런데 집사람이 '다차에 함께 세 들었던 그분에게 갔다 오구려. 아마 그분이 무슨 말을 하거나 직접 찾아올지도 몰라'라고 말하더군요. 그래서 도움을 청하러 이렇게 왔습니다. 우리는 어쩔 수가 없어서, 말하자면……."

베르세네프는 모자를 집어 들고 재봉사의 손에 1루블을 쥐어 주며 그와 함께 즉시 인사로프의 셋방으로 내달렸다.

인사로프는 옷도 벗지 않은 채 의식을 잃고 소파에 누워 있었다. 그의 얼굴은 끔찍하게 변해 있었다. 베르세네프는 즉시 주인 내외에게 옷을 벗겨 그를 침대로 옮기라고 지시했고, 자신은 달려가서 의사를 데려왔다. 의사는 거머리, 고약, 감홍(甘汞)*을 한 번에 처방하고 피를 뽑으라고 지시했다.

"위험한가요?" 베르세네프가 물었다.

"네, 매우 위험합니다." 의사가 대답했다. "심한 폐렴입니다. 폐렴이 급속히 퍼져 뇌에도 침범했는지 모르겠어요. 하지만 환자는 젊어요. 환자의 힘이 병에 대항하고 있습니다. 늦었지만 과학이 요구하는 것을 다 해 보기로 하죠."

의사도 아직 젊어서 과학을 믿고 있었다.

베르세네프는 밤새 인사로프의 곁에 있었다. 주인 내외도 선량한 사람들이라 무엇을 해야 할지 말해 주는 사람이 나타나자 민첩하게 움직였다. 의사의 조수가 도착했고, 치료가 시작되었다.

아침 무렵에 몇 분 동안 정신이 든 인사로프는 베르세네프를 알아보고 "내가 아픈 모양이지?"라고 물었고, 중환자의 둔하고 활기 없는 당혹스러운 표정으로 주변을 둘러보고 다시 의식을 잃었다. 베르세네프는 집에 가서 옷을 갈아입고 책 몇 권을 가지고 다시 인사로프의 셋방으로 돌아갔다. 적어도 처음 얼마 동안 인사로프의 집에서 살기로 결심한 것이다. 그는 인사로프의 침대를 병풍으로 둘러막고 소파 근처에 자기 자리를 마련했다. 그날 하루는 우울하고 더디게 지나갔다. 베르세네프는 저녁을 먹기 위해서만 자리를 비웠다. 저녁이 되었다. 그는 갓을 씌운 촛대에 촛불을 켜고 책을 읽었다. 주변은 고요했다. 칸막이 너머로 주인 내외의 조심스러운 속삭임, 하품과 한숨소리가 들려왔다……. 누군가가 재치기를 하자 귓속말로 나무라기도 했다. 병풍 너머로 무겁고 거친 호흡이 들려왔고, 간간이 짧은 신음 소리와 베개에 머리를 얹고 음울하게 뒤척이는 소리가 섞였다……. 베르세네프는 이상한 생각이 들었다. 그는 목숨이 위태로운 한 남자, 옐레나가 사랑하는 남자(그는 이것을 알고 있었다)의 방에 있었다……. 슈빈이 쫓아와서 옐레나가 그를, 바로 베르세네프를 사랑한다고 선언했던 그날 밤을 떠올렸다! 그런데 지금은……. '이제 어떻게 해야 하지?' 그는 자신에게 물었다. '인사로프의 병을 옐레나에게 알려야 하나? 기다려야 하나? 이 소식은 언젠가 그녀에게 말한 것보다 더 슬프다. 이상하게도 운명은 항상 나를 그들 사이에 제삼자로 끼워 넣는 군!' 그는 기다리는 것이 더 낫다고 결정했다. 그의 시선이 서류 더미로 덮인 테이블 위에 떨어졌다……. '그는 자신의 계획을 이행할 수 있을까?' 베르세네프는 잠시 생각했다. '모든 것이 사라져 버리는 것은 아닐까?' 그러자 그는 죽어 가는 젊은 생명이 불쌍해졌고, 이 젊은 생명을 구하겠다고 스스로에게 약속했다…….

그날 밤은 좋지 않았다. 환자는 헛소리를 많이 했다. 베레세네프는 몇 번이나 소파에서 일어나 발끝으로 살금살금 침대 쪽으로 다가가 슬픈 마음으로 그의 횡설수설에 귀를 기울였다. 딱 한 번 인사로프가 돌연 분명하게 말했다. "나는 원하지 않아, 원하지 않아. 당신은 하지 말아야 해……." 베르세네프는 흠칫 몸을 떨며 인사로프를 바라보았다. 그의 얼굴은 고통스러우면서도 동시에 죽은 사람처럼 굳어 있었고, 두 팔은 힘없이 늘어져 있었다. "나는 원하지 않아." 그는 거의 들리지 않는 목소리로 되뇌었다.

아침에 의사가 와서 고개를 저으며 새로운 약을 처방했다.

"아직 위기까지는 멀었어요." 의사가 모자를 쓰며 말했다.

"위기를 넘기면?" 베르세네프가 물었다.

"위기를 넘기면? 두 가지 결과가 있을 수 있습니다. 아우트 카이사르, 아우트 니힐."*

의사는 떠났다. 베르세네프는 여러 번 거리를 서성였다. 그에게는 신선한 공기가 필요했다. 그는 돌아와서 책을 집어 들었다. 오래전에 라우머를 끝냈고, 지금은 그로트*를 연구하고 있었다.

갑자기 문이 살짝 삐걱거렸고, 평소처럼 두꺼운 머릿수건으로 얼굴을 감싼 주인집 딸의 작은 머리가 조심스럽게 방으로 들어왔다.

"여기" 소녀가 나직이 말했다. "전에 저에게 10코페이카를 준 아가씨가 왔어요……."

주인집 딸의 작은 머리가 갑자기 사라지고 그 자리에 옐레나가 나타났다.

베르세네프는 벌에 쏘인 것처럼 벌떡 일어났다. 그러나 옐레나는 움직이지 않았고 비명을 지르지도 않았다……. 순식간에 모든 걸 깨달은 것 같았다. 그녀의 얼굴이 끔찍하리만큼 창백해졌다. 그녀는 병풍 쪽으로 다가가 그 너머를 들여다보더니 손을 휘저으며 돌처럼 굳어 버렸다. 조금만 더 있었더라면 인사로프에게 달려갔을 테지만 베르세네프가 그녀를 제지했다.

"뭐 하는 거예요?" 그가 떨리는 목소리로 속삭였다. "그를 망칠 수도 있어요!"

그녀가 비틀거렸다. 그는 그녀를 소파로 데려가 앉혔다.

그녀는 그의 얼굴을 바라보다 다시 흘끗 보고는 바닥을 응시했다.

"그가 죽어 가고 있나요?" 그녀가 너무 냉정하고 침착하게 물어서 베르세네프는 깜짝 놀랐다.

"제발, 옐레나 니콜라예브나." 그가 입을 열었다. "그게 무슨 말씀입니까? 그는 아프고, 사실 상당히 위험합니다……. 하지만 우리는 살려 낼 겁니다. 내가 보증하죠."

"의식이 없나요?" 그녀는 처음과 똑같은 어조로 물었다.

"네, 지금은 혼수상태인데…… 이 병은 처음에 흔히 그렇답니다. 하지만 그건 아무 의미가 없습니다, 전혀. 내가 장담하죠. 물 좀 드세요."

그녀가 눈을 들어 그를 바라보았다. 그는 그녀가 그의 말을 듣지 못했다는 것을 깨달았다.

"만일 그가 죽는다면." 옐레나가 여전히 같은 목소리로 말했다. "나도 죽을 거예요."

이 순간 인사로프가 가느다란 신음 소리를 냈다. 그녀는 몸을 떨면서 머리를 움켜쥐더니 모자의 리본을 풀기 시작했다.

"뭐 하는 거죠?" 그가 물었다.

그녀는 대답하지 않았다.

"뭐 하는 거죠?" 베르세네프가 되물었다.

"여기 있겠어요."

"얼마나…… 오랫동안?"

"몰라요. 하루 종일, 밤새도록, 영원히…… 모르겠어요."

"제발, 옐레나 니콜라예브나, 정신 좀 차리세요. 여기서 당신을 만날 줄은 꿈에도 몰랐지만 잠깐 들릴 작정으로 여기에 왔겠죠. 집에서 당신이 없어진 것을 알아챌 수 있어요……."

"그럼 어때요?"

"당신을 찾을 테고…… 당신을 찾아낼 겁니다……."

"그럼 어때요?"

"옐레나 니콜라예브나! 알다시피…… 그는 지금 당신을 보호할 수 없어요."

그녀는 생각에 잠긴 듯 고개를 숙이고 손수건을 입술에 가져갔다. 갑자기 발작적인 흐느낌이 걷잡을 수 없이 그녀의 가슴에서 터져 나왔다……. 그녀는 소파에 얼굴을 파묻고 울음을 참으려고 애썼지만 방금 붙잡힌 새처럼 온몸을 들먹거리며 떨었다.

"옐레나 니콜라예브나…… 제발……." 베르세네프는 그녀를 굽어보며 되뇌었다.

"응? 뭐라고?" 별안간 인사로프의 목소리가 울렸다.

옐레나는 몸을 곧게 폈고, 베르세네프는 그 자리에 굳어 버렸다……. 잠시 후 베르세네프가 침대 옆으로 다가갔다……. 인사로프의 머리는 여전히 베개 위에 힘없이 놓여 있었고, 두 눈은 감겨 있었다.

"헛소리를 하는 건가요?" 옐레나가 속삭였다.

"그런 것 같아요." 베르세네프가 대답했다. "하지만 괜찮아요. 이것도 항상 있는 일입니다. 특히 만일……."

"언제부터 아팠나요?" 옐레나가 그의 말을 막았다.

"그저께요. 나는 어제부터 여기 있었어요. 날 믿어요, 옐레나 니콜라예브나. 환자 곁을 떠나지 않을 거예요. 모든 수단을 사용할 겁니다. 필요하다면, 입회 진찰을 요청할 거예요."

"그는 내가 없으면 죽을 거예요." 그녀는 두 손을 쥐며 외쳤다.

"병세를 매일 알려 주겠다고 약속할 게요. 만일 정말 위험해지면…….”

"아무 때라도, 낮이건 밤이건 바로 저에게 사람을 보내 주겠다고 맹세하세요. 저에게 직접 쪽지를 써 보내 주세요……. 이제 내게는 아무 상관없어요. 제 말을 들으셨죠? 그렇게 하겠다고 약속하시겠어요?"

"약속해요, 신 앞에서.”

"맹세하세요."

"맹세해요."

그녀는 갑자기 그의 손을 잡고, 그가 미처 손을 빼기도 전에 그 손에 입을 맞추었다.

"옐레나 니콜라예브나…… 뭐 하는 겁니까?" 그가 더듬거리며 말했다.

"아니…… 아니야…… 필요 없어…….” 인사로프가 불분명하게 말하고 깊은 숨을 쉬었다.

옐레나는 병풍 쪽으로 다가가 손수건을 입에 물고 오랫동안 환자를 바라보았다. 그녀의 뺨을 타고 눈물이 소리 없이 흘러내렸다.

"옐레나 니콜라예브나." 베르세네프가 말했다. "그는 의식을 되찾아 당신을 알아볼 겁니다. 그것이 좋을지 어떨지는 아무도 모르죠. 게다가 곧 의사가 올 겁니다…….”

엘레나는 소파에서 모자를 집어 쓰고 멈춰 섰다. 그녀의 시선이 서글프게 방 안을 헤맸다. 그녀는 마치 무언가를 떠올리는 듯했다⋯⋯.

"떠날 수 없어요." 마침내 그녀가 속삭였다.

베르세네프가 그녀의 손을 꼭 쥐었다.

"힘을 내세요." 베르세네프가 말했다. "진정하세요. 그 사람의 간호는 내게 맡겨요. 오늘 저녁 댁에 잠깐 들르겠습니다."

엘레나가 그를 힐끗 쳐다보고 "오, 나의 선량한 친구!"라고 말했다. 그리고 흐느끼면서 밖으로 뛰어나갔다.

베르세네프는 문에 기대섰다. 어떤 묘한 위안 같은 것이 뒤섞인 슬프고 비통한 감정이 그의 가슴을 짓눌렀다. '나의 선량한 친구!' 그는 잠시 생각하고 어깨를 움츠렸다.

"거기 누구요?" 인사로프의 목소리가 들렸다.

베르세네프가 그에게 다가갔다.

"나 여기 있네, 드미트리 니카노로비치. 왜 그러나? 기분은 어떤가?"

"혼잔가?" 환자가 물었다.

"혼자야."

"그녀는?"

"그녀라니 누구?" 베르세네프는 겁에 질린 듯 말했다.

인사로프는 잠시 말이 없었다.

"목서초." 인사로프가 속삭였고 그의 눈이 다시 감겼다.

26

인사로프는 꼬박 여드렛날을 삶과 죽음 사이에 있었다. 젊은 의사는 이 중환자에게 관심을 갖고 계속 찾아왔다. 슈빈은 인사로프의 위험한 상태에 대해 듣고 문병을 갔다. 인사로프의 동포인 불가리아인들도 다녀갔다. 그들 중 갑자기 다차로 찾아와 베르세네프를 놀라게 한 두 명의 이상한 인물도 있었다. 모두 진심 어린 관심을 표명했고, 어떤 이들은 베르세네프 대신 환자의 침상을 지키겠다고 했지만, 베르세네프는 옐레나와의 약속을 기억하고 거절했다. 그는 매일 옐레나를 찾아가 때로는 말로, 때로는 작은 쪽지로 병의 진행 상황에 대해 자세하고 은밀하게 전했다. 그녀는 얼마나 가슴 졸이며 그를 기다렸던가, 얼마나 그의 이야기에 귀를 기울이며 꼬치꼬치 캐물었던가! 그녀도 항상 인사로프에게 달려가고 싶었지만 베르세네프가 그러지 말라고 애원했다. 인사로프가 혼자 있는 일은 드물었다. 그가 병에 걸렸다는 소식을 들은 첫날, 옐레나도 거의 병이 날

지경이었다. 집에 돌아오자마자 문을 걸고 방에 틀어박혔다. 식사 시간에 불려 나와 식당에 나타난 옐레나의 창백한 얼굴을 보고 안나 바실리예브나는 너무나 깜짝 놀라 그녀를 무조건 침대에 눕히고 싶었다. 하지만 옐레나는 간신히 마음을 다잡았다. '만일 그가 죽으면, 나도 죽을 거야'라고 그녀는 되뇌었다. 이 생각은 그녀를 진정시키고 태연하게 보일 수 있는 힘을 주었다. 하지만 아무도 그녀를 크게 방해하지 않았다. 안나 바실리예브나는 잇몸병으로 고생했고, 슈빈은 미친 듯이 일에 열중했다. 조야는 우울증에 빠져 『베르테르』를 읽으려고 했고, 니콜라이 아르툐미예비치는 '모범생'의 잦은 방문에 매우 불만이었고, 게다가 쿠르나톱스키에 대한 그의 '계획'이 느리게 진행되었다. 실제적인 상급 서기는 의혹을 품고 기다렸다. 옐레나는 베르세네프에게 고맙다는 말도 하지 않았다. 감사 인사를 하는 것 자체가 무섭고 부끄러웠기 때문이다. 단 한 번, 그와의 네 번째 만남에서(인사로프는 전날 밤에 상태가 매우 나빴고 의사는 입회 진찰을 시사했다.) 그녀는 그에게 맹세를 상기시켰다. 그가 "자, 그렇다면 같이 갑시다"라고 말했다. 그녀가 일어나 옷을 입으러 가려고 했다. "아니, 내일까지 더 기다려 봅시다." 그가 말했다. 저녁이 되자 인사로프의 상태가 좀 나아졌다.

이런 고통이 여드렛날이나 지속되었다. 옐레나는 평온해 보였지만 아무것도 먹을 수 없었고, 밤마다 잠을 자지 못했다. 온몸에 둔중한 통증이 느껴졌고, 건조하고 뜨거운 연기가 그녀의 머릿속에 가득 찬 것 같았다. "우리 아가씨는 양초처럼 녹아내리고 있어." 하녀가 이렇게 말하곤 했다.

마침내 아흐렛날, 변곡점이 찾아왔다. 옐레나는 응접실에서 안나 바실리예브나의 곁에 앉아 자기가 무엇을 하는지도 모른 채 어머니에게 『모스크바 통보』를 읽어 주고 있었다. 베르세네프가 들어왔다. 옐레나는 그를 힐끗 쳐다보고는(매번 그녀가 그에게 던지는 첫 눈길은 얼마나 빠르고 소심하고 예리하고 불안했던가!) 그가 좋은 소식을 가져왔다는 것을 단번에 알아차렸다. 그는 미소를 지으며 살짝 고개를 끄덕였고, 그녀는 그를 맞이하기 위해 몸을 일으켰다.

"그가 정신을 차렸고 살아났어요. 일주일 후에 완전히 건강해질 겁니다." 그가 속삭였다.

옐레나는 마치 공격을 피하려는 듯 손을 뻗고 아무 말도 하지 않았다. 입술이 바르르 떨리고 얼굴은 온통 주홍색으로 물들었다. 베르세네프는 안나 바실리예브나와 이야기를 나누었고, 옐레나는 방으로 가서 무릎을 꿇고 신에게 감사 기도를 했다……. 가볍고 맑은 눈물이 흘러내렸다. 그녀는 갑자기 극도의 피로를 느꼈고, 베개에 머리를 얹으며 속삭였다. '가엾은 안드레이 페트로비치!' 그러고는 속눈썹과 두 뺨이 젖은 채 금세 잠들었다. 그녀는 오랫동안 잠도 자지 못하고 울지도 못했다.

27

베르세네프의 말은 부분적으로만 사실이었다. 위험은 지나 갔지만 인사로프의 기력은 더디게 회복되었다. 의사는 전신에 걸쳐 전반적으로 심한 타격을 입었다고 말했다. 그럼에도 불구하고 병자는 침대에서 일어나 방을 걸어 다녔다. 베르세네프는 자기 아파트로 돌아갔지만, 여전히 쇠약한 친구를 매일 찾았고, 매일 옐레나에게 그의 건강 상태를 알려 주었다. 인사로프는 감히 그녀에게 편지를 쓰지 못했고, 베르세네프와 대화하면서 간접적으로 그녀를 암시했다. 베르세네프는 무심한 척하면서 스타호프 씨네를 방문한 이야기를 했고, 옐레나가 매우 괴로워했으나 지금은 안정되었다는 것을 이해시키려 애썼다. 옐레나도 인사로프에게 편지를 쓰지 않았다. 그녀의 머릿속에는 다른 계획이 있었기 때문이다.

한번은 베르세네프가 밝은 얼굴로 의사가 이미 인사로프에게 커틀릿을 먹어도 된다고 허락했고, 그가 곧 외출할 것이라고 말하자 그녀는 생각에 잠겨 눈을 내리떴다…….

"제가 무슨 말을 하고 싶어 하는지 맞춰 보세요." 그녀가 말했다.

베르세네프는 당황했다. 그는 그녀를 이해했다.

"아마," 그는 시선을 돌리며 대답했다. "그를 보고 싶다고 말하고 싶겠죠." 옐레나는 얼굴을 붉히며 거의 들리지 않게 말했다.

"그래요."

"되고말고요. 당신에게는 아주 쉬운 일입니다"라고 말하며 베르세네프는 속으로 생각했다. '흥! 내 마음속에는 얼마나 추악한 감정이 들어 있는가!'

"내가 전에 이미 거기에 다녀왔다는 말이죠……." 옐레나가 말했다. "하지만 두려워요……. 지금 그는 거의 혼자가 아니라고 했잖아요."

"돕는 것은 어렵지 않아요." 베르세네프는 여전히 그녀를 쳐다보지 않고 대답했다. "물론 그에게 미리 알릴 수 없지만 내게 메모를 써 주세요. 당신이 관심을 갖는 좋은 친구인 그에게 편지를 쓰는 것을 누가 금지할 수 있겠어요? 비난받을 일은 아무것도 없습니다. 그에게 날짜를 정해 주세요……. 당신이 언제 가겠다고 쓰세요……."

"부끄러워요." 옐레나가 속삭였다.

"메모를 주면 그에게 가져가겠습니다."

"그럴 필요 없어요. 당신에게 부탁하고 싶은 건…… 제게 화내지 마세요, 안드레이 페트로비치…… 내일은 그에게 가지 마세요."

베르세네프는 입술을 깨물었다.

"아! 네, 알았어요, 잘 알겠습니다." 베르세네프는 두세 마디 덧붙이고 재빨리 자리를 떴다.

'잘 됐어, 그게 더 좋아.' 서둘러 집으로 가면서 베르세네프는 생각했다. '새로운 것을 찾지 못했는데, 잘 됐어. 남의 둥지 가장자리를 어슬렁거려야 무슨 낙이 있겠어? 후회할 건 없어. 양심이 시키는 대로 했으니까. 이제 충분해. 그들을 놔 줘야지! 아버지가 이렇게 말씀하시곤 했지. "애야, 우리는 시바리스* 사람도, 귀족도, 운명과 자연의 총아(寵兒)도 아니다. 그렇다고 순교자도 아니야. 우리는 노동자, 노동자, 노동자일 뿐이다. 노동자여, 가죽 앞치마를 두르고 컴컴한 공장의 작업대에 위치하라! 햇빛은 다른 사람에게 비치게 하라! 우리의 미천한 삶에도 나름의 자부심과 행복이 있다!" 그래, 아버지의 말씀이 옳아.'

다음 날 아침 인사로프는 시내 우체국을 통해 짤막한 메모를 받았다. "날 기다려요." 옐레나는 그에게 썼다. "그리고 모두에게 오지 말라고 하세요. 아.페.*는 오지 않을 거예요."

28

인사로프는 옐레나의 메모를 읽고 즉시 방을 정리하기 시작했다. 주인집 여자에게 약병을 치워 달라 부탁하고, 실내복을 벗고 프록코트를 입었다. 허약한 몸과 기쁨 때문에 머리가 빙빙 돌고 심장이 두근거렸다. 다리에 힘이 풀린 그는 소파에 주저앉아 시계를 바라보았다. '지금이 열한 시 45분.' 그는 혼잣말로 중얼거렸다. '열두 시 전에는 올 수 없을 테니 15분 동안 다른 무언가를 생각해야지. 그렇지 않으면 견딜 수 없을 거야. 절대 열두 시 전에는 올 수 없어……'

문이 활짝 열리더니 가벼운 실크 드레스를 입은 옐레나가 들어왔다. 창백하지만 생기 있고 젊음과 행복이 넘치는 그녀는 가냘픈 기쁨의 탄성을 지르며 그의 가슴에 쓰러졌다.

"살아 있군요. 당신은 내 거야." 그의 머리를 감싸고 어루만지며 그녀가 되뇌었다. 그는 온몸이 얼어붙었고, 그 친밀감, 촉감, 행복감에 숨을 헐떡였다.

그녀는 그의 옆에 앉아 그에게 몸을 밀착하고, 오직 여자의 사랑스러운 눈에서만 빛나는 웃음기 가득하고 애틋하며 부드러운 시선으로 그를 바라봤다.

그녀의 얼굴이 갑자기 슬퍼졌다.

"너무 야위었어요, 가엾은 드미트리." 그녀가 그의 뺨을 어루만지며 말했다. "턱수염이 이렇게 자라다니!"

"당신도 야위었어, 가엾은 옐레나!" 그가 그녀의 손가락에 입을 맞추며 말했다.

그녀는 유쾌하게 곱슬머리를 흔들었다.

"괜찮아요. 두고 봐요. 우리는 금방 회복될 거예요! 예배당에서 만난 그날처럼 뇌우가 갑자기 왔다가 사라졌어요. 이제 우리는 살아난 거예요!"

그는 그저 미소로 대답했다.

"아, 드미트리, 정말로 잔인한 나날이었어요! 사람들은 어떻게 사랑하는 사람보다 오래 살 수 있을까요? 안드레이 페트로비치가 나에게 뭐라고 말할지 매번 미리 알았어요. 정말이에요. 내 생명은 당신의 생명과 함께 추락하고 소생했어요. 살아나서 고마워요, 나의 드미트리!"

그는 무슨 말을 해야 할지 몰랐다. 그저 그녀의 발밑에 몸을 던지고 싶었다.

"내가 알아차린 것이 더 있어요." 그녀는 머리카락을 뒤로 넘기며 말을 이었다. (나는 그동안 한가할 때 많은 것을 관찰했어요.) "사람이 아주, 아주 불행할 때는 정말 어리석을 정도로 주의 깊게 주변에서 일어나는 모든 것을 관찰해요! 나는 이따금 파리를 들여다보곤 했는데, 마음이 너무 차갑고 무서웠어요! 하지만 모든 것이 지나갔고, 다 지나갔어요. 그렇죠? 우리의 앞날은 모두 밝아요, 그렇죠?"

"나에겐 당신이 미래요." 인사로프가 대답했다. "나에겐 당신이 빛이요."

"내게도 마찬가지예요! 내가 마지막으로 당신 집에 갔을 때 기억나죠……. 아니, 마지막이 아니지." 그녀는 무의식적으로 몸을 떨며 되뇌었다. "우리가 이야기할 때, 나 자신도 왜 그런지 모르겠지만, 죽음에 대해 언급했고, 그때는 죽음이 우리를 노리고 있다는 것을 의심하지 않았어요. 하지만 이제 건강하죠?"

"훨씬 좋아졌소. 거의 다 나았어요."

"당신은 건강해요. 당신은 죽지 않았어요. 오, 나는 정말 행복해요!"

잠시 침묵이 흘렀다.

"엘레나?" 인사로프가 물었다.

"왜요, 드미트리?"

"말해 봐요, 병이 우리에게 내려진 벌이라고 생각한 적은 없어요?"

엘레나는 그를 진지하게 쳐다보았다.

"그런 생각이 들긴 했어요, 드미트리. 하지만 생각했죠. 내가 왜 벌을 받아야 할까? 내가 무슨 의무를 져 버리고 무슨 죄를 졌단 말인가? 내 양심이 다른 사람들의 양심과 다른지 모르지만 양심에 거리낌이 없었어요. 혹시 당신에게 죄를 지었을까? 당신을 방해하고, 당신을 멈추게 했으니까요⋯⋯."

"당신이 날 멈추게 한 게 아니오, 옐레나. 우리는 함께 가는 거요."

"네, 드미트리, 우리 함께 가요. 나는 당신을 따라 가겠어요⋯⋯. 그게 내 의무예요. 당신을 사랑해요⋯⋯. 다른 의무는 몰라요."

"오, 옐레나!" 인사로프가 말했다. "당신의 말 한마디 한마디가 끊을 수 없는 사슬로 날 옭아매는구려!"

"왜 사슬이란 말을 해요?" 옐레나가 말을 받았다. "당신과 나는 자유로운 사람들이에요. 그래요." 그녀는 생각에 잠겨 바닥을 내려다보며 한 손으로는 여전히 그의 머리카락을 쓰다듬었다. "예전엔 전혀 생각지 못한 많은 일을 최근에 경험했어요! 예의바른 아가씨인 내가 온갖 구실을 만들어 혼자 집을 나와 젊은 남자의 셋방을 찾아다닐 거라고 누군가가 예언했다면, 내가 얼마나 분노했겠어요! 그런데 그 모든 예언이 들어맞았지만 나는 전혀 화나지 않아요. 정말이에요!" 옐레나는 이렇게 덧붙이고 인사로프를 돌아보았다.

그가 그녀를 너무 존경 어린 표정으로 쳐다보자 그녀는 그의 머리카락에서 조용히 손을 내려 그의 눈을 가렸다.

"드미트리!" 그녀가 다시 입을 열었다. "당신은 모를 거예요. 나는 저기, 저 끔찍한 침대에서 당신을 보았어요. 죽음의 발톱에 시로잡혀 의식을 잃은 당신을 보았어요⋯⋯."

"당신이 날 보았다고?"

"네."

그는 잠시 아무 말도 하지 않았다.

"베르세네프도 여기 있었소?"

그녀는 고개를 끄덕였다.

인사로프는 그녀 쪽으로 몸을 기울였다.

"오, 옐레나!" 그가 속삭였다. "나는 감히 당신을 쳐다볼 수 없소."

"왜요? 안드레이 페트로비치는 매우 선량한 사람이에요! 나는 그 사람 앞에서 부끄러워하지 않았어요. 무엇을 부끄러워해요? 온 세상에 내가 당신의 것이라고 말할 준비가 되어 있어요……. 나는 안드레이 페트로비치를 형제처럼 믿어요."

"그가 내 목숨을 구했군!" 인사로프가 외쳤다. "그는 가장 고결하고 친절한 사람이오!"

"네……. 그에게 모든 면에서 빚지고 있다는 걸 아세요? 당신이 날 사랑한다는 것을 처음으로 말해 준 사람도 그 사람이라는 걸 아세요? 내가 모든 걸 다 털어놓을 수 있다면…… 그래요, 그는 가장 고결한 사람이에요."

인사로프는 옐레나를 유심히 바라보았다.

"그가 당신을 사랑하는 게 아니오?"

옐레나는 눈을 내리떴다.

"그는 날 사랑했어요." 그녀는 목소리를 낮춰 말했다.

인사로프는 그녀의 손을 꼭 잡았다.

"오, 당신들, 러시아인들은 황금의 심장을 가진 사람들이오! 그는, 그는 날 돌보느라 밤에 잠을 자지 못했어……. 그리고 당신, 나의 천사인 당신은…… 어떤 비난도 어떤 망설임도 없이…… 이 모든 것이 나에겐, 나에겐……."

"네, 그래요. 모든 것이 당신을 위한 것이고, 사람들이 당신을 사랑하기 때문이에요. 아. 드미트리! 정말 이상해요! 전에도 말한 것 같은데, 하지만 상관없어요, 나는 이 말을 반복하는 게 즐거워요. 당신도 이 말을 들으면 즐거울 거예요. 내가 당신을 처음 보았을 때……."

"왜 당신 눈에 눈물이 고여 있지?" 그가 그녀의 말을 막았다.

"눈에? 눈물이 고였다고요?" 그녀는 손수건으로 눈물을 닦았다. "오, 당신은 바보예요! 사람은 행복해도 운다는 것을 아직 모르는군요. 하지만 내가 말하고 싶은 건, 당신을 처음 보았을 때 당신에게서 특별한 것을 전혀 발견하지 못했어요. 정말이에요. 지금도 기억하지만, 처음엔 슈빈이 훨씬 더 마음에 들었어요. 그를 사랑한 적은 한 번도 없었지만요. 그리고 안드레이 페트로비치에 대해 말하자면, 오! '바로 이 사람이 아닐까?'라고 생각한 순간이 있었죠. 그런데 당신은 그저 그랬어요. 그 대신…… 나중에…… 나중에…… 당신은 두 손으로 내 마음을 붙잡았어요!"

"날 용서해요……." 인사로프가 말했다. 그가 일어서려다 곧 소파에 주저앉았다.

"무슨 일이죠?" 엘레나가 걱정스러운 듯이 물었다.

"괜찮아…… 아직 몸이 좀 약해서…… 이 행복이 아직은 힘에 부쳐요."

"그럼 가만히 앉아 계세요. 움직이지 말고, 흥분하지 말아요." 그녀는 손가락으로 위협하는 시늉을 하며 덧붙였다. "그런데 왜 실내복을 벗었어요? 멋을 부리기에는 아직 일러요! 앉아 계세요. 이야기를 들려드릴 테니 아무 말도 하지 말고 그냥 듣기만 해요. 병을 앓고 나서 말을 많이 하는 것은 해로워요."

그녀는 슈빈에 대해, 쿠르나톱스키에 대해, 그리고 지난 2주 동안 자신이 한 일에 대해 말했다. 또 신문을 읽고 판단하건대 전쟁은 피할 수 없고, 따라서 그가 완전히 회복되면 지체 없이 떠날 방법을 찾아야 한다고 말했다……. 그녀는 그의 어깨에 기대어 그와 나란히 앉아 이 모든 것을 말했다…….

그는 그녀의 이야기를 들으면서 때론 얼굴이 창백해지고 때론 붉어지기도 했다……. 몇 번이나 그녀의 이야기를 중단시키려다가 갑자기 몸을 곧게 폈다.

"옐레나," 그는 왠지 이상하고 날카로운 목소리로 말했다. "날 내버려두고 돌아가요."

"왜요?" 그녀는 깜짝 놀라 말했다. "기분이 나쁜가요?" 그녀가 재빨리 덧붙였다.

"아니오…… 기분은 좋아……. 하지만 날 내버려둬요."

"당신을 이해하지 못하겠어요. 날 쫓아내는 건가요……? 뭐 하는 거죠?" 그녀는 갑자기 말했다. 그는 소파에서 거의 방바닥에 닿도록 몸을 굽히고 그녀의 발에 입을 맞추었다. "이러지 말아요, 드미트리…… 드미트리…….”

인사로프는 엉거주춤 일어났다.

“그럼 날 내버려둬! 엘레나, 당신도 알다시피 내가 아팠을 때 바로 의식을 잃지 않았어요. 죽음이 코앞에 있다는 걸 알았어요. 심지어 열이 나고 헛소리를 할 때도 죽음이 내게로 오고 있다는 것을 알았고, 어렴풋이 느꼈어요. 나는 생명, 당신, 모든 것과 작별했고 희망과도 작별했어요……. 그런데 갑자기 이렇게 살아나서 어둠이 가시고 빛이, 당신이…… 당신이…… 내 곁에 있는 거요. 내게는 당신의 목소리, 당신의 숨결이…… 이건 내 힘에 부쳐요! 나는 당신을 열렬히 사랑한다고 느끼고, 당신이 자신을 내 것이라고 부르는 말을 듣고도 아무 응답을 할 수 없어…… 돌아가요!”

“드미트리…….” 엘레나는 속삭이며 그의 어깨에 머리를 파묻었다. 이제야 그를 이해했다.

“엘레나,” 그가 말을 이었다. “당신을 사랑해요. 당신을 위해 내 목숨을 바칠 준비가 되어 있다는 것을 당신도 알거요……. 내가 쇠약해서 몸도 마음대로 할 수 없는 지금, 나의 피가 끓어오르는 지금, 왜 당신은 지금 내게 왔나요? ‘당신은 나의 것’이라고 말하고…… 당신이 날 사랑하고 있는데…….”

“드미트리.” 그녀는 얼굴을 붉히며 그에게 몸을 더욱 바짝 붙였다. “엘레나, 날 불쌍히 여기고 돌아가요. 죽을 것만 같아. 이 충동을 참을 수 없어요……. 나의 온 영혼이 당신을 애타게 갈망하고 있어……. 생각해 봐요, 죽음이 우리를 갈라놓을 뻔했

는데……. 지금 당신은 여기에 있고, 내 품 안에 있는데……옐
레나…….”

그녀는 온몸을 바들바들 떨었다.

“그럼 나를 가져요.” 그녀는 거의 들리지 않게 속삭였다…….

29

니콜라이 아르툐미예비치는 눈살을 찌푸린 채 서재를 이리
저리 서성였다. 슈빈은 다리를 꼬고 창가에 앉아 조용히 시가
를 피웠다.

"제발 그만 서성이시죠." 담뱃재를 털어 내며 슈빈이 말했다.
"무슨 말씀을 하시려는지 줄곧 기다리며 당신을 지켜보자니 목
이 다 아파요. 게다가 아저씨 걸음걸이에는 뭔가 긴장되고 멜
로드라마적인 게 있습니다."

"자네는 늘 실없는 말만 하는군." 니콜라이 아르툐미예비치
가 대답했다. "자네는 내 입장에서 보려고 하지 않아. 내가 그
여자에게 익숙해졌고, 결국 정이 들었고, 그녀의 부재가 나를
얼마나 괴롭히는지 이해하려 하지 않아. 벌써 10월이고 겨울이
코앞에 다가왔는데……. 그 여자가 레벨에서 무엇을 할 수 있
겠어?"

"아마 양말을 뜨고 있겠죠……. 아저씨 양말이 아닌 자기 양

말을요."

"비웃게, 비웃어. 자네에게 하는 말이지만, 나는 그런 여자를 본 적이 없어. 그토록 정직하고 사심 없는…….."

"그녀가 어음 지불을 요구했나요?" 슈빈이 물었다.

"그 사심 없음은," 니콜라이 아르토미예비치는 목소리를 높여 되뇌었다. "놀라운 일이야. 세상에 여자는 수없이 많다고들 하는데, 나는 이렇게 말하겠네. 그 수많은 여자를 보여 달라고 말이야. 세 팜므―콩 므레 몽트르!* 그런데 그녀는 편지를 쓰지 않으니, 이게 사람 잡는단 말이지!"

"아저씨는 피타고라스만큼 능변이군요." 슈빈이 말했다. "그런데 제가 아저씨에게 무엇을 충고하고 싶은지 아세요?"

"뭔가?"

"아브구스티나 흐리스티아노브나가 돌아오면…… 제 말을 아시겠어요?"

"그럼, 그럼."

"그녀를 때려 보세요. 그럼 어떻게 될까요?"

니콜라이 아르토미예비치는 화를 내며 몸을 홱 돌렸다.

"무슨 쓸 만한 충고를 하려나 생각했건만, 자네 같은 사람에게서 뭘 기대하겠나! 원칙도 없는 예술가한테서 말이야…….."

"원칙이 없다고요! 그런데 아저씨가 총애하는 쿠르나톱스키 씨는 원칙 있는 인간이지만, 어제 아저씨에게서 은화 100루블을 땄다고 하더군요. 이거야말로 분별 있는 짓이 아니죠. 그렇죠?"

"뭐라고? 우리는 돈내기 게임을 한 거야. 물론 나는 다른 걸 기대했지만……. 그런데 이 집에서는 그 사람의 가치를 아는 사람이 너무 적어."

"그 사람은 이렇게 생각했겠죠." 슈빈이 말을 받았다. '제기 랄! 이 사람이 내 장인이 될지 여부는 아직 불확실하지만 뇌물을 받지 않는 사람에게 100루블은 괜찮은 거야.'

"장인……! 내가 무슨 놈의 장인이란 말인가? 부 레베, 몽 셰 르.* 물론 다른 처녀라면 누구나 그런 신랑감을 보고 기뻐했겠 지. 생각해 보게. 민첩하고 똑똑하고 자수성가했겠다, 두 현에 서 근무를 했겠다……."

"***현에서는 현지사를 쥐락펴락했겠다." 슈빈이 맞장구를 쳤다.

"분명 그랬을 거야. 아마 그래야만 했겠지. 실천가요 실무가 니까……."

"또 카드도 잘 치죠." 슈빈이 다시 거들었다.

"그래, 카드도 잘 치지. 하지만 옐레나 니콜라예브나는…… 누가 그 애를 이해할 수 있겠어? 그 애가 원하는 걸 알아챌 사 람이 어디 있겠어? 때론 명랑하다가 때론 따분해하고, 눈 뜨고 볼 수 없을 만큼 갑자기 살이 빠지더니 갑자기 좋아지고, 그런 데 이 모든 것에 아무 이유가 없단 말이야……."

못 생긴 하인이 커피 잔, 크림, 건빵을 쟁반에 받쳐 들고 들어 왔다.

"애비는 신랑감이 맘에 드는네," 니콜라이 아르툐미예비치가 건빵 하나를 흔들며 말을 이었다. "그런데 딸은 이런 일에 관심이 없단 말이야! 옛날 가부장적 시대가 좋았지. 이제는 모든 것이 변했어. 누 자봉 샹제 투 사.* 요새 아가씨들은 마음에 들면 누구하고나 이야기를 하고, 읽고 싶으면 아무 책이나 읽고, 파리에서처럼 하인이나 하녀도 없이 모스크바를 혼자 다닌단 말이야. 이런 게 다 용인되고 있어. 며칠 전에도 옐레나 니콜라예브나가 어디 있느냐고 물으니까 '나가셨습니다'라고 말하더군. 어디 갔느냐고 물으니 아무도 모른다는 거야. 도대체 이게 무슨 규율이야?"

"커피 잔을 들고 하인은 내보내시죠." 슈빈이 말했다. "아저씨가 직접 말씀하셨죠. 드방 레 도메스티크* 그래선 안 되죠." 그는 나직한 목소리로 말했다.

하인은 눈을 치켜 떠 슈빈을 힐끗 쳐다보았고, 니콜라이 아르툐미예비치는 컵을 들고 크림을 붓더니 건빵 열 개를 긁어모았다.

"내가 말하고 싶은 것은," 그는 하인이 나가자마자 말했다. "나는 이 집에서 아무것도 아니라는 거야. 바로 이게 문제야. 요새는 모두가 사람을 겉모습으로 판단한단 말이지. 어떤 사람은 머리가 깡통이고 바보인데 점잔을 빼니까 존경을 받는데, 또 어떤 사람은 재능을……. 세상에 큰 이익을 가져다줄 재능을 가졌지만 겸손하기 때문에……."

"아저씨는 정치가죠?" 슈빈이 가느다란 목소리로 물었다.

"허튼소리 그만 하게!" 니콜라이 아르툐미예비치는 화내며 소리쳤다. "자네는 제 정신이 아니구먼! 이건 이 집에서 내가 아무것도, 아무것도 아니라는 것을 보여 주는 새로운 증거야!"

"안나 바실리예브나가 아저씨를 핍박하다니…… 가엾으셔라!" 슈빈은 기지개를 켜면서 말했다. "에이, 니콜라이 아르툐미예비치, 우리가 잘못한 거예요. 안나 바실리예브나를 위한 무슨 선물이라도 준비하는 게 좋겠어요. 며칠 있으면 아주머니 생신인데, 아시다시피 아저씨가 조금만 관심을 표해도 아주머니는 무척 고마워하니까요."

"그래, 그래." 니콜라이 아르툐미예비치는 황급히 대답했다. "그런 걸 일깨워 주다니 아주 고맙네. 꼭 그렇게 하지. 사실은 작은 물건을 하나 갖고 있어. 목걸이지. 며칠 전 로젠시트라우흐에서 샀어. 하지만 맞을까 모르겠군."

"그건 레벨의 그 여자에게 주려고 산 게 아닌가요?"

"말하자면…… 나는…… 그래……. 내 생각은……."

"그렇다면 아마 맞을 겁니다."

슈빈은 의자에서 일어났다.

"오늘 저녁에 어디 갈까, 파벨 야코블레비치, 응?" 니콜라이 아르툐미예비치가 다정하게 슈빈의 눈을 바라보며 물었다.

"클럽에 가실 거 아닌가요?"

"클럽이 끝난 뒤에…… 그 다음에 말이야."

슈빈은 다시 기지개를 켰다.

"아뇨, 니콜라이 아르툐미예비치, 저는 내일 일해야 해요. 다음에 가도록 하죠." 슈빈은 밖으로 나갔다.

니콜라이 아르툠미예비치는 눈살을 찌푸리고 두어 번 방 안을 서성이더니, 탁자에서 벨벳으로 싼 '목걸이'함을 꺼내 오랫동안 들여다보다 명주 손수건으로 닦았다. 그러고는 거울 앞에 앉아 엄숙한 표정을 지으며 머리를 좌우로 기울이다가, 또한 혀로 볼 안쪽을 밀어내고 가르마에서 눈을 떼지 않으면서 숱 많은 검은 머리카락을 열심히 빗기 시작했다. 그의 뒤에서 누군가가 기침을 했다. 돌아보니 좀 전에 커피를 가져온 하인이었다.

"무슨 일이야?" 그가 물었다.

"니콜라이 아르툠미예비치!" 하인은 다소 의기양양하게 말했다. "나리는 우리의 주인이십니다!"

"알아, 그래서 어쨌다는 거야?"

"니콜라이 아르툠미예비치, 소인에게 화내지는 말아 주십시오. 다만 저는, 어릴 적부터 나리를 정성껏 열심히 섬겨 왔던지라 나리께 드릴 말씀이 있습니다……."

"그래, 도대체 무슨 일이야?"

하인은 그 자리에서 잠시 머뭇거렸다.

"나리께서는 말씀하셨지요." 하인은 말하기 시작했다. "엘레나 니콜라예브나가 어딜 가는지 모르시겠다고요. 소인이 그걸 알게 되었습니다."

"무슨 거짓말이야, 이 멍청이가?!"

"나리 좋으실 대로 생각하십시오. 다만 소인은 사흘 전에 아가씨가 어떤 집으로 들어가는 것을 보았습니다."

"어디서? 뭐라고? 어떤 집으로?"

"포바르스카야 거리의 어떤 골목인데, 여기서 멀지 않습니다. 소인이 문지기에게 여기에 어떤 사람들이 사냐고 물어보기까지 했습죠."

니콜라이 아르툐미예비치가 발을 동동 구르기 시작했다.

"입 닥쳐, 이 몹쓸 놈아! 네 놈이 감히……? 옐레나 니콜라예브나는 원래 마음씨가 착해서 가난한 사람들을 찾아간 거야. 그런데 네 놈이…… 썩 꺼져라, 멍청한 놈!"

겁에 질린 하인이 문 쪽으로 달려가려고 했다.

"거기 서!" 니콜라이 아르툐미예비치가 소리쳤다. "그 문지기가 뭐라고 했느냐?"

"예, 아…… 아무 말도 안했습니다. 대…… 대학생이 살고 있다고."

"닥쳐라, 이 몹쓸 놈! 이 악당놈아, 잘 들어. 만일 네 놈이 꿈속에서라도 이 말을 입 밖에 냈다가는……."

"절대로……."

"닥쳐라! 만일 네 놈이 입이라도 벙긋했다간……. 만일 누군가가……. 만일 내가 알게 되면…… 땅끝까지 뒤져서 네 놈을 찾아내어 벌을 내릴 것이야! 알아들었어? 썩 물러가!"

하인이 사라졌다.

'오, 맙소사! 이게 무슨 소리지?' 혼자 남은 니콜라이 아르툐미예비치는 생각했다. '저 머저리 같은 놈이 무슨 말을 한 거야? 응? 하지만 그게 어떤 집인지, 거기에 누가 사는지 알아봐

야겠어. 내가 직접 갔다 와야지. 마침내 이 지경까지 이르다니……! 엉 라케! 켈 우밀랴시옹!"*

니콜라이 아르툐미예비치는 큰 소리로 다시 한번 '엉 라케!'라고 되뇌고, 책상 서랍 속에 목걸이를 넣고 열쇠를 채운 뒤 안나 바실리예브나에게 갔다. 그녀는 뺨에 붕대를 감고 침대에 누워 있었다. 그러나 그녀의 고통스러워하는 모습에 짜증이 난그는 곧 그녀를 눈물짓게 했다.

30

한편 동쪽에서 몰려오던 폭풍이 갑자기 몰아쳤다. 터키는 러
시아에 선전 포고를 했고, 공국들의 철수 기한도 이미 지나갔
다. 시노프 대섬멸*의 날도 이미 멀지 않았다. 인사로프가 마지
막으로 받은 편지들은 그를 집요하게 조국으로 부르고 있었다.
그의 건강은 아직 완전히 회복되지 않았다. 여전히 기침을 하
고 몸이 쇠약한 데다 가끔 오한이 났지만, 그는 거의 집에 없었
다. 그의 영혼은 불타올랐고, 그는 더 이상 병에 대해 생각하지
않았다. 끊임없이 모스크바 시내를 돌아다니며 여러 사람을 은
밀히 만나고, 밤새 편지를 쓰고, 며칠씩 사라지기도 했다. 그는
집주인에게 곧 떠날 것이라고 말하고 자신이 쓰던 소박한 가
구를 미리 선물로 주었다. 옐레나도 나름대로 떠날 준비를 하
고 있었다. 어느 음산한 날 저녁, 옐레나는 방에 앉아 손수건 가
장자리를 감치면서 무의식적으로 수심에 싸여 울부짖는 바람
소리에 귀를 기울였다. 이때 하녀가 들어와 아버지가 어머니의

침실에서 그녀를 부른다고 전했다…… "어머니는 울고 계세요." 하녀가 방을 나서는 옐레나의 뒤에 대고 속삭였다. "아버님은 화를 내고 계시고요……."

옐레나는 어깨를 살짝 으쓱하고 안나 바실리예브나의 침실로 들어갔다. 니콜라이 아르툐미예비치의 선량한 아내는 등받이를 뒤로 젖힌 안락의자에 반쯤 누워 향수가 묻은 손수건 냄새를 맡고 있었다. 니콜라이 아르툐미예비치는 단추를 모두 채운 채 빳빳하게 풀 먹인 칼라에 높고 뻣뻣한 넥타이를 매고 의회의 어떤 연사를 어렴풋이 연상시키는 모습으로 벽난로 옆에 서 있었다. 그는 연사처럼 딸에게 의자에 앉으라고 손짓했다. 옐레나가 그 의미를 이해하지 못하고 의아한 표정으로 바라보자 그는 고개를 돌리지 않고 위엄 있게 "앉으시지"라고 말했다 (니콜라이 아르툐미예비치는 항상 아내에게 높임말을 썼지만, 특별한 경우에는 딸에게도 높임말을 썼다).

옐레나가 자리에 앉았다.

안나 바실리예브나는 눈물을 글썽이며 코를 풀었다. 니콜라이 아르툐미예비치는 오른손을 프록코트의 앞섶에 찔러 넣었다.

"옐레나 니콜라예브나, 자네를 부른 것은" 그가 오래 침묵하다가 입을 열었다. "자네와 대화를 하려고, 아니 자네에게 해명을 요구하려고 함이야. 자네에게 불만이 있어, 아니, 이건 너무 부드러운 표현이고, 자네의 행동은 나를, 나와 자네 어머니를…… 지금 자네가 보고 있는 자네 어머니를 슬프게 하고 모욕하는 것이오…….”

니콜라이 아르툐미예비치는 저음으로만 말했다. 엘레나는 말없이 아버지를 바라보다 안나 바실리예브나를 바라보고는 얼굴이 창백해졌다.

“딸들이 부모를 무시하지 않던 시절이 있었지.” 니콜라이 아르툐미예비치가 다시 말하기 시작했다. “그때는 부모의 권위가 불복종하는 자식들을 벌벌 떨게 했어. 유감스럽게도 그런 시절은 지났어. 적어도 많은 사람이 그렇게 생각하고 있지. 하지만 아직 그런 것을 허용하지 않는…… 허용하지 않는 법이 있어. 한마디로 아직 법이 존재한단 말이야. 법이 존재한다는 사실에 주의를 돌리기 바란다.”

“하지만 아빠…….” 엘레나가 입을 떼려고 했다.

“내 말을 가로막지 마시오. 지난 시절을 생각해 봅시다. 나와 안나 바실리예브나는 각자 의무를 다 했다. 나와 안나 바실리예브나는 자네 양육을 위해 비용이나 후원 등 아무것도 아끼지 않았어. 자네가 이 모든 후원과 비용으로부터 무슨 이득을 얻었는지는 다른 문제지만, 나는…… 나와 안나 바실리예브나는 이렇게 생각할 권리가 있다. 최소한 자네가 우리의 외동딸로서 크 누 부자봉 정퀼케* 그 도덕적 원칙들을 신성하게 지킬 거라고 말이오. 그 어떤 새로운 ‘사상’도, 말하자면, 이 성스러운 보배를 건드리지 않으리라고 생각할 권리를 가지고 있소. 그런데 대체 이게 무슨 일이오? 자네가 여성이고 그 나이에 있음직한 경박한 행동에 대해 말하는 것이 아니오……. 그러나 자네가 그토록 자신을 망각하리라고 누가 생각했겠소……."

"아빠……" 엘레나가 말했다. "아빠가 무슨 말씀을 하시려는
지 알아요……."

"아니다, 너는 내가 무슨 말을 하려는지 모른다!" 니콜라이
아르툐미예비치는 국회의원 같은 위엄 있는 태도와 유려한 말
투, 그리고 저음의 음색을 갑자기 버리고 가성(假聲)으로 소리
를 질렀다. "넌 모른다, 건방진 년!"

"니콜라스, 제발." 안나 바실리예브나가 중얼거렸다. "부 므
페트 무리."*

"크 즈 부 페 무리.* 안나 바실리예브나, 그렇게 말하지 마시
오! 당신이 이제 무슨 말을 들을지 상상도 할 수 없을 거요. 미
리 경고하지만 최악의 경우를 대비하시오!"

안나 바실리예브나는 거의 실신할 지경이었다.

"아니," 니콜라이 아르툐미예비치는 엘레나를 돌아보며 말
을 이었다. "너는 내가 무슨 말을 하려는지 모른다!"

"저는 아버지 앞에 죄를 지었어요." 엘레나가 입을 열었다.

"아하, 마침내 실토하는군!"

"저는 아버지 앞에 죄를 지었어요." 엘레나가 말을 이었다.
"진작 말씀드렸어야 했는데……."

"그래 너는 알고 있느냐?" 니콜라이 아르툐미예비치가 그녀
의 말을 가로챘다. "내가 말 한마디로 널 파멸시킬 수 있다는
걸."

엘레나가 눈을 들어 아버지를 쳐다보았다.

"그래, 아가씨, 말 한마디로! 쳐다볼 것 없다! (그는 팔짱을 꼈다.) 그럼 물어보자. 자네는 포바르스카야 거리 근처의 *** 골목에 있는 어떤 집을 아는가? 그 집을 방문했는가? (그는 발을 굴렀다.) 대답해 봐, 이 못된 계집애, 속일 생각일랑 말고! 하인들이, 하인들이, 아가씨, 데 빌 라케*가 자네가 거기로 들어가는 걸 보았단 말이다……."

엘레나의 얼굴이 온통 빨개졌고, 눈이 번쩍였다.

"저는 속일 게 아무것도 없어요." 그녀가 말했다. "예, 저는 그 집을 방문했어요."

"잘 했구나! 듣고 있소, 안나 바실리예브나, 듣고 있소? 자네는 그 집에 누가 살고 있는지 알고 있겠지?"

"네, 알아요. 제 남편이……."

니콜라이 아르툐미예비치가 눈을 휘둥그렇게 떴다.

"네 남편……."

"제 남편입니다." 엘레나가 되뇌었다. "저는 드미트리 니카노로비치 인사로프와 결혼했어요."

"네가……? 결혼했다고……?" 안나 바실리예브나가 간신히 말했다.

"네, 어머니…… 용서해 주세요. 우리는 2주 전에 몰래 결혼했어요." 안나 바실리예브나는 안락의자에 쓰러졌다. 니콜라이 아르툐미예비치는 두어 걸음 물러섰다.

"결혼했다고! 그 뜨내기 몬테네그로인과! 오랜 귀족 가문인 니콜라이 스타호프의 딸이 부랑자하고, 평민하고! 부모의 축복도 받지 않고! 그래 내가 그냥 내버려 둘 줄 아느냐? 고소하지 않을 줄 아느냐? 내가 너를…… 너를…… 그…… 너를 수도원에 처넣겠어. 그리고 그 녀석을 강제 노역에, 수인 부대(囚人部隊)로 보내겠어! 안나 바실리예브나, 당신도 유산 상속권을 박탈한다고 당장 말하시오."

"니콜라이 아르툐미예비치, 제발." 안나 바실리예브나가 신음하듯 말했다.

"그래 언제, 어떻게 이런 일이 일어났단 말이냐? 누가 너희들을 결혼시켰단 말이냐? 어디서? 어떻게? 오, 맙소사! 이제 지인들이 모두, 온 세상이 뭐라고 말할까! 이 뻔뻔스런 위선자 같으니, 그런 짓을 저지르고도 부모와 한 지붕 아래서 살아갈 수 있더냐! 너는 무섭지도 않더냐……. 하늘의 진노가?"

"아빠." 엘레나가 말했다. (그녀는 발끝부터 머리까지 온몸을 부들부들 떨고 있었지만 목소리는 단호했다.) "아버지가 원하시는 대로 저를 처분하는 것은 자유지만 저보고 뻔뻔하다느니 위선자라느니 하고 비난하지는 마세요. 저는 미리…… 아버지를 슬프게 해 드리고 싶지 않았어요. 하지만 어차피 며칠 내로 모든 것을 말씀드리려고 했어요. 다음 주에 남편과 함께 여길 떠나야 하니까요."

"떠난다고? 어디로?"

"그의 조국, 불가리아로요."

"터키인들에게로!" 안나 바실리예브나가 소리치고 정신을 잃었다.

옐레나는 어머니에게 달려갔다.

"저리 가!" 니콜라이 아르툐미예비치가 버럭 소리를 지르며 딸의 손목을 붙잡았다. "저리 가, 이 나쁜 계집애!"

그러나 바로 그 순간 침실 문이 열리고 반짝이는 눈을 가진 창백한 머리가 나타났다. 그것은 슈빈의 머리였다.

"니콜라이 아르툐미예비치!" 그는 목청을 다해 소리쳤다. "아브구스티나 흐리스티아노브나가 도착해서 당신을 부르고 있습니다!"

니콜라이 아르툐미예비치는 분노에 찬 표정으로 화내며 돌아서서 주먹으로 슈빈을 위협하더니 잠시 서 있다가 재빨리 방을 나갔다.

옐레나는 어머니의 발밑에 쓰러져 어머니의 무릎을 껴안았다.

* * *

우바르 이바노비치는 침대에 누워 있었다. 커다란 커프스가 달린 칼라 없는 셔츠가 그의 두툼한 목을 감싸고, 거의 여성스러운 가슴 위로 넓고 느슨하게 주름지며 펼쳐졌으며, 커다란 삼나무 십자가와 향주머니를 드러내고 있었다. 가벼운 담요가 그의 긴 팔다리를 덮고 있었다. 침대 옆 작은 나이트 테이블 위의 크바스* 잔 옆에서 촛불이 희미하게 타오르고, 우바르 이바노비치의 침대 발치에 깊은 슬픔에 잠긴 슈빈이 앉아 있었다.

"그래요." 슈빈이 생각에 잠겨 말했다. "옐레나는 결혼해 떠날 준비를 하고 있어요. 조카님은 집이 떠나갈 듯 난리를 피우고 고래고래 소리를 질렀어요. 비밀이 샐까 봐 침실 문을 걸어 잠갔지만, 하인과 하녀는 물론이고 마부들까지도 그의 말을 다 들을 수 있었어요! 그는 지금도 미쳐 날뛰고 있는데, 하마터면 저하고 싸울 뻔했답니다. 곰이 통나무를 안고 몸부림치듯이 아버지의 저주를 퍼붓고 있지만 그에게 무슨 힘이 있겠어요. 안나 바실리예브나는 몹시 낙담해 있는데, 딸의 결혼보다 딸이 떠난다는 것에 훨씬 더 슬퍼하고 있답니다."

우바르 이바노비치는 손가락을 흔들어 댔다.

"어머니는 그럴 테지……." 우바르 이바노비치가 말했다.

"조카님은," 슈빈이 말을 이었다. "대주교에게도, 총독에게도, 대신에게도 고소하겠다고 위협하지만 결국 옐레나는 떠날 겁니다. 누가 자기 딸을 망치는 걸 좋아하겠어요! 잠시 거드름을 피우다가 꼬리를 내리겠지요."

"그럴 권리가…… 없지." 우바르 이바노비치는 잔을 들어 크바스를 한 모금 마셨다.

"그렇죠, 그렇지요. 하지만 모스크바에 얼마나 많은 비난, 뒷공론과 소문이 떠돌겠어요! 그러나 그녀는 그런 것을 무서워하지 않았어요……. 그런 것을 초월하고 있으니까요. 그녀가 떠난다……. 어디로 가는지 생각만 해도 두려워요! 아주 멀고 먼 벽지로 떠난답니다! 거기서 무엇이 그녀를 기다리고 있을까요? 그녀를 보고 있으면 마치 영하 30도의 눈보라 속에서 한밤중에 여관을 나서는 것 같아요. 조국과 가정과 이별한다고 하는데, 저는 그녀를 이해할 수 있어요. 그녀가 여기에 내버리고 가는 사람이 누구죠? 그녀가 만났던 사람은 누구죠? 쿠르나톱스키들, 베르세네프들 그리고 우리 같은 사람들이죠. 그래도 이들은 최고입니다. 여기에 무슨 미련이 있겠어요? 한 가지 나쁜 것은 그녀의 남편―제기랄, 이 말을 하는데 왠지 혀가 잘 돌아가지 않네요―인사로프가 각혈한다는 거죠. 이건 좋지 않아요. 며칠 전 그 사람을 보았는데, 지금이라도 그 얼굴을 모델로 브루투스를 조각할 수 있겠어요……. 우바르 이바노비치, 브루투스가 누군지 아세요?"

"알아서 뭐하나? 사람이겠지."

"그렇습니다. '그는 사람이었죠.' 그래요, 얼굴은 잘 생겼으나 건강이 나빠요, 아주 나쁩니다."

"싸움을 하는 데야…… 마찬가지지." 우바르 이바노비치가 말했다.

"싸움을 하는 데야 마찬가지다, 맞습니다. 오늘은 아주 옳은 말씀을 하시는군요. 그러나 살아가는 데는 마찬가지가 아니죠. 옐레나는 그 사람과 함께 살고 싶어 하니까요."

"젊은 사람들의 일이니까." 우바르 이바노비치가 대꾸했다.

"네, 젊고 영광스럽고 용감한 대의(大義). 죽음, 삶, 투쟁, 패배, 승리, 사랑, 자유, 조국…… 좋아요, 좋습니다. 이 모든 것에 신의 축복이 있기를! 이건 목이 잠길 때까지 늪에 앉아서 괜찮은 척 애쓰는 것과는 다르지요. 실제로 그때는 모든 것이 마찬가지지만요. 그런데 그곳에서 팽팽하게 당겨진 현(絃)이 온 세상을 향해 울려 퍼지든가 끊어지든가 하겠죠!"

슈빈은 가슴 위에 고개를 떨구었다.

"그래요," 슈빈이 오랜 침묵 끝에 말을 이었다. "인사로프는 그녀에게 어울립니다. 하지만, 다 쓸데없는 소리죠! 그 누구도 그녀에게 어울리지 않아요. 인사로프…… 인사로프…… 왜 겸손한 체하는 거죠? 글쎄, 그가 훌륭한 사람이고 떳떳하게 살아왔다고 쳐요. 지금까지 그 사람도 죄 많은 우리들, 전혀 쓸모없는 우리들과 마찬가지로 똑같은 일을 해왔잖아요? 우바르 이바노비치, 나라는 인간은 정말 쓰레기란 말입니까? 정말로 신은 내가 그토록 못마땅할까요? 신은 내게 어떤 능력이나 재능을 주지 않았을까요? 혹시 파벨 슈빈의 이름이 장차 영광스러운 이름이 될지 누가 알겠어요? 여기 책상 위에 구리 동전 한 닢이 놓여 있군요. 그런데 그 누가 알겠어요? 혹시 백년이 지난 후 언젠가 감사할 줄 아는 후손이 파벨 슈빈을 기리기 위해 세운 동상에 이 동전이 쓰일지 누가 알겠어요?"

우바르 이바노비치는 팔꿈치를 괴고 흥분한 예술가를 응시했다.

"먼 훗날 일이지." 마침내 평소처럼 손가락을 흔들어 대며 그가 말했다. "다른 사람들 얘기를 하다가 자네는…… 자기 얘기를 하고 있구먼."

"오, 러시아 대지의 위대한 철학자시여!" 슈빈이 외쳤다. "당신의 말씀 한마디 한마디가 다 순금입니다. 제 동상이 아니라 당신의 동상을 세워야겠어요. 제가 그 일을 시작할 게요. 지금 누워 있는 자세 그대로 말입니다. 그 자세에 게으름과 힘 중 무엇이 더 많은지는 모르겠지만, 그 자세 그대로 만들어 볼게요. 당신은 정당한 비난으로 저의 이기주의와 자존심에 타격을 가했어요! 그래요! 그렇습니다! 자신에 대해 이야기할 것도 자랑할 것도 없지요. 아직 우리나라에는 어디를 둘러봐도 아무도 없고 사람다운 사람이 없어요. 모두가 피라미들, 생쥐들, 작은 햄릿들, 혹은 무지몽매한 사람들, 혹은 멍청이들, 쓸데없는 일을 하며 시간을 낭비하는 사람들과 북채 같은 사람들뿐이지요! 그렇지 않으면 부끄러울 정도로 섬세하게 자신을 연구하고, 모든 감각의 맥박을 끊임없이 느끼며 '나는 이렇게 느끼고 이렇게 생각한다'고 스스로에게 보고하죠! 참으로 유익하고 유용한 일입니다! 아니, 우리들 가운데 쓸모 있는 사람이 있었다면, 이 처녀는 우리를 떠나지 않았을 테고, 이 예민한 영혼은 물고기처럼 물속으로 빠져나가지 않았을 겁니다! 왜 이렇게 되었죠, 우바르 이바노비치? 대체 우리의 시간은 언제 올까요? 우리나라에는 언제 사람다운 사람들이 나타날까요?"

"좀 기다리게." 우바르 이바노비치가 대답했다. "나타날 거야."

"나타날 거라고요? 대지여! 흑토의 힘이여! 나타날 거라고 말씀하셨죠? 보세요, 당신의 말을 적겠습니다. 그런데, 촛불은 왜 끄세요?"

"지고 싶어. 잘 가세."

31

슈빈은 진실을 말했다. 예상치 못한 옐레나의 결혼 소식에 안나 바실리예브나는 거의 쓰러질 뻔했다. 그녀는 자리에 몸져 누웠다. 니콜라이 아르툐미예비치는 딸이 그의 눈에 띄지 않도록 하라고 아내에게 요구했다. 그는 자신이 완전한 의미의 집주인이며, 진짜 가장임을 보여 줄 기회를 즐기는 것 같았다. 그는 끊임없이 소란을 피우고 하인들에게 호통을 치면서 "내가 누군지 너희들에게 증명하마. 기다려!"라고 계속 말했다. 남편이 집에 있는 동안 안나 바실리예브나는 옐레나를 보지 못했고, 조야가 곁에 있는 것으로 만족했다. 조야는 성실히 그녀의 시중을 들었지만 속으로 '디셴 인사로프 보르지헨—운트 벰'* 하고 생각했다. 그러나 니콜라이 아르툐미예비치가 집을 나가자마자(이런 일은 꽤 자주 있었는데, 아브구스티나 흐리스티아노브나가 실제로 돌아왔기 때문이다) 옐레나는 어머니에게 나타났다. 그러면 어머니는 말없이 눈물을 흘리며 오랫동안 딸을 바라보았다. 이 무언의 비난은 다른 어떤 것보다 옐레나의 마음속 깊이 스며들었다. 옐레나는 후회가 아닌 후회와 비슷한 깊고 무한한 연민을 느꼈다.

"엄마, 사랑하는 엄마!" 옐레나는 엄마의 손에 입을 맞추며 되뇌었다. "어쩔 수 없었어요. 내 잘못이 아니에요. 그 사람을 사랑했고, 달리 행동할 수 없었어요. 운명을 탓하세요. 아버지가 싫어하는 남자, 나를 어머니에게서 떼어 놓을 남자를 만난 것은 바로 운명이니까요."

"오!" 안나 바실리예브나는 딸의 말을 막았다. "그런 말은 하지 말거라. 네가 어디로 가고 싶어 하는지 생각하면 마음이 찢어지는 것 같다!"

"사랑하는 엄마," 옐레나가 대답했다. "일이 더 악화되지 않은 것만으로도 위안을 삼으세요. 제가 죽을 수도 있었어요."

"그래, 너를 다시 보리라고 기대하지 않는다. 너는 거기, 초막 아래 어딘가에서 삶을 끝내거나(안나 바실리예브나는 불가리아를 시베리아 툰드라 같은 곳으로 상상했다), 아니면 내가 이별을 견디지 못하고……."

"그런 말은 하지 마세요, 착한 엄마, 우린 다시 만날 거예요. 불가리아에도 여기와 똑같은 도시가 있어요."

"거기에 무슨 도시가 있단 말이냐! 거기서는 지금 전쟁이 벌어지고 있어. 어딜 가도 대포를 쏴 대고……. 곧 떠날 참이냐?"

"곧……. 만일 아빠만……. 아빠는 고소하려 하고, 우리를 이혼시키겠다며 위협하세요."

안나 바실리예브나는 눈을 들어 하늘을 바라보았다.

"아니, 레노치카. 그는 고소하지 않을 거야. 나도 이 결혼에 결코 찬성하지 않았을 테고 차라리 죽고 싶었지만 엎질러진 물을 다시 담을 수는 없다. 내 딸이 모욕을 당하도록 내버려두지 않을 거야."

며칠이 지났다. 마침내 안나 바실리예브나는 용기를 내어 어느 날 저녁 남편과 단 둘이 침실에 마주앉았다. 집 안의 모든 사람이 숨을 죽이고 귀를 기울였다. 처음에는 아무 소리도 들리지 않았다. 잠시 후 니콜라이 아르툐미예비치의 목소리가 울려나왔고, 이어서 언쟁이 시작되었다. 고함 소리가 나고 심지어 신음 소리도 들렸다……. 이미 슈빈은 하녀들과 조야와 함께 여차하면 도울 준비를 하고 있었다. 그러나 침실의 소음이 조금씩 약해지고 대화로 바뀌더니 곧 잠잠해졌다. 가끔 가냘픈 흐느낌만 들리다가 멈추었다. 열쇠가 절그럭거리고 책상 서랍이 덜컹거리며 열리는 소리가 들렸다……. 문이 열리고 니콜라이 아르툐미예비치가 나타났다. 그는 마주친 모든 사람을 엄중하게 바라보고 클럽으로 향했다. 안나 바실리예브나는 엘레나를 불러 딸을 꼭 껴안고 쓰디쓴 눈물을 흘리며 말했다.

"모든 게 잘 되었다. 아버지가 소란을 피우지 않을 게다. 이제 아무것도 네가 우리를 버리고 떠나는 걸 막지 않을 거다……."

"드미트리가 어머니에게 감사 인사를 하러 오는 걸 허락하시겠어요?" 엘레나는 어머니가 조금 진정되자 즉시 물었다.

"기다려라, 얘야. 지금은 우리를 갈라놓은 사람을 볼 수가 없어……. 떠나기 전에 만나 볼 수 있겠지."

"떠나기 전에." 옐레나는 슬프게 되뇌었다.

니콜라이 아르툐미예비치는 '소란을 피우지 않기'로 동의했지만, 안나 바실리예브나는 남편의 동의를 얻기 위해 어떤 대가를 지불했는지 딸에게 말하지 않았다. 그녀는 그의 모든 빚을 갚아 주겠다고 약속했고, 그에게 은화로 1,000루블을 주었다. 게다가 그는 인사로프와 만나고 싶지 않다고 아내에게 단호하게 선언했고, 여전히 인사로프를 몬테네그로인이라고 불렀다. 클럽에 도착하자마자 그는 카드놀이 상대인 퇴역 공병대장을 붙잡고 쓸데없이 옐레나의 결혼에 대해 말하기 시작했다. "당신도 들으셨지요?" 그는 짐짓 대수롭지 않게 말했다. "제 딸이 학식이 대단해서 어떤 대학생에게 시집을 갔답니다." 대장은 안경 너머로 그를 바라보며 '흠!' 하고 중얼거리고 무슨 카드놀이를 하겠느냐고 물었다.

32

떠나는 날이 다가오고 있었다. 11월도 이미 다 가고, 출발할
수 있는 마지막 기한이 지나가고 있었다. 인사로프는 오래전
에 준비를 마쳤고, 가능한 한 빨리 모스크바를 떠나고 싶은 열
망으로 불타고 있었다. 의사도 그를 재촉했다. "당신에겐 따뜻
한 기후가 필요합니다." 의사는 말했다. "여기서는 몸이 회복될
수 없어요." 엘레나도 초조해서 속이 탔다. 그녀는 인사로프의
창백한 얼굴과 마른 몸을 보고 불안했다. 종종 그의 변한 모습
을 보고 자신도 모르게 겁에 질려 바라보곤 했다. 부모의 집에
서 그녀의 처지도 견딜 수 없었다. 어머니는 그녀가 죽은 것처
럼 통곡했고, 아버지는 경멸하듯이 차갑게 대했다. 그도 임박
한 이별이 은근히 괴로웠지만 자신의 감정과 나약한 마음을 숨
기는 것이 모욕당한 아버지의 의무라고 생각했다. 마침내 안나
바실리예브나는 인사로프와 만나고 싶어 했다. 사람들이 뒷문
을 통해 인사로프를 조용히 데려갔다. 그가 그녀의 방에 들어

갔을 때, 그녀는 오랫동안 입을 뗄 수 없었고 심지어 그를 쳐다볼 수도 없었다. 그는 어머니의 안락의자 옆에 앉아 조용하고 정중하게 그녀의 첫마디가 떨어지기를 기다렸다. 옐레나도 그 자리에 앉아 어머니의 손을 꼭 잡고 있었다. 마침내 안나 바실리예브나가 눈을 들어 "오, 드미트리 니카노로비치……"라고 말하다가 멈추었다. 그녀의 입에서 비난의 말이 얼어붙었다.

"당신은 아프군요." 그녀가 외쳤다. "옐레나, 네 남편이 아프구나!"

"네, 몸이 아팠습니다, 안나 바실리예브나." 인사로프가 대답했다. "지금도 완전히 회복되지 않았지만 조국의 공기가 저를 완전히 회복시켜 주길 기대하고 있습니다."

"그래…… 불가리아!" 안나 바실리예브나는 중얼거리며 생각했다. '맙소사, 이 불가리아인은 죽어 가고 있어. 목소리가 빈 통에서 울려 나오듯 힘이 없고 눈은 덩굴로 짠 바구니처럼 휑하고 앙상한 뼈만 남았어. 프록코트는 남의 것을 빌려 입은 것 같고 얼굴은 카밀레꽃처럼 노랗군. 내 딸이 저 사람의 아내고 저 사람을 사랑하다니……. 정말 이게 무슨 꿈이야…….' 그러나 그녀는 즉시 진정하고 말했다. "드미트리 니카노로비치, 꼭…… 꼭 가야 하나요?"

"꼭 가야 합니다, 안나 바실리예브나."

안나 바실리예브나는 그를 바라보았다.

"오, 드미트리 니카노로비치, 내가 지금 겪는 고통을 당신은 제발 겪지 않기를……. 하지만 저 애를 아끼고 사랑하겠다고 약속해 줘요……. 내가 살아 있는 동안 너희는 어떤 궁핍도 겪지 않을 거야!"

그녀의 목소리가 눈물에 잠겼다. 그녀가 두 팔을 벌리자 엘레나도 인사로프도 그녀에게 달려들었다.

* * *

마침내 운명의 날이 왔다. 엘레나는 집에서 부모님께 작별 인사를 하고 인사로프의 셋방에서 출발해야 했다. 출발은 열두 시로 정해졌다. 베르세네프는 출발 15분 전에 도착했다. 베르세네프는 인사로프의 집에서 그를 배웅하길 원하는 동포들을 만나리라 생각했지만, 그들은 모두 먼저 떠나 버렸다. 독자가 이미 알고 있는 그 이상한 두 남자(그들은 인사로프의 결혼식에서 증인으로 참석했다)도 먼저 떠났다. 재봉사는 절을 하며 '친절한 나리'를 맞이했다. 아마 그는 슬프기도 하고 가구를 받게 된다는 생각에 기쁘기도 해서 잔뜩 술을 마신 것 같았다. 그의 아내가 곧 그를 데려갔다. 방 안의 모든 것이 이미 정리되어 있었고, 끈으로 묶인 여행 가방은 바닥에 놓여 있었다. 베르세네프는 생각에 잠겼다. 많은 상념이 그의 영혼을 스쳐 지나갔다.

열두 시가 한참 지났고, 마부는 이미 말을 가져왔지만 '젊은 이들'은 아직 나타나지 않았다. 마침내 계단에서 다급한 발자국 소리가 들리고 엘레나가 인사로프와 슈빈과 함께 들어왔다.

옐레나의 눈은 충혈되어 있었다. 기절한 어머니를 두고 왔기 때문이다. 이별은 매우 고통스러웠다. 옐레나는 벌써 일주일 넘게 베르세네프를 보지 못했는데, 최근에 베르세네프가 스타호프의 집에 거의 가지 않았기 때문이다. 그와의 만남을 기대하지 않았던 옐레나는 "당신이군요! 고마워요!"라고 외치며 그의 목에 매달렸고, 인사로프도 그를 껴안았다. 견디기 힘든 침묵이 흘렀다. 이 세 사람이 무슨 말을 할 수 있을까? 이 세 사람의 마음은 무엇을 느꼈을까? 슈빈은 이 괴로운 침묵을 깰 활기찬 소리나 한 마디 말이 필요하다는 것을 깨달았다.

"우리 트리오가 마지막으로 다시 모였군!" 슈빈이 입을 열었다. "운명의 명령에 복종하고, 감사한 마음으로 과거를 추억합시다. 그리고 새로운 삶에 신이 함께하시길! '앞으로의 여정에 신의 가호가 있길!'" 슈빈이 노래를 부르다가 그만 두었다. 갑자기 부끄럽고 어색했던 것이다. 죽은 사람이 누워 있는 곳에서 노래하는 것은 잘못이다. 그런데 이 순간, 이 방에서 그가 언급한 과거, 이 방에 모인 사람들의 과거가 죽어 가고 있었다. 새로운 삶으로 다시 태어나기 위해 죽어 가고 있었지만…… 그럼에도 불구하고 죽어 가고 있었다.

"자, 옐레나," 아내를 바라보며 인사로프가 입을 열었다. "다 된 것 같지 않아요? 지불할 것은 다 지불했고 짐도 다 쌌어요. 이 여행 가방만 끌고 가면 되요. 주인!"

주인이 아내와 딸을 데리고 방으로 들어왔다. 그는 약간 비틀거리며 인사로프의 지시를 듣고 나서 가방을 어깨에 멘 채

장화를 쿵쿵 울리며 계단을 빠르게 달려 내려갔다.

"이제 러시아의 관습에 따라 앉아야 합니다." 인사로프가 말했다.

모두가 자리에 앉았다. 베르세네프는 오래된 작은 소파에 앉았고, 옐레나는 그 옆에 앉았고, 여주인과 딸은 문지방에 쪼그리고 앉았다. 모두가 침묵하고 긴장된 미소를 짓고 있었지만 각자가 왜 미소를 띠는지 아무도 몰랐다. 저마다 무언가 작별 인사를 하고 싶었지만, 모두가(물론 눈만 휘둥그레 뜨고 있던 여주인과 그녀의 딸은 제외하고) 이런 순간에는 진부한 말을 할 수밖에 없고, 어떤 중요하거나 영리하거나 단순히 진심 어린 말은 왠지 부적절하고 거의 위선적인 것이라고 느끼고 있었다. 인사로프가 먼저 일어나서 성호를 그었다……. "잘 있거라, 우리의 작은 방이여!" 그가 외쳤다.

낭랑하지만 차가운 이별의 키스가 울렸고, 떠나는 사람에게 다 말하지 못한 축원, 편지를 쓰겠다는 약속, 떠듬거리는 마지막 작별의 말이 울렸다……

눈물범벅이 된 옐레나는 이미 마차에 올라탔다. 인사로프는 조심스럽게 그녀의 발을 카펫으로 덮어 주었다. 슈빈, 베르세네프, 집주인과 그의 아내, 어쩔 수 없이 스카프를 머리에 쓴 딸, 문지기, 줄무늬 작업복을 걸친 낯선 직공 등 모두가 현관 계단에 서 있었다. 이때 갑자기 날쌘 준마가 끄는 호화로운 썰매가 쏜살같이 마당으로 날아들었고, 니콜라이 아르툐미예비치가 외투 깃의 눈을 털어 내며 썰매에서 뛰어내렸다.

"다행히 늦지 않았군." 그는 옐레나가 탄 마차로 달려가며 외쳤다. "자, 옐레나, 너에게 주는 부모의 마지막 축복이다." 그는 마차 덮개 아래로 몸을 구부리고 프록코트의 호주머니에서 벨벳 쌈지에 꿰맨 작은 성상을 꺼내 그녀의 목에 걸어 주었다. 그녀는 흐느끼며 아버지의 손에 키스했다. 그 사이에 마부는 썰매 앞부분에서 샴페인 반병과 잔 세 개를 꺼냈다.

"자!" 니콜라이 아르툐미예비치가 말했다. 그의 눈물이 외투의 수달피 깃에 계속 떨어졌다. "배웅을 해야지……. 작별 인사를 하고 싶어서……." 그는 샴페인을 따르기 시작했다. 그의 손이 떨리고 잔에서 거품이 넘쳐 눈 위에 떨어졌다. 그는 잔 하나를 들고 나머지 두 잔을 옐레나와 이미 그녀 옆에 앉은 인사로프에게 건넸다. "신이 너희들을 축복해……." 니콜라이 아르툐미예비치는 입을 떼었지만 말을 다 끝맺을 수 없었다. 그는 샴페인을 마셨다. 옐레나와 인사로프도 잔을 비웠다. "이제 자네들도 한잔씩 해야지." 그는 슈빈과 베르세네프에게 말했지만 그 순간 마부가 말을 출발시켰다. 니콜라이 아르툐미예비치는 썰매와 나란히 달려갔다. "꼭 편지해라." 그는 자꾸 끊어지는 목소리로 말했다. 옐레나는 고개를 내밀고 말했다. "안녕히 계세요, 아빠, 안드레이 페트로비치, 파벨 야코블레비치, 모두들 안녕히 계세요. 잘 있거라, 러시아여!" 그녀는 몸을 뒤로 젖혔다. 마부는 채찍을 휘두르고 휘파람을 불기 시작했다. 마차는 삐걱거리는 소리를 내며 문밖으로 나가 오른쪽으로 돌아서 사라져 버렸다.

33

맑은 4월의 어느 날이었다. 베네치아와 리도라 불리는 좁은 모래사장을 가르는 넓은 석호 위를 앞부분이 뾰족한 곤돌라가 미끄러지듯 가로질렀다. 뱃사공이 긴 노를 저을 때마다 곤돌라는 부드럽게 흔들리며 미끄러지듯 움직였다. 곤돌라의 나지막한 지붕 아래 옐레나와 인사로프가 부드러운 가죽 쿠션 위에 앉아 있었다.

옐레나의 얼굴은 모스크바를 떠난 이후 크게 변하지 않았지만, 표정은 더욱 신중하고 엄숙해졌고, 눈빛은 더 대담해졌다. 온몸이 생기 넘쳤고, 머리카락은 하얀 이마와 신선한 뺨을 따라 더 풍성하고 굵게 자란 것 같았다. 그녀가 웃지 않을 때 보일락 말락 한 입술 주변의 주름만이 은밀하고 끊이지 않는 걱정의 흔적을 보여 주었다. 반대로 인사로프의 표정은 그대로였지만, 그 모습은 참혹할 정도로 변해 있었다. 그는 마르고 늙고 창백했으며 등은 구부정했다. 짧은 마른기침을 거의 끊임없이 해

댔고, 움푹 들어간 눈은 이상한 광채로 빛났다. 러시아에서 오는 길에 인사로프는 빈에서 거의 두 달 동안 병으로 누워 있다가 3월 말에야 아내와 함께 베네치아에 도착했다. 그는 베네치아에서 자라를 거쳐 세르비아, 불가리아로 잠입할 생각이었다. 다른 길은 다 막혀 있었다. 전쟁은 이미 다뉴브에서 한창이었다. 영국과 프랑스가 러시아에 선전포고를 했고, 모든 슬라브 땅은 동요하며 반란을 준비하고 있었다.

곤돌라는 리도의 안쪽 가장자리에 닿았다. 옐레나와 인사로프는 폐병에 걸린 듯한 나무들(매년 심지만 매년 죽는 나무)이 늘어선 좁은 모래밭길을 따라 리도의 바깥쪽 끝, 바다 쪽으로 향했다.

그들은 해변을 따라 걸었다. 그들 앞에 아드리아해의 검푸른 파도가 넘실댔다. 파도는 거품을 일으키고 쉭쉭거리며 밀려왔다가 모래 위에 작은 조개껍질과 해초 부스러기를 남기고 다시 밀려갔다.

"정말 쓸쓸한 곳이에요!" 옐레나가 말했다. "이곳이 당신에게 너무 춥지 않을까 걱정되지만, 당신이 왜 이곳에 오고 싶어 했는지 짐작돼요."

"춥다고!" 인사로프는 쓴웃음을 지으며 재빨리 대꾸했다. "추위를 두려워한다면 내 어찌 훌륭한 군인이 되겠소? 내가 여기로 온 건…… 그 이유를 말해 주지. 이 바다를 보면, 조국이 여기에서 더 가까이 있는 것 같아서요. 내 조국은 저기요." 그는 손을 들어 동쪽을 가리키며 덧붙였다. "바로 바람이 불어오는 곳이지."

"이 바람을 타고 당신이 기다리는 배가 오지 않을까요?" 옐
레나가 말했다. "저기 흰 돛이 보여요. 그 배가 아닐까요?"

인사로프는 옐레나가 가리키는 먼 바다를 바라보았다.

"렌디치가 일주일 안에 우리를 위해 모든 것을 준비하겠다
고 약속했어요." 그가 말했다. "그 사람은 믿을 수 있을 것 같
아…… 옐레나, 당신도 들었소?" 그가 돌연 생기를 띠며 덧붙
였다. "가난한 달마치야*의 어부들이 납덩이를 희사했대요. 그
물을 바다 밑에 가라앉게 하는 그 납덩이로 총알을 만들 수 있
도록! 그들은 돈이 없었고 오직 고기잡이로만 겨우 살아가고
있는데, 마지막 재산을 기꺼이 바쳤고, 지금은 굶주리고 있어
요. 정말 대단한 사람들이오!"

"아우프게파스트!"* 그들 뒤에서 오만한 고함 소리가 들렸
다. 둔탁한 말발굽 소리가 울려 퍼졌고, 짧은 회색 튜닉에 챙 달
린 녹색 모자를 쓴 오스트리아 장교가 그들 옆을 쏜살같이 지
나갔다…… 그들은 간신히 옆으로 피했다.

인사로프는 침울하게 장교의 뒷모습을 바라보았다.

"저 사람 잘못이 아니에요." 옐레나가 말했다. "여기서는 말
을 조련할 장소가 달리 없으니까요."

"저 자의 잘못이 아니지." 인사로프가 대답했다. "하지만 저
고함, 콧수염, 모자, 외모 전체가 나의 피를 끓게 해. 돌아갑
시다."

"돌아가요, 드미트리. 게다가 여긴 정말 바람이 많이 불어요.

당신은 모스크바에서 병이 난 후 몸조리를 잘 못해서 빈에서 그 대가를 치른 거예요. 이제 더 조심해야 해요."

인사로프는 침묵했고, 좀 전의 쓴웃음만 그의 입가를 스쳐 지나갔다.

"대운하를 따라 가고 싶지 않아요?" 엘레나가 말을 이었다. "우리는 여기 온 이후로 베네치아를 잘 보지 못했어요. 그리고 저녁에는 극장에 가요. 내게 특별석 표 두 장이 있어요. 새로운 오페라를 상연한대요. 어때요, 이날을 서로에게 선물하기로 해요. 정치니 전쟁이니 모든 것을 잊고 단 하나, 즉 우리가 함께 살고, 숨 쉬고, 생각하며, 영원히 결합되어 있다는 것만 기억하도록 해요……. 그렇게 할 거죠?"

"엘레나, 당신이 그것을 원하니," 인사로프가 대답했다. "나도 원해요."

"그럴 줄 알았어요." 엘레나가 미소를 지으며 말했다. "자, 가요."

그들은 곤돌라로 돌아와 자리에 앉고 대운하를 따라 천천히 운행하라고 사공에게 지시했다.

4월에 베네치아를 보지 못한 사람은 이 매혹적인 도시의 형용할 수 없는 매력을 잘 모른다. 여름의 밝은 태양이 웅장한 제노바에 어울리고, 가을의 황금빛과 진홍빛이 위대한 노인인 로마에 어울리는 것처럼, 봄의 온화함과 부드러움은 베네치아에 어울린다. 봄처럼 베네치아의 아름다움은 욕망을 일깨우고 자극하며, 이상하지 않지만 곧 닥쳐올 신비스러운 행복에 대한

약속처럼 미숙한 마음을 애태우고 자극한다. 베네치아의 모든
것은 밝고 투명하며 사랑에 빠진 침묵의 나른한 안개에 휩싸
여 있다. 그 안의 모든 것이 침묵하고 모든 것이 환영받는다. 베
네치아라는 이름부터 시작해서 그 안의 모든 것이 여성적이다.
'아름답다'는 명칭을 베네치아에만 부친 데는 다 이유가 있다.
많은 궁전과 교회는 젊은 신(神)의 조화로운 꿈처럼 가볍고 경
이롭게 서 있다. 운하에 일렁이는 고요한 물결의 녹회색 광휘
와 부드러운 색조 속에, 곤돌라의 조용한 움직임 속에, 도시의
덜컹대고 삐꺽거리는 거친 소리와 왁자지껄 떠드는 요란한 소
리의 부재 속에 무언가 멋지고 매혹적이고 이상한 것이 있다.
베네치아의 주민들은 '베네치아는 죽어 가고 있고 황폐해졌다'
고 말한다. 하지만 어쩌면 이 마지막 아름다움, 즉 그 아름다움
의 절정과 찬란함 속에서 시듦의 아름다움이 베네치아에 부족
했는지도 모른다. 베네치아를 보지 못한 사람은 베네치아를 모
른다. 카날레토도, 과르디*도(최신의 화가들은 말할 것도 없고)
베네치아 공기의 은빛 부드러움이나 가깝지만 날아가는 듯한
원경(遠景)을, 가장 우아한 윤곽선과 녹아내리는 색채의 놀라
운 조화를 전달할 수 없다. 시대에 뒤지고 삶에 의해 망가진 사
람은 베네치아를 방문할 이유가 없다. 그에게 베네치아는 어린
시절의 실현되지 않은 꿈들에 대한 기억처럼 쓰디쓸 것이다.
하지만 아직 힘이 넘치고 스스로 행복하다고 느끼는 사람에게
베네치아는 달콤하리라. 그가 마법에 걸린 베네치아의 하늘 아
래로 자신의 행복을 가져오게 하라. 그 행복이 아무리 빛날지

라도 베네치아는 여전히 시들지 않는 빛으로 그 행복을 황금빛
으로 물들이리라.

인사로프와 옐레나가 탄 곤돌라는 스키아보니 해변 도로, 총
독의 궁전, 피아제타*를 조용히 지나 대운하로 들어섰다. 양쪽
에는 대리석 궁전들이 줄지어 있었다. 그 궁전들은 조용히 떠
다니는 것처럼 보였고, 그 모든 아름다움을 눈에 담고 이해하
는 것은 불가능했다. 옐레나는 깊은 행복감을 느꼈다. 베네치
아의 푸른 하늘에 작은 먹구름 하나가 떠 있다가 점점 멀어져
갔다. 그날 인사로프는 한결 기분이 좋아졌다. 그들은 리알토
의 가파른 아치까지 갔다가 돌아왔다. 옐레나는 교회의 냉기
가 인사로프에게 해로울까 두려웠다. 그녀는 문득 미술아카데
미를 떠올리고 사공에게 그곳으로 가라고 지시했다. 그들은 곧
이 작은 박물관의 모든 전시실을 둘러보았다. 미술의 전문가도
애호가도 아닌 그들은 모든 그림 앞에서 멈추지 않았고 억지로
그렇게 하려고도 하지 않았다. 그들은 갑자기 밝아지고 명랑해
졌고, 모든 것이 무척 재미있어 보였다(아이들은 이 느낌을 잘
안다). 세 명의 영국인 방문객이 크게 분개할 정도로, 옐레나는
고문당하는 노예를 구하기 위해 물속으로 뛰어드는 개구리처
럼 하늘에서 뛰어내리는 성 마르코를 그린 틴토레토*의 그림을
보고 눈물이 날 정도로 웃어 댔다. 인사로프는 티치아노*의 '성
모승천'의 전경(前景)에 서서 마돈나를 향해 두 팔을 들어 올리
는, 긴 녹색 망토를 걸친 원기 왕성한 남자의 등과 종아리를 보
고 황홀해했다. 이외는 빈대로 하느님 아버지의 품으로 침착하

고 당당하게 나아가는 아름답고 강한 여성인 마돈나는 인사로프와 옐레나에게 강한 인상을 주었다. 노대가(老大家) 치마 다 코넬리아노*의 엄숙하고 성스러운 그림도 그들의 마음에 들었다. 미술아카데미를 나오면서 그들은 토끼 같은 긴 이빨에 구레나룻을 부풀린 채 뒤따라오는 영국인들을 다시 한 번 돌아보며 웃었다. 인사로프와 옐레나는 옷자락이 짧은 재킷에 짧은 바지를 입은 곤돌라의 사공을 보고도 웃었고, 머리 꼭대기에 흰머리가 한 묶음 난 여자 상인을 보고는 전보다 더 크게 웃었다. 마침내 둘은 서로 얼굴을 쳐다보며 자지러지게 웃어 댔고, 곤돌라에 앉자마자 서로의 손을 꼭 쥐었다. 그들은 호텔에 도착한 뒤 방으로 달려가 식사를 가져오라고 지시했다. 식탁에서도 그들은 여전히 즐거워했다. 그들은 서로에게 음식을 권하며 모스크바 친구들의 건강을 위해 건배했다. 또 맛있는 생선요리를 가져온 웨이터에게 박수를 보냈고, 그에게 싱싱한 식용조개를 계속 요구하기도 했다. 웨이터는 어깨를 으쓱하고 발을 질질 끌며 방을 나가면서 고개를 저었고, 심지어 한번은 한숨을 내쉬며 "불쌍한 사람들!" 하고 속삭였다. 저녁 식사 후 그들은 극장으로 갔다.

극장에서는 베르디의 오페라가 공연되었다. 솔직히 말해 상당히 저속하지만 이미 모든 유럽 무대를 휩쓴, 우리 러시아인에게도 잘 알려진 오페라 〈라 트라비아타〉였다. 베네치아의 오페라 시즌이 이미 끝났고, 중간 수준 이하의 가수들이 출연하여 저마다 목청껏 소리를 내질렀다. 특별한 명성이 없는 여배우가 비올레타 역을 연기했고, 관객들의 냉담한 반응을 볼 때 그녀는 거의 사랑받지 못하지만 재능이 없진 않았다. 그녀는 젊고 그다지 예쁘지 않은 검은 눈의 처녀였고 목소리는 고르지 않고 이미 갈라져 있었다. 옷차림은 유치할 정도로 알록달록하고 형편없었다. 붉은 헤어네트가 그녀의 머리카락을 덮고, 빛바랜 푸른 공단 드레스가 그녀의 가슴을 누르고, 두꺼운 스웨덴제 장갑은 뾰족한 팔꿈치까지 올라갔다. 하긴 베르가모*의 어떤 목부(牧夫)의 딸인 그녀가 파리 매춘부들이 어떻게 옷을 입는지 어찌 알겠는가! 그녀는 무대에서 어떻게 행동해야 하는지도 몰랐다. 그러나 그녀의 연기에는 많은 진실과 꾸밈없는 단순함이 있었다. 그녀는 이탈리아인 특유의 열정적인 표정과 리듬을 가지고 노래했다. 옐레나와 인사로프는 무대 근처의 컴컴한 특별석에 앉아 있었다. 미술아카데미에서 느꼈던 장난기 어린 기분이 여전히 남아 있었다. 유혹녀의 그물에 빠진 불행한 청년의 아버지가 연두색 연미복에 헝클어진 흰색 가발을 쓰고 무대에 등장하여 입을 삐뚜름하게 벌리고 미리 당황하며 맥 빠진 저음 트레몰로를 터트렸을 때, 그들은 거의 웃음을 터트릴 뻔했다……. 그러나 비올레타의 연기는 그들에게 영향을 미쳤다. "이 불쌍한 처녀에게 박수를 보내는 사람이 거의 없네요." 옐레나가 말했다. "나는 거드름을 피우고 잘난 체하며 효과를 내려고 애쓰는 자신만만한 2류급 유명인보다 이 처녀가 1천 배나 더 마음에 들어요. 이 처녀의 연기는 실제 같아요. 봐요, 관객들을 의식하지 않아요."

인사로프는 특별석 가장자리에 몸을 기대고 비올레타를 유심히 바라보았다.

"그래, 그녀는 진짜 연기를 하고 있어." 인사로프가 말했다. "죽음의 냄새가 나."

옐레나는 잠자코 있었다.

3막이 시작되었다. 막(幕)이 올라갔다⋯⋯. 옐레나는 침대, 드리워진 커튼, 약병, 갓을 단 램프를 보고 몸을 떨었다⋯⋯. 그녀는 가까운 과거를 떠올렸다⋯⋯. '그리고 미래는? 그리고 현재는?' 이런 생각이 언뜻 그녀의 머릿속을 스치고 지나갔다. 여배우의 가식적인 기침 소리에 일부러 반응이라도 하듯 특별석에서 인사로프의 진짜 탁한 기침 소리가 울렸다⋯⋯. 옐레나는 슬며시 그를 쳐다보고 이내 평온하고 태연한 표정을 지었다. 인사로프는 그녀의 마음을 이해하고 미소를 띠며 노래를 조금씩 따라 불렀다.

그러나 그는 곧 조용해졌다. 비올레타의 연기는 점점 더 좋아지고 자유로워졌다. 그녀는 부차적이고 불필요한 것을 모두 버리고 '자신을 발견했다.' 이것은 예술가에게 드물게 찾아오는 최고의 행복이다! 그녀는 갑자기, 정의할 수는 없지만 그 너머에 아름다움이 살고 있는 선을 넘었다. 관객들은 술렁이며 놀라워했다. 갈라진 목소리에 예쁘지도 않은 처녀가 관객을 손아귀에 넣고 그들의 마음을 사로잡기 시작했다. 그러나 이미 가수의 목소리는 갈라진 것처럼 들리지 않았다. 그 목소리는 따뜻하고 강해졌다. '알프레도'가 등장했다. 비올레타의 환희에 찬 외침은 거의 폭풍 같은 환성을 일으켰다. 그것은 '파나티스모'라고 불리는 환성인데, 우리 북방 사람들의 환호와 갈채는 이에 비하면 아무것도 아니다……. 잠시 후 관객들은 다시 얼어붙었다. 이 오페라에서 가장 훌륭한 듀엣이 시작되었다. 듀엣에서 작곡가는 무분별하게 낭비된 청춘에 대한 후회와 절망적이고 무력한 사랑의 마지막 투쟁을 성공적으로 표현했다. 모든 관객의 폭풍 같은 공감에 매료되어 넋을 잃은 여가수는 예술적 환희와 실제적인 고통의 눈물을 글썽이며 그녀를 들어 올린 물결에 몸을 맡겼다. 그녀의 얼굴이 변했다. 갑자기 다가온 무시무시한 죽음의 환영 앞에서 하늘에 닿을 듯한 간절한 기도와 함께 그녀의 입에서 말이 쏟아져 나왔다. "날 살게 해 주소서……. 이렇게 젊은 데 죽어야 하나요!" 그러자 극장 전체가 열광적인 박수갈채와 환희에 가득 찬 함성으로 떠나갈 듯했다.

엘레나는 온몸이 오싹해졌다. 그녀는 조용히 인사로프의 손을 찾아 꼭 쥐었다. 그는 그녀의 악수에 반응했다. 그러나 엘레나도 그를 쳐다보지 않았고, 인사로프도 그녀를 쳐다보지 않았다. 이 악수는 몇 시간 전 곤돌라에서 서로를 맞이했을 때의 악수와는 달랐다.

그들은 다시 대운하를 따라 호텔로 돌아왔다. 벌써 밤이 되었다. 밝고 포근한 밤이었다. 똑같은 궁전들이 그들을 향해 쭉 늘어서 있었지만 다르게 보였다. 그중 달빛이 비추는 궁전들은 하얀 금색으로 빛났고, 이 흰색 속에서 장식품의 세부, 창문과 발코니의 윤곽이 사라진 것처럼 보였다. 그 궁전들은 옅고 고른 그림자에 잠긴 건물들 사이에서 더욱 선명하게 눈에 띄었다. 작은 붉은 등을 단 곤돌라는 더 조용하고 더 빠르게 달리는 것 같았다. 강철 빗 모양의 뱃머리가 신비롭게 빛나고, 수많은 은빛 물고기처럼 일렁이는 잔물결 위로 노(櫓)가 신기하게 오르내렸다. 여기저기서 곤돌라 사공들이 나직한 목소리로 짧게 외치곤 했다(이제 그들은 노래를 부르지 않는다). 다른 소리는 거의 들리지 않았다. 인사로프와 옐레나가 묵는 호텔은 스키아보니 강변에 있었다. 호텔에 도착하기 전에 그들은 곤돌라에서 내려 성 마르코 광장 부근 아치 아래를 여러 번 서성였다. 그곳 작은 카페 앞에 한가한 사람들이 몰려 있었다. 낯선 도시에서 사랑하는 사람과 둘이 낯선 사람들 사이를 걷는 것은 왠지 유난히 즐겁다. 모든 것이 아름답고 의미 있어 보이고, 모든 사람에게 선과 평화, 그리고 자신이 맘껏 누리는 행복을 기원하고 싶어진다. 하지만 옐레나는 더 이상 자신의 행복감에 편안히 잠길 수 없었다. 최근의 여러 인상에 흔들린 그녀의 마음은 진정되지 않았다. 총독의 궁전 옆을 지나던 인사로프는 낮은 아치 아래에서 엿보이는 오스트리아 대포의 포문을 말없이 가리키며 모자를 눈썹까지 푹 눌러썼다. 게다가 인사로프는 피로를 느꼈다. 그들은 달빛 아래 푸르스름한 납에 인광(燐光)의 반점들이 반짝이는 성 마르코 교회의 둥근 지붕을 마지막으로 힐끗 쳐다보고는 천천히 호텔로 돌아갔다.

그들의 방은 스키아보니 강에서 지우데카까지 펼쳐진 넓은 석호(潟湖) 쪽으로 창문이 나 있었다. 호텔 거의 맞은편에는 성 게오르기의 첨탑이 솟아 있었고, 오른쪽에는 도가나의 황금빛 둥근 지붕이 공중 높이 빛나고 있었다. 그리고 교회들 가운데 가장 아름다운 레덴토레 팔라디우스 교회가 예쁘게 단장한 신부처럼 서 있었다. 왼쪽에는 범선들의 돛대와 활대, 기선의 굴뚝이 거뭇거뭇했다. 반쯤 접은 돛이 병든 날개처럼 여기저기 매달려 있었고, 페넌트기(旗)는 거의 움직이지 않았다. 인사로프가 창문 앞에 앉았지만 옐레나는 그가 경치를 오래 감상하지 못하도록 했다. 갑자기 열이 나고 심한 피로가 그를 엄습했다. 옐레나는 그를 침대에 눕히고 잠들기를 기다렸다가 조용히 창문으로 돌아갔다. 오, 얼마나 고요하고 포근한 밤인가! 푸른 공기는 비둘기처럼 온화한 숨결을 불어 넣었다. 어떤 고통과 어떤 슬픔도 이 맑은 하늘 아래에서는, 이 거룩하고 순수한 빛 아래에서는 침묵하고 잠들 수 있을 것 같았다. '오, 하느님!' 옐레나는 생각했다. '왜, 우리는 죽어야 하고, 왜 우리는 이별과 질병, 눈물을 겪어야 하나요? 그리고 왜 이 아름다움과 달콤한 희망의 감각, 왜 견고한 피난처, 안전한 성채, 불멸의 보호에 대한 안도감이 있는 걸까요? 미소를 띠고 축복하는 이 하늘, 휴식하며 행복해하는 이 땅의 의미는 무엇일까요? 정말로 이 모든 것은 우리 안에만 있고 우리 밖에는 영원한 냉담과 침묵만 있는 걸까요? 정말 우리는 혼자고…… 외롭고…… 그리고 저기, 가는 곳마다, 닿을 수 없는 이 모든 심연과 깊은 곳에서, 모든 것, 모든 것이 우리에게 낯선 것일까요? 그렇다면 왜 기도에 대한 갈망이 일어나고, 왜 우리는 기도에서 기쁨을 느낄까요?

("이렇게 젊은 데 죽어야 하나요?" 그녀의 영혼 속에서 노랫말이 울렸다……) 정말로 죽음을 피하고 생명을 구해 주십사 간구할 수 없나요? 오, 하느님! 정말 기적을 믿어서는 안 되나요?' 그녀는 꽉 쥔 손에 머리를 얹었다. '충분한가?' 그녀는 속삭였다. '이제 끝내야 하나? 나는 단 몇 분, 몇 시간, 며칠이 아니라 몇 주 내내 행복했다. 그런데 무슨 권리로?' 그녀는 자신의 행복이 두려워지기 시작했다. '만일 행복할 수 없다면?' 그녀는 생각했다. '만일 행복이 그냥 주어지는 게 아니라면? 그것은 하늘이…… 하지만 우리는 인간이다, 불쌍하고 죄 많은 인간이다……. 이렇게 젊은 데 죽어야 하다니……. 오, 어두운 환영이여, 물러가라! 나 혼자만 그의 생명을 필요로 하는 게 아니다!'

'하지만 이것이 형벌이라면,' 그녀는 다시 생각했다. '만일 지금 우리가 죄의 값을 온전히 치러야 한다면? 내 양심은 침묵했고 지금도 침묵하고 있지만, 과연 이것이 무죄의 증거인가? 오, 하느님, 우리는 죄인인지요! 이 밤, 이 하늘을 창조하신 당신이 우리가 사랑했기 때문에 우리를 벌 하시려는 겁니까? 만약 그렇다면, 그가 유죄라면, 제가 유죄라면,' 그녀는 무의식적인 충동에 이끌려 덧붙였다. '그렇다면 오, 하느님, 그가, 우리 둘 다 적어도 영예롭고 영광스런 죽음을 맞이하게 해 주소서. 여기, 이 쓸쓸한 방이 아니라 저기, 그의 조국 땅에서 죽음을 맞이하게 해 주소서.'

'그러나 불쌍하고 외로운 어머니의 슬픔은?' 그녀는 스스로에게 묻고 당황했으며 자신의 질문에 대답할 말을 찾지 못했다. 옐레나는 모든 사람의 행복이 다른 사람의 불행에 기초한다는 사실을 몰랐고, 심지어 모든 사람의 이익과 편리함은 조각상에 받침대가 필요하듯, 다른 사람의 손실과 불편함을 필요로 한다는 것을 몰랐다.

"렌디치!" 인사로프가 잠결에 중얼거렸다.

옐레나는 발끝으로 살금살금 그에게 다가갔다. 그리고 몸을 굽혀 그의 얼굴에서 땀을 닦아 주었다. 그는 베개에서 조금 뒤척이더니 조용해졌다.

그녀는 다시 창가로 가서 또다시 생각에 잠겼다. 그녀는 두려워할 이유가 없다고 자신을 설득하고 스스로 확신하기 시작했다. 심지어 자신의 나약함을 부끄러워했다. '정말 위험한 것일까? 정말 그는 더 나아지지 않을까?' 그녀는 속삭였다. '만약 오늘 우리가 극장에 가지 않았다면 이 모든 것이 머리에 떠오르지 않았을 거야.' 이 순간 물 위를 높이 날아가는 흰 갈매기 한 마리를 보았다. 어부를 보고 깜짝 놀란 갈매기가 조용히 불규칙하게 비행하며 내려앉을 곳을 찾고 있는 듯했다. '이제 갈매기가 여기로 날아오면 좋은 징조일 거야…….' 옐레나는 생각했다. 갈매기는 그 자리에서 빙글빙글 돌다가 날개를 접더니 총에 맞은 듯 애처롭게 울면서 어두운 배 뒤쪽 멀리, 어딘가에 떨어졌다. 옐레나는 몸을 부르르 떨다가 자신이 몸을 떨었다는 것이 부끄러워졌다. 그녀는 옷을 벗지 않고 자주 가쁜 숨을 몰아쉬는 인사로프 옆 침대에 누웠다.

34

인사로프는 늦게 잠에서 깼다. 머리가 둔중하게 아프고, 그의 표현대로 온몸이 끔찍하게 쇠약해진 느낌이었다. 그러나 그는 자리에서 일어났다.

"렌디치가 안 왔어요?" 그의 첫 질문이었다.

"아직 안 왔어요." 엘레나가 대답하며, 전쟁, 슬라브 땅, 공국(公國)에 관한 기사가 많이 실려 있는 『오세르바토레 트리에스티노』* 최근호를 건넸다. 인사로프는 읽기 시작했고, 그녀는 그를 위해 커피를 준비하느라 바빴는데……. 누군가가 문을 두드렸다.

'렌디치.' 두 사람은 생각했다. 하지만 문을 두드린 사람은 러시아어로 "들어가도 될까요?"라고 말했다. 엘레나와 인사로프는 깜짝 놀라 서로를 바라보았다. 그런데 그들의 대답도 기다리지 않고 말쑥한 복장에 얼굴이 작고 날카로우며 민첩한 눈을 가진 남자가 방으로 들어왔다. 그는 방금 놀음에서 큰돈을 땄거나 매우 기쁜 소식을 들은 것처럼 환한 표정이었다.

인사로프는 의자에서 엉거주춤 일어났다.

"당신은 저를 못 알아볼 겁니다." 낯선 남자가 말하면서 허물없이 다가왔고, 옐레나에게 상냥하게 인사했다. "루포야로프입니다. 기억나세요? 우리는 모스크바에서 E……의 집에서 만났었지요."

"네, E……의 집에서." 인사로프가 말했다.

"물론이죠, 물론입니다! 저를 부인에게 소개해 주세요. 부인, 저는 항상 드미트리 바실리예비치를……(그가 정정했다) 니카노르 바실리예비치를 깊이 존경해 왔습니다. 마침내 당신을 만나 뵙게 되어 영광입니다. 생각해 보세요," 그는 인사로프를 돌아보며 말을 이었다. "어제 저녁에야 당신이 여기 있다는 걸 알았습니다. 저도 이 호텔에 묵고 있어요. 정말 훌륭한 도시입니다. 베네치아는 한 편의 시죠, 정말입니다! 한 가지 끔찍한 것은 어딜 가나 망할 놈의 오스트리아 놈들이 있다는 겁니다! 오스트리아 놈들은 진절머리가 나요! 그런데 들으셨나요? 도나우 강에서 결정적 전투가 벌어졌답니다. 터키 장교 300명이 사망했고, 실리스트리아는 점령당하고 세르비아는 이미 독립을 선언했답니다. 애국자인 당신도 감격하시겠죠? 내 안에도 슬라브인의 피가 끓고 있어요! 그러나 더 조심하라고 당신에게 충고합니다. 나는 당신이 감시당하고 있다고 확신합니다. 이곳 스파이 활동은 끔찍해요! 어제 어떤 수상한 남자가 다가와서 러시아인이 아니냐고 묻더군요. 나는 덴마크 사람이라고 했어요……. 그런데 건강이 좋지 않은 것 같군요, 존경하는 니카노르 바실리예비치. 당신은 치료받아야 해요. 부인, 남편을 치료해야 합니다. 어제 나는 미친 사람처럼 궁전과 교회를 돌아다녔습니다. 당신도 총독 궁전에 다녀오셨죠? 가는 곳마다 얼마나 풍요롭던지! 특히 그 커다란 홀과 마리노 팔리에로*의 초상화 자리가 인상적이었어요. 거기엔 '데카피타티 프로 크리미니부스'*라고 적혀 있더군요. 나는 유명한 감옥에도 가 보았죠. 거기서 내 영혼은 분노했습니다. 기억하실지 모르지만, 나는 항상 사회 문제에 깊은 관심을 갖고 귀족 계급에 반항해 왔죠. 정말 귀족 계급의 옹호자들을 이 감옥으로 데려가고 싶어요. '베네치아에서 나는 탄식의 다리 위에 서 있었다'라고 바이런은 올바로 말했는데, 사실 그도 귀족이었죠. 나는 언제나 진보를 옹호했습니다. 젊은 세대는 언제나 진보를 옹호합니다. 그럼 앵글로 프랑스인에 대해 어떻게 생각하십니까? 부스트라파*와 파머스톤*이 얼마나 많은 일을 하는지 두고 봅시다. 파머스톤이 총리가 된 건 아시죠? 아니, 뭐라고 말하든 러시아의 주먹은 농담이 아닙니다. 이 부스트라파는 끔찍한 악당이에요! 원하시면 빅토르 위고의 『징벌』을 빌려드리죠. 놀라운 시집입니다! '미래는 신의 집행자'—좀 대담한 표현이지만 힘, 힘이 있어요. 뱌젬스키 공작도 훌륭한 말을 했죠. '유럽은 바시-카딕-라르의 주문을 되뇌며 시노프*에서 눈을 떼지 않는다.' 나는 시를 좋아합니다. 프루동의 최근 저서를 비롯해 모든 걸 가지고 있어요. 당신은 어떻게 느끼는지 모르지만, 나는 이 전쟁이 기쁩니다. 다만 나더러 러시아로 돌아가라고 할까 봐 걱정이죠. 나는 플로렌스로, 로마로 갈 예정입니다. 프랑스에는 갈 수 없으니 스페인에 갈 생각입니다. 그곳엔 훌륭한 여자들이 많지만, 가난하고 곤충이 많다고 합니다. 캘리포니아에도 가 보고 싶어요. 우리 러시아인들에겐 불가능한 것이 없습니다. 나는 한 편집자에게 지중해 무역 문제를 상세히 연구하겠다고 약속했습니다. 당신은 재미없는 특수한 문제라고 말하겠지만, 우리에겐 전문가가 필요합니다. 우리는 충분히 사색했으니 이제 실천, 실천이 필요해요……. 당신은 건강이 매우 나쁘군요, 니카노르 바실리예비치, 아마 제가 당신을 피곤하게 한 것 같아요. 어쨌든 조금 더 앉아 있겠습니다……."

루포야로프는 이렇게 오랫동안 떠들어 대더니 떠나면서 가끔 찾아오겠다고 약속했다.

이 뜻밖의 방문에 지친 인사로프는 소파에 누웠다.

"저게" 옐레나를 힐끗 쳐다보고 나서 그가 씁쓸하게 말했다. "저게 바로 당신 나라의 젊은 세대요! 어떤 사람은 점잔을 빼고 잘난 체하지만 영혼은 저 신사처럼 놀고먹는 게으름뱅이지."

옐레나는 남편에게 반대하지 않았다. 이 순간 그녀는 러시아의 전체 젊은 세대의 상태보다 인사로프의 쇠약한 몸을 훨씬 더 걱정했다……. 그녀는 그의 곁에 앉아 일감을 잡았다. 그는 눈을 감고 창백하고 마른 채 꼼짝 않고 누워 있었다. 옐레나는 날카롭게 윤곽이 드러난 그의 옆얼굴과 뻗은 팔을 힐끗 쳐다보고 갑작스러운 두려움에 심장이 조여들었다.

"드미트리……." 그녀가 입을 열었다.

인사로프는 몸을 부르르 떨었다.

"뭐? 렌디치가 왔어?"

"아뇨, 아직……. 그런데 어떻게 생각해요? 열이 나고 정말 몸이 안 좋은데 의사를 불러야 하지 않겠어요?"

"그 수다쟁이가 당신을 놀라게 했군. 필요 없어요. 좀 쉬면 괜찮아질 거요. 식사하고 다시 나갑시다……. 어딘가로."

두 시간이 지났다……. 인사로프는 여전히 소파에 누워 있었지만, 눈을 감았는데도 잠을 잘 수 없었다. 옐레나는 그의 곁을 떠나지 않았고, 일감을 무릎 위에 내려놓은 채 움직이지 않았다.

"왜 자지 않아요?" 마침내 그녀가 물었다.

"잠깐만." 그는 그녀의 손을 잡아 자기 머리 밑에 놓았다. "이제 됐어……. 렌디치가 도착하면 바로 날 깨워 줘요. 만일 배가 준비되었다고 하면 바로 떠날 거야……. 짐을 전부 꾸려야 해."

"짐 꾸리는 건 잠깐이면 돼요." 옐레나가 대답했다.

"그 사람이 전투에 대해, 세르비아에 대해 뭐라고 떠들어 댔지." 잠시 후 인사로프가 말했다. "분명 다 지어낸 말일 거야. 하지만 가야만 해. 시간을 낭비해서는 안 돼……. 준비해요."

그가 잠이 들자 방 안은 조용해졌다.

옐레나는 안락의자 등받이에 머리를 기대고 오랫동안 창밖을 바라보았다. 날씨가 나빠지고 바람이 일었다. 커다란 흰 구름이 하늘을 질주하고, 저 멀리 가는 돛대가 흔들리고, 붉은 십자가가 그려진 긴 페넌트기가 끊임없이 펄럭였다가 떨어지고 다시 펄럭였다. 낡은 벽시계의 진자가 왠지 서글프게 쉬쉬 소리를 내며 무겁게 뚝딱거렸다. 옐레나는 눈을 감았다. 밤새 잠을 제대로 못 잔 그녀도 조금씩 잠이 들었다.

그녀는 이상한 꿈을 꿨다. 어떤 낯선 사람들과 함께 작은 배를 타고 차리치노 연못 위를 떠다니는 것 같았다. 그들은 조용히 움직이지 않고 앉아 있고 아무도 노를 젓지 않았으나 보트는 저절로 움직인다. 옐레나는 두렵지 않지만 지루하다. 그녀는 이 사람들이 누구며 왜 그들과 함께 있는지 알고 싶다. 그녀는 주변을 둘러본다. 연못이 넓어지고 강변이 사라진다. 이것은 이미 연못이 아니라 일렁이는 바다다. 거대하고 푸른 고요한 파도에 보트가 장엄하게 흔들린다. 무언가 위협적인 것이 포효하며 바닥에서 떠오른다. 낯선 동반자들이 별안간 벌떡 일어나 소리를 지르며 손을 흔든다……. 옐레나는 그들의 얼굴을 알아본다. 그들 사이에 그녀의 아버지가 있다. 그러나 하얀 소용돌이 같은 것이 파도 위로 날아든다……. 그러자 모든 것이 소용돌이치고 뒤섞였다…….

옐레나는 주위를 둘러본다. 주위의 모든 것이 여전히 흰색이다. 그러나 이것은 눈, 눈, 끝없는 눈이다. 그녀는 더 이상 보트를 타지 않고 모스크바에서처럼 눈썰매를 타고 간다. 그녀는 혼자가 아니다. 낡은 외투에 싸인 작은 존재가 그녀 옆에 앉아 있다. 옐레나가 들여다보니 그녀의 가엾은 친구 카탸다. 옐레나는 무서워진다. '저 애는 죽지 않았나?' 그녀는 생각한다.

"카탸, 우리는 어디로 가는 거야?"

카탸는 대답하지 않고 낡은 외투로 몸을 감싼 채 추워서 벌벌 떤다. 옐레나도 춥다. 그녀는 길을 따라 바라본다. 눈 먼지 사이로 멀리 도시가 보인다. 은빛 둥근 지붕에 높은 하얀 탑들……. 카탸, 카탸, 여기가 모스크바야? '아니,' 옐레나는 생각한다. '이건 솔로베츠키 수도원이야.' 거기에는 벌집처럼 작고 비좁은 승방(僧房)이 많다. 거기는 답답하고 비좁다. 그곳에 드미트리가 갇혀 있다. 내가 그를 자유롭게 해야 한다……. 갑자기 무서운 잿빛 심연이 그녀 앞에 열린다. 눈썰매가 그 속으로 떨어지고, 카탸가 웃는다. "옐레나, 옐레나!" 심연에서 목소리가 들린다.

"옐레나!" 그녀의 귓가에 선명하게 울려 퍼졌다. 그녀는 재빨리 고개를 들고 돌아서서 기절초풍했다. 그녀가 방금 꿈에서 본 눈처럼 하얀 인사로프가 소파에서 몸을 반쯤 일으킨 채 크고 맑고 두려운 눈으로 그녀를 바라보고 있었다. 그의 머리카락은 이마 위로 흘러내리고 입술은 이상하게 벌어져 있었다. 어딘가 쓸쓸한 애틋함이 뒤섞인 공포가 갑자기 변한 그의 얼굴에 어려 있었다.

"옐레나!" 그가 말했다. "나는 죽어 가요."

옐레나는 비명을 지르며 무릎을 꿇고 그의 가슴에 달라붙었다.

"모든 것이 끝났어." 인사로프가 되뇌었다. "나는 죽어 가고 있어……. 잘 있어요, 나의 불쌍한 사람! 잘 있거라, 나의 조국이여……!"

그리고 그는 소파 위에 벌렁 나자빠졌다.

옐레나는 방에서 뛰어나가 도움을 요청했다. 웨이터가 의사를 부르러 달려갔다. 옐레나는 인사로프에게 몸을 숙였다.

그 순간 어깨가 떡 벌어지고 햇볕에 그을린 남자가 두꺼운 플란넬 외투에 운두가 낮은 방수포 모자를 쓰고 문지방에 나타났다. 그는 당황해서 멈춰 섰다.

"렌디치!" 옐레나가 외쳤다. "당신이군요! 보세요, 제발, 이 사람의 상태가 나빠요! 무슨 일일까요? 오, 하느님! 어제는 외출도 하고 방금 나와 얘기도 했는데……."

렌디치는 아무 말도 하지 않고 그저 옆으로 비켜섰다. 가발에 안경을 쓴 작은 체구의 남자가 그의 옆을 지나 민첩하게 뛰어 들어왔다. 그는 같은 호텔에 묵고 있던 의사였다. 그가 인사로프에게 다가갔다.

"시뇨라," 잠시 후 의사가 말했다. "이 외국인 신사는 운명하셨습니다. 사인은 동맥류(動脈瘤)와 폐질환 합병증입니다.

35

다음 날, 같은 방 창가에 렌디치가 서 있었고, 그의 앞에는 숄로 몸을 감싼 옐레나가 앉아 있었다. 인사로프는 옆방 관 속에 누워 있었다. 겁에 질린 옐레나의 얼굴은 생기가 없었다. 이마의 미간에 잡힌 두 개의 주름이 그녀의 움직이지 않는 눈에 긴장된 표정을 더했다. 창턱에는 안나 바실리예브나의 편지가 펼쳐진 채 놓여 있었다. 그녀는 자신의 외로움과 니콜라이 아르토미예비치에 대해 불평하면서 한 달만이라도 모스크바에 오라고 딸을 부르고 있었다. 그리고 인사로프에게 인사를 보내며 그의 건강에 대해 묻고 아내를 보내 달라고 부탁했다.

달마티아 사람인 렌디치는 선원이었다. 인사로프는 조국을 여행할 때 렌디치와 알았고, 베네치아에서 그를 찾아냈다. 그는 성격이 무뚝뚝하고 거칠고 용감하며 슬라브인의 대의에 헌신적인 사람이었다. 터키인을 경멸했고 오스트리아인을 증오했다.

"얼마 동안 베네니치아에 머무실 건가요?" 옐레나는 이탈리아어로 물었다. 그녀의 목소리는 얼굴만큼이나 생기가 없었다.

"짐을 싣고 의심을 사지 않기 위해 하루 머물 겁니다. 그리고 곧장 자라로 가겠습니다. 우리 동포들을 기쁘게 해 줄 수 없게 되었군요. 그들은 오래전부터 그를 기다리고 있었습니다. 그에게 희망을 걸고 있었어요."

"그에게 희망을 걸고 있었다고요?" 옐레나는 무의식적으로 되뇌었다.

"그를 언제 묻으실 건가요?" 렌디치가 물었다.

옐레나는 즉시 대답하지 않았다.

"내일."

"내일요? 그럼, 저도 남아 있겠습니다. 그의 무덤에 흙 한줌이라도 뿌리고 싶습니다. 그리고 부인을 도와야지요. 그런데 슬라브 땅에 묻히면 더 좋을 텐데요."

옐레나는 렌디치를 잠시 바라보았다.

"선장님." 옐레나가 말했다. "우리 둘을 여기서 멀리 떨어진 바다 건너편으로 데려가 주세요. 가능할까요?"

렌디치는 생각에 잠겼다.

"가능하지만 쉬운 일이 아닙니다. 망할 놈의 이곳 관리들과 옥신각신해야 할 테니까요. 그런데 일을 잘 해결해 그를 그곳에 묻는다고 쳐요. 하지만 어떻게 당신을 다시 데려다주죠?"

"저를 다시 데려다 줄 필요는 없어요."

"무슨 말씀이죠? 그럼 어디에서 머무실 건가요?"

"있을 곳을 찾아보겠어요. 우리를 데려다만 주세요."

렌디치는 뒤통수를 긁적였다.

"아시다시피, 이 모든 것은 아주 골치 아픈 일입니다. 내가 가서 시도해 보겠습니다. 여기서 두 시간쯤 기다리세요."

그는 밖으로 나갔다. 엘레나는 옆방으로 가서 벽에 몸을 기대고 화석이 된 것처럼 한참을 서 있었다. 이윽고 그녀는 무릎을 꿇었지만 기도할 수 없었다. 그녀의 영혼 속에 비난은 없었다. 그녀는 왜 그들에게 자비와 동정을 베풀지 않았느냐고, 왜 그들을 보호해 주지 않았느냐고, 비록 죄가 있다 해도 왜 죄보다 더 큰 벌을 내렸느냐고 감히 신에게 묻지 않았다. 우리들 각자는 살아 있다는 사실만으로도 이미 유죄다. 위대한 사상가도, 인류의 은인도 그가 인류에게 이익을 주었다고 해서 살 권리가 있다고 기대할 수 없을 것이다……. 그러나 엘레나는 기도할 수 없었고 돌처럼 굳어 있었다.

그날 밤, 인사로프 부부가 살던 호텔에서 커다란 보트 한 척이 출항했다. 그 보트에는 엘레나와 렌디치가 타고 있었고, 검은 나사(羅紗)로 덮인 긴 관이 놓여 있었다. 그들은 약 한 시간 동안 항해했고, 마침내 항구 입구에 정박해 있는 쌍돛대가 달린 작은 배에 도착했다. 엘레나와 렌디치가 배에 올랐고 선원들이 관을 가져왔다. 한밤중에 폭풍이 일기 시작했으나 다음 날 아침 일찍 배는 이미 리도를 지나가고 있었다. 낮 동안 폭풍이 무섭게 휘몰아쳤다. '로이드' 사무소의 노련한 선원들도 고개를 흔들며 좋은 소식을 기대하지 않았다. 베네치아, 트리에

스테*, 달마티아 해안 사이에 있는 아드리아해는 극히 위험한 곳이다.

엘레나가 베네치아를 떠난 지 3주쯤 지나서, 안나 바실리예브나는 모스크바에서 다음과 같은 편지를 받았다.

"사랑하는 부모님, 영원히 작별을 고합니다. 저를 다시는 보지 못하실 거예요. 어제 드미트리가 세상을 떠났습니다. 저로서는 모든 게 끝났습니다. 오늘 그의 시신과 함께 자라로 떠납니다. 그를 땅에 묻고, 저에게 무슨 일이 있을지 모르겠어요! 하지만 이미 저에겐 D의 조국 외에 다른 조국은 없습니다. 그곳에서 사람들은 봉기와 전쟁을 준비하고 있습니다. 저는 자비 수녀회에 들어가 환자들과 부상자들을 돌볼 겁니다. 저에게 무슨 일이 일어날지 모르겠지만 D가 죽은 후에도 저는 그의 기억과 그가 평생 추구한 대의에 충실할 겁니다. 저는 불가리아어와 세르비아어를 배웠어요. 제가 이 모든 걸 견뎌 낼지 모르지만 점점 더 좋아지겠지요. 심연의 끝자락에 이르렀고 그 속으로 떨어져야 합니다. 운명이 우리를 결합시킨 것에는 다 이유가 있겠죠. 제가 그를 죽였는지도 몰라요. 이제 그가 나를 데려갈 차례입니다. 저는 행복을 찾았고, 아마 죽음도 찾을 겁니다. 당연히 그렇게 되겠지요. 제가 잘못했으니까요……. 하지만 죽음은 모든 것을 덮고 모든 것을 화해시키지 않나요? 제가 부모님을 슬프게 해 드린 것 죄다 용서해 주세요. 그건 제 의지가 아니었어요. 러시아로 돌아갈 이유가 없습니다. 러시아에서 제가 무엇을 할 수 있겠어요?

저의 마지막 키스와 축복을 받아 주시고 저를 나무라지 마세요.

E.

그로부터 벌써 5년쯤 지났고, 옐레나에 대한 소식은 더 이상 없었다. 편지도 보내고 조회도 했지만 다 소용이 없었다. 평화 조약이 체결된 후 니콜라이 아르툐미예비치가 직접 베네치아와 자라로 그녀를 찾으러 갔으나 허사였다. 그는 베네치아에서 이미 독자가 아는 사실만을 알아냈고, 자라에서는 아무도 렌디치와 그가 빌린 배에 대한 확정적 정보를 니콜라이 아르툐미예비치에게 제공할 수 없었다. 몇 년 전 강한 폭풍이 지나간 뒤 관 하나가 해안에 떠밀려 왔고, 거기에 남자의 시체가 있었다는 모호한 소문이 떠돌아다녔다……. 좀 더 믿을 만한 다른 정보에 따르면, 관이 해안으로 떠밀려 온 일은 전혀 없었고, 베네치아에서 온 외국인 여성이 관을 가져와 해안 근처에 묻었다고 한다. 어떤 사람들은 당시 소집된 헤르체고비나*의 부대에서 그 여성을 보았다고 덧붙였다. 그들은 머리에서 발끝까지 온통 검은 옷을 걸친 그녀의 옷차림까지 묘사했다. 어쨌든 옐레나의 흔적은 영원히, 그리고 돌이킬 수 없이 사라졌다. 그녀가 아직 살아 있는지, 어디에 숨어 있는지, 혹은 삶의 작은 유희가 이미 끝났는지, 생명의 가벼운 발효(醱酵)가 끝났는지, 죽음의 차례가 왔는지 아무도 모른다. 가끔 사람은 자신도 모르게 깜짝 놀라 잠을 깨며 자문하곤 한다. '정말 내 나이가 벌써 서른인가…… 마흔인가…… 쉰인가? 어떻게 인생이 이렇게 빨리 흘러갔을까? 어떻게 죽음이 이렇게 가까이 다가왔나? 죽음은 그물로 잡은 물고기를 잠시 물속에 놓아두는 어부와 같다. 물고기는 여전히 헤엄치고 있지만 그물 속에 있고, 어부는 원할 때 물고기를 낚아챌 것이다.

* * *

우리 이야기에 등장한 다른 인물들은 어떻게 되었을까?

안나 바실리예브나는 아직 살아 있다. 그녀는 그녀를 강타한 충격 이후로 폭삭 늙었고 불평은 덜하지만 슬픔에 잠기는 일이 훨씬 많아졌다. 니콜라이 아르툐미예비치도 늙고 백발이 되었으며 아브구스티나 흐리스티아노브나와 헤어졌다……. 그는 지금 외국의 모든 것을 비난하고 있다. 그의 가사 관리인은 서른쯤 된 아름다운 러시아 여자로 실크 드레스를 입고 다니고 금반지와 귀고리를 착용한다. 정열적이고 활기찬 갈색 머리의 남자로 아름다운 금발 여자를 좋아하는 쿠르나톱스키는 조야와 결혼했다. 남편에게 매우 순종적인 그녀는 심지어 독일식으로 생각하는 것까지 그만두었다. 베르세네프는 하이델베르크에 있다. 그는 국비로 해외 파견되었고 베를린과 파리를 방문했다. 시간을 낭비하지 않는 그는 유능한 교수가 될 것이다. 학계는 그의 두 편의 논문(「형벌에 관한 고대 독일법의 몇몇 특성에 대하여」와 「문명의 문제에서 도시 원칙의 중요성에 대하여」)을 주목했다. 두 논문이 다소 무거운 언어로 쓰이고 외국어로 가득 차 있다는 점만은 유감이다. 슈빈은 로마에 있다. 그는 자신의 예술에 전적으로 몰두하여 가장 훌륭하고 전도유망한 젊은 조각가들 중 한 명으로 인정받고 있다. 엄격한 순수주의자들은 그가 고대를 충분히 연구하지 않았고 자신의 스타일이 없다고 생각하여, 그를 프랑스파의 일원으로 간주한다. 그는 영국인들과 미국인들로부터 많은 주문을 받고 있다. 최근에 그의 〈주신(主神)의 무녀〉라는 작품이 물의를 일으켰다. 유명한 러시아 부자인 보보시킨 백작이 이 작품을 1,000스쿠도*에 사려고 했다가 결국 순수한 혈통의 프랑스인 조각가에게 3,000스쿠도를 주고 〈봄의 영(靈)의 품에 안겨 사랑 때문에 죽어 가는 농사꾼 처녀〉를 묘사한 군상(群像)을 구입했다. 슈빈은 가끔 우바르 이바노비치와 편지를 주고받고 있다. 우바르 이바노비치는 조금도 변하지 않았다. "가련한 옐레나의 결혼이 알려진 그날 밤, 제가 당신 침대에 앉아 당신과 이야기했던 그날 밤에 당신이 무슨 말을 했는지 기억하십니까?"라고 슈빈은 최근에 우바르 이바노비치에게 편지를 썼다. "그때 제가 우리 러시아에 사람다운 사람들이 나타날지 당신께 물었는데, 기억하세요? 당신은 제게 '나타날 것'이라고 대답하셨죠. 오, 흑토(黑土)의 힘이여! 그리고 이제 나의 '아름다운 먼 곳'인 여기에서 당신께 다시 묻습니다. '자, 우바르 이바노비치, 사람다운 사람들이 나타날까요?'"

우바르 이바노비치는 손가락을 흔들며 수수께끼 같은 시선으로 먼 곳을 응시했다.

부록

진정한 그날은 언제 오나?

(니콜라이 알렉산드로비치 도브롤류보프, 1836~1861, 언론인·시인·문학 비평가)

북을 치고 두려워하지 마라!
— 하인리히 하이네

미적 비평은 이제 감수성이 예민한 젊은 여성들의 전유물이
되었다. 순수예술 애호가들은 그들과의 대화를 통해 섬세하고
정확한 소견을 많이 얻을 수 있고, 그것을 바탕으로 다음과 같
은 비평을 쓸 수 있다. "여기 투르게네프의 새로운 소설 내용이
있다(요약). 이 간략한 개요만 봐도 얼마나 많은 삶과 가장 신
선하고 향기로운 시정이 담겨 있는지 알 수 있다. 그러나 이 소
설 자체를 읽어야만 삶의 가장 미묘한 시적 뉘앙스를 감지하는
감각, 날카로운 심리 분석, 사회사상의 보이지 않는 흐름과 경
향에 대한 깊은 이해, 그리고 현실에 대한 우호적이면서도 대
담한 태도 등 투르게네프의 재능을 구성하는 특징을 진정으로
파악할 수 있다. 예를 들어 이 심리적 특징들이 얼마나 섬세하
게 포착되었는지 보시라(이야기 내용의 일부를 반복 및 발췌).
이 우아함과 매력으로 가득 찬 놀라운 장면을 읽어 보시라(발
췌). 이 시적이고 생생한 그림을 기억해 보시라(발췌). 이 숭고

하고 대담한 묘사를 보시라(발췌). 이것이 영혼 깊숙이 스며들어 심장을 강하게 뛰게 하고, 삶을 활기차고 아름답게 하고, 당신 앞에서 인간의 존엄성과 진선미(眞善美)라는 거룩한 사상의 위대하고 영원한 의미를 드높이지 않은가! 이 얼마나 멋지고 매력적인가!"

우리는 감수성이 예민한 젊은 여성들과 잘 어울리지 못하기 때문에 그토록 상냥하고 무해한 비평을 쓸 수 없다. 솔직히 이점을 인정하고 '대중의 미학적 취향을 가르치는 교육자'라는 역할을 포기하면서 우리의 능력에 더 적합하고 겸손한 과제를 선택한다. 우리는 작가의 작품 속에 흩어져 있는 자료들을 단순히 종합하여, 그 자료들을 이미 이루어진 사실, 우리 앞에 펼쳐진 삶의 현상으로 받아들인다. 이 작업은 간단하지만 필요하다. 왜냐하면 수많은 일과 여가 활동 속에서 문학 작품의 모든 세부 사항을 스스로 살펴보고, 사회생활의 한 측면에 대한 이 복잡한 보고서를 구성하는 모든 수치를 분석하고 검토하여 제자리에 놓으려는 사람이 거의 없고, 그 결과와 그것이 약속하는 바 그리고 우리에게 요구하는 바를 성찰하려는 사람 또한 드물기 때문이다. 이러한 검토와 숙고는 투르게네프의 새로운 소설과 관련하여 매우 유익하다.

우리는 순수 미학자들이 우리가 작가에게 우리 의견을 강요하고 그의 재능에 과제를 규정하려 한다며 즉시 비난하리라는 것을 알고 있다. 그러므로 지루할지 모르지만 미리 밝혀 두겠다. 아니다, 우리는 작가에게 아무것도 강요하지 않는다. 우리는 그가 어떤 목적으로, 사전에 어떤 고려의 결과로『전날 밤』의 내용을 구성하는 이야기를 묘사했는지 알지 못한다고 미리 말해 둔다. 우리에게는 작가가 '말하고 싶었던 것'보다는 설령 의도하지 않았더라도 단순히 삶의 사실을 진실하게 재현함으로써 그가 '말한 것'이 더 중요하다. 우리가 모든 재능 있는 작품을 소중히 여기는 이유는 그 안에서 평범한 관찰자의 시선에는 잘 드러나지 않는 우리 조국의 삶의 사실들을 연구할 수 있기 때문이다. 우리의 삶에는 아직도 공식적인 것 외에는 공개성이 없다. 어디를 가든 우리는 살아 있는 사람들이 아닌, 이런저런 분야에서 일하는 공식적인 인물들과 마주친다. 즉, 관청에서는 필경사들, 무도회에서는 댄서들, 클럽에서는 카드게임을 하는 사람들, 극장에서는 미용실 고객들과 마주친다. 모두가 자신의 정신적인 삶을 좀 더 깊이 감추고, 마치 "나는 춤을 추거나 머리 스타일을 보여 주려고 여기에 왔어. 그러니 내가 내 일을 하는 것에 만족하고 내 감정과 생각을 캐내려고 하지 마"라고 말하는 듯한 눈빛으로 우리를 쳐다본다. 실제로 아무도 다른 사람의 감정을 캐묻지 않고 아무도 다른 사람에게 관심을 갖지 않는다. 그리고 모든 사람이 새로운 오페라, 디너 파티 또는 위원회 회의와 같은 공식 행사에 모여야 한다는 사실에 짜증을 내며 흩어진다. 사회적 관습을 관찰하는 데 전적으로 몰두하지 않는 사람이 어디에서 삶을 이해하고 연구할 수 있을까? 그리고 우리 사회의 각양각색의 서클과 계층에는 얼마나 다양하고 심지어 반대되는 요소가 있을까! 한쪽에서는 이미 저속하고 시대에 뒤진 사상이 다른 쪽에서는 여전히 뜨거운 논쟁거리가 된다. 어떤 사람들에게는 불충분하고 약하다고 인식되는 것이 다른 사람들에게는 너무 날카롭고 대담해 보인다……. 무엇이 쇠퇴하고, 무엇이 승리하며, 사회의 도덕적 삶에서 무엇이 확립되고 우세해지기 시작하는가? 문학, 주로 예술 작품 외에는 이에 대한 다른 지표가 없다. 작가-예술가는 사회사상과 도덕성에 대한 일반적 결론에 신경 쓰지 않고 항상 그것들의 본질적 특징을 포착하여 명료하게 밝히고 생각하는 사람들 눈앞에 직접 제시할 수 있다. 바로 그렇기 때문에 우리는 작가-예술가에게 재능, 즉 현상의 본질적인 진실을 느끼고 묘사하는 능력이 인정되는 순간부터 이 인정 자체로 인해 그의 작품들이 그 작품에 영감을 준 환경과 시대상을 논할 정당한 근거를 제공한다고 생각한다. 그리고 여기서 작가의 재능을 평가하는 척도는 그가 삶을 얼마나 폭넓게 담아냈는지, 그리고 그가 창조한 형상들이 얼마나 견고하고 포괄적이냐에 달려 있다.

그러나 우리는 작가에게 어떤 선입견과 과제를 강요하지 않고 문학 작품을 기반으로 삶의 현상 자체를 해석하는 우리의 방법을 정당화하기 위해 이것을 분명히 밝히고자 했다. 독자는 작가가 미리 구상한 프로그램이 아니라 삶이 스스로 말을 건네는 작품이 중요하다는 것을 안다. 예를 들어,『천 명의 노예』[1]에

1 알렉세이 페오필락토비치 피셈스키(1821~1881)의 1858년도 작품. 수도와 지역을 막론하고 개혁 이전 러시아 현실을 폭넓게 보여 주는 사회 소설.

대해 전혀 말하지 않았는데, 우리가 볼 때 이 소설의 사회적 측면 전체가 미리 정해진 관념에 억지로 끼워 맞춰져 있기 때문이다. 따라서 여기서는 작가의 작품 구성 능력 외에는 논의할 것이 없다. 이러한 사실에 대한 작가의 내적 태도가 단순하고 진실하지 않기 때문에 그가 말한 사실의 진실과 참된 현실을 신뢰하기가 불가능하다. 이것은 투르게네프의 새로운 소설과 그의 대부분의 소설에서 볼 수 있는 슈제트에 대한 작가의 태도가 전혀 아니다. 『전날 밤』에서 우리는 작가의 생각과 상상력이 무의식적으로 복종하는 사회생활과 사상의 자연스러운 과정의 저항할 수 없는 영향을 본다.

문학 비평의 주요 과제는 일정한 예술 작품을 야기한 현실 현상을 밝히는 것이지만, 투르게네프의 소설에서는 이것이 더 특별한 의미를 지닌다는 점에 유의해야 한다. 투르게네프는 지난 20년 동안 교양 사회를 지배한 도덕과 철학의 대표자이자 가수라고 할 수 있다. 그는 사회의식에 도입된 새로운 요구 및 사상을 빠르게 추측했으며, 자신의 작품에서 막연하게 사회를 흥분시키기 시작한 문제에 (상황이 허락하는 한) 일반적인 관심을 보였다. 우리는 다른 기회에 투르게네프의 전체 문학 활동을 추적하기를 바라고, 지금은 이것에 대해 장황하게 말하지 않겠다. 투르게네프가 지속적으로 대중의 성공을 얻은 이유는 사회의 살아 있는 끈에 대한 감각, 가장 훌륭한 사람들의 의식에 이제 막 침투한 고결한 생각과 정직한 감정에 즉시 반응하는 능력에 기인한다고만 말하자. 물론 그의 문학적 재능 자체가 성공에 많은 도움이 되었다. 그러나 독자들은 투르게네프의 재능이 시적 묘사의 힘만으로 놀라게 하고, 매료시키며 전혀 공감하지 않는 현상이나 사상에 공감하도록 이끄는 거대한 재능 중 하나가 아니고, 또 격렬하고 돌발적인 힘이 아니라 반대로 그의 재능을 구성하는 특징인 부드러움과 어떤 시적 절제라는 것을 알고 있다. 따라서 그가 완전히 낯설거나 아직 사회에서 제기되지 않은 문제와 요구를 다루었다면 대중의 일반적 공감을 불러일으킬 수 없었을 것이라고 생각한다. 어떤 사람들은 그의 소설에서 시적 묘사의 매력, 다양한 인물과 상황의 윤곽에서 미묘함과 깊이를 알아차릴 수 있겠지만, 의심할 여지없이 이것만으로는 확실히 성공하거나 명성을 얻을 수 없다. 동시대성에 대한 생생한 태도가 없으면 모든 이야기꾼, 심지어 가장 호감 가고 재능 있는 이야기꾼조차 한때 칭찬을 받았지만 지금은 열 명의 애호가만이 최고의 시 열 편을 기억하는 페트[2]와 같은 운명을 맞을 수밖에 없다. 동시대성에 대한 생생한 태도는 투르게네프를 구했고, 오랫동안 독자들로부터 인정받을 수 있게 했다. 어떤 심오한 비평가는 투르게네프의 작품에는 '사회 사상의 모든 변동'이 너무 강하게 반영되어 있다며 한때 그를 비난하기도 했다. 그러나 이러한 비판에도 불구하고, 우리는 여기서 투르게네프의 재능의 가장 중요한 측면을 볼 수 있으며, 그의 모든 작품이 왜 지금까지 그토록 큰 공감과 열광적 환영을 받았는지 이해할 수 있다.

---

2 아파나시 아파나시예비치 페트(1820~1892). 러시아의 시인

따라서 투르게네프가 이미 자신의 소설에서 어떤 문제를 다루었거나 사회적 관계의 어떤 새로운 측면을 묘사했다면, 이는 실제로 제기되고 있거나 곧 교양 사회의 의식에서 제기될 것이며, 이 새로운 삶의 측면이 나타나기 시작하고 곧 모든 사람의 눈앞에 선명하고 생생하게 나타날 것이라는 보장이라고 과감하게 말할 수 있다. 그러므로 투르게네프의 소설이 발표될 때마다 삶의 어떤 측면이 묘사되고 어떤 문제가 다루어지는지 궁금해진다.

이 질문은 여전히 유효하며, 투르게네프의 신작과 관련해서는 그 어느 때보다 더 흥미롭다. 지금까지 투르게네프의 작품 경향은 우리 사회의 발전에 발맞춰 한 방향으로 매우 명확하게 나타났다. 그는 고상한 사상과 이론적 열망의 영역에서 출발하여 그것들로부터 멀리 벗어난 거칠고 저속한 현실에서 그것들을 도입하고자 했다. 자기 원칙을 쟁취하기 위해 애쓰는 주인공의 투쟁과 고통, 그리고 인간의 저속함이라는 압도적 힘 앞에 좌절하는 주인공의 모습이 투르게네프 소설의 일반적 관심사였다. 물론 투쟁의 토대, 즉 사상과 열망은 각각의 작품에서 수정되거나 시간과 상황의 변화에 따라 더 명확하고 날카롭게 드러났다. 따라서 잉여 인간은 파스인코프로, 파스인코프는 루딘으로, 루딘은 라브레츠키로 대체되었다. 이 인물들은 각각 이전 인물들보다 더 대담하고 완전했지만, 그들의 성격과 존재의 본질과 근간은 동일했다. 그들은 특정 집단에 새로운 사상을 도입하고 교육하고 선전하는 사람들이었다. 비록 한 여성의 영혼을 위해서였을지라도 말이다. 이러한 이유로 그들은 많은 칭찬을 받았고, 분명 당시에는 매우 필요한 존재였으며, 그들의 활동은 매우 힘들고 존경할 만하고 유익했다. 그러니 모든 사람이 그들을 사랑으로 맞이하고, 그들의 정신적 고통에 깊이 공감하며, 그들의 헛된 노력에 당연히 안타까워했다. 그 당시 아무도 이 신사들이 훌륭하고 고귀하고 똑똑하지만 본질적으로 아무것도 하지 않는 사람들임을 알아차리지 못한 것도 당연하다. 투르게네프는 다양한 상황과 충돌 속에서 등장인물들을 묘사하면서 대개 그들의 고통에 대해 애틋한 공감과 진심 어린 고통을 느끼며 다루었고, 독자들에게도 끊임없이 같은 감정을 불러일으켰다. 이러한 투쟁과 고통에 대한 하나의 주제가 이미 불충분해 보이거나 고결함과 고상한 성품이 마치 어떤 저속함으로 덮이기 시작할 때 작가는 이 투쟁과 고통에 대한 다른 동기와 특성을 찾을 수 있었고, 다시 독자의 마음속으로 들어가 자신과 자신의 주인공들에게 열렬한 동정심을 불러일으켰다. 주제는 무궁무진해 보였다.

그러나 최근에 우리 사회에는 루딘과 그의 동료들을 탄생시킨 것과는 전혀 다른 요구들이 눈에 띄게 나타났다. 교육받은 대다수 사람들이 이들을 대하는 태도에 근본적인 변화가 일어난 것이다. 이제 문제는 그들의 특정 동기나 이런저런 열망의 원칙을 수정하는 것이 아니라, 그들의 활동의 본질 자체를 바꾸는 것이 되었다. 진실과 선의 깨어 있는 이 모든 옹호자들, 화려한 언변에 고귀한 신념을 가진 수난자들이 우리 앞에 그려졌던 그 시절에 진리에 대한 사랑과 정직한 열망이 더 이상 낯설지 않은 새로운 사람들이 성장했다. 그들은 어린 시절부터 눈에 띄지 않게, 그리고 끊임없이, 이전에는 가장 훌륭한 사람들이 성인이 되어 투쟁하고 의심하고 고뇌했던 개념과 열망들로 길러졌다. 그러므로 현재 젊은 세대의 교육적 성격은 다른 색깔을 띠게 되었다. 한때 진보적이라는 칭호를 얻었던 개념과 열망들이 이제는 가장 평범한 교육의 첫 번째 필수 요소로 간주된다. 지금은 김나지움 학생이나 평범한 사관생도, 심지어는 단정한 신학생에게서도, 예를 들어 과거에 벨린스키가 뜨겁게 논쟁하고 싸워야했던 그런 신념을 들을 수 있다. 그리고 김나지움 학생이나 사관생도들은 전혀 동요 없이, 흥분이나 자만도 없이, 이전에는 매우 힘들게 투쟁한 끝에 얻어 냈던 것을 마치 그럴 수밖에 없는, 그리고 심지어 달리 생각조차 할 수 없는 것처럼 이야기한다. (⋯)

투르게네프의 새로운 소설에서 우리는 그동안 그의 작품에서 익숙했던 것과는 다른 상황, 다른 유형을 만난다. 대의, 즉 살아 있는 대의의 사회적 요구, 죽은 추상적 원칙과 수동적 미덕에 대한 경멸의 단초가 새로운 소설의 전체 구조에 드러났다. 의심할 여지없이 이 글을 읽는 사람들은 이미 『전날 밤』을 읽었을 것이다. 그러므로 여기서는 소설의 내용을 설명하는 대신 주요 등장인물들을 간단히 소개하겠다.

소설의 여주인공은 진지한 사고방식과 강한 의지, 인간적 열망을 지닌 러시아 아가씨다. 그녀의 성장은 특별한 가정 환경

덕분에 매우 독특하게 이루어졌다.

　부모는 매우 편협하지만 악하지는 않았다. 어머니는 친절하고 온화한 성품에 심지어 긍정적이기까지 했다. 옐레나는 어린 시절부터 수많은 아름다운 본성의 싹을 억누르는 가족의 억압에서 벗어났을 뿐만 아니라 친구도 없이 홀로 완전히 자유롭게 자랐다. 어떤 형식주의에도 얽매이지 않았다. 아버지 니콜라이 아르툐미예비치 스타호프는 둔하지만 회의적인 철학자인 척하며 가정생활과 거리를 두었고, 처음에는 비범한 능력을 일찍부터 보인 어린 옐레나를 칭찬하기만 했다. 옐레나도 어릴 때는 아버지를 몹시 사랑했다. 하지만 스타호프와 그의 아내와의 관계는 순탄치 않았다. 그는 지참금 때문에 결혼했고, 아내에게는 아무런 감정도 느끼지 않았으며, 거의 경멸에 가까운 태도로 대했다. 그리고 그를 속이고 기만하기만 했던 아브구스티나 흐리스티아노브나와 어울리며 아내를 멀리했다. 『귀족의 보금자리』의 마리야 드미트리예브나처럼 병약하고 감상적인 여성인 안나 바실리예브나는 자신의 상황을 온순하게 견뎌 냈지만 집안의 모든 사람, 심지어 딸에게조차 남편에 대해 끊임없이 불평을 늘어놓지 않을 수 없었다. 그리하여 옐레나는 곧 어머니의 슬픔을 대변하는 딸이 되었고, 무의식적으로 부모 사이에서 판관이 되었다. 이는 감수성이 예민한 옐레나가 내면의 힘을 키우는 데 큰 영향을 미쳤고, 이러한 상황에서 그녀가 실질적으로 행동할 수 없을수록 그녀의 정신력과 상상력은 더욱 활발하게 작용해야 했다. 어릴 때부터 가까운 사람들의 상호관계를 깊이 들여다보고, 마음과 머리로 그 관계의 의미를 명확히 이해하고 판단해야 했던 엘레나는 일찍이 독립적 사고와 주변의 모든 것을 의식적으로 바라보는 데 익숙해졌다. 투르게네프의 작품에서 스타호프 가문의 가족 관계는 매우 간략하게 묘사되어 있지만, 여기에는 엘레나의 성격 발달의 초기 단계를 잘 설명해 주는 깊이 있고 정확한 단서들이 있다. 그녀는 천성적으로 감수성이 풍부하고 총명한 아이였으며, 부모 사이에 낀 상황 때문에 일찍부터 진지하게 성찰해야 했고, 나아가 독립적인, 심지어 권위 있는 역할까지 맡아야 했다. 그래서 어른들과 동등한 위치에서 그들을 자기 앞에 세워 판단을 내렸다. 동시에 그녀의 성찰은 냉정하지만은 않았다. 왜냐하면 그녀에게 아주 가깝고 소중한 사람들, 그녀의 가장 신성한 감정과 가장 생생한 관심사가 얽혀 있는 관계에 관한 문제였기 때문에, 그녀의 영혼은 그 성찰과 하나가 되었다. 따라서 그녀의 성찰은 그녀의 마음 상태에 직접적으로 반영되었다. 아버지에 대한 숭배에서 어머니에 대한 열정적 애착으로 바뀌었고, 어머니를 억압받고 고통받는 존재로 보기 시작했다. 그러나 어머니에 대한 사랑 속에 악당도, 긍정적 바보도, 가정 폭군도 아닌 아버지에 대한 적대감은 없었다. 아버지는 매우 평범한 사람에 불과했다. 엘레나는 더 이상 그를 사랑할 이유가 없다고 판단하고 본능적으로 그리고 아마 의도적으로 냉담해졌다. 그러나 곧 어머니에게서도 똑같은 평범함을 보고, 열정적 사랑과 존경 대신 후회와 관대한 감정만 남았다. 투르게네프는 모녀 관계를 "그녀는 어머니를 아픈 할머니처럼 대했다"고 적절하게 묘사했다. 어머니는 자신이 딸보다 열등하다는 것을 인정했지만, 아버지는 딸이 정신적으로 자신을 능가하기 시작하자 냉담해졌고, 딸을 이상하다고 보고 결국 등을 돌렸다.

그 사이에 그녀 안에는 동정심과 인도주의적 감정이 점점 커져 갔다. 물론 어머니의 비탄에 잠긴 모습으로 인해 타인의 고통을 제대로 이해하기도 전에 타인의 고통에 대한 아픔이 그녀의 어린 마음을 자극했다. 이 고통은 끊임없이 느껴졌고, 새로운 성장 단계마다 나타났으며, 그녀의 생각에 특별하고 사려 깊고 진지한 느낌을 불어넣었고, 그녀 안에 조금씩 적극적인 열망을 불러일으키고 구체화하여, 그 열망을 모든 사람의 선과 행복을 위한 열정적이고 거부할 수 없는 탐색으로 이끌었다. 이러한 탐색은 아직 모호했고, 옐레나의 힘은 약했다. 그때 그녀는 성찰과 꿈을 위한 새로운 양식, 동정과 사랑의 새로운 대상을 발견했다. 바로 거지 소녀 카탸와의 낯선 사귐이다. 열 살이 되던 해, 옐레나는 카탸와 친구가 되어 몰래 정원에서 과자를 갖다 주고, 손수건과 10코페이카 은화를 주었으며(카탸는 장난감을 가져가지 않았다), 몇 시간씩 함께 앉아 즐겁고 겸손하게 바싹 마른 빵을 먹었다. 그리고 거지 소녀의 이야기를 듣고, 소녀가 좋아하는 노래를 배우고, 사악한 이모에게서 도망쳐 하느님의 뜻대로 살겠다는 카탸의 약속에 은밀한 존경과 두려움을 느꼈고, 가방을 들고 카탸와 함께 도망가는 꿈을 꾸었다. 카탸는 얼마 지나지 않아 세상을 떠났지만, 그녀와의 사귐은 옐레나의 성격에 뚜렷한 흔적을 남겼다. 옐레나의 순수하고 인간적이며 동정적인 기질에 새로운 면모가 더해졌다. 즉, 무력한 가난 앞에서 완전히 타락하지 않은 사람의 영혼을 항상 관통하는 부유한 삶의 불필요한 과잉에 대한 경멸 또는 적어도 엄격한 무관심을 심어 주었다. 옐레나의 영혼은 적극적인 선에 대한 갈증으로 불타올랐고, 처음에는 평범한 자선 활동으로도 갈증이 해결되었다. "거지, 굶주린 사람들, 병든 사람들이 그녀의 마음을 사로잡고, 불안케 하고, 괴롭혔다. 그녀는 꿈속에서도 그들을 보았고, 모든 지인에게 그들에 대해 물었다." 심지어 "모든 억압받는 동물들, 뼈만 남은 마당 개들, 죽음을 선고받은 새끼 고양이들, 둥지에서 떨어진 참새들, 심지어 곤충들과 파충류들까지도 보살피고 보호했으며, 그들에게 먹이를 주면서도 거리낌이 없었다. 아버지는 이 모든 것을 '천박한 나약함'이라고 불렀다. 하지만 옐레나는 감상적이지 않았다. 감상주의는 과잉된 감정과 말만 있을 뿐, 진정한 사랑의 행동이 부족한 상태를 의미하는데, 옐레나의 마음은 늘 행동으로 드러나기를 갈망했다. 그녀는 공허한 애무와 부드러움을 견디지 못했으며, 행동하지 않는 말에 대체로 의미를 부여하지 않았고, 오직 실질적으로 유용한 활동만을 존중했다. 심지어 시도 좋아하지 않았고 예술도 이해하지 못했다.

하지만 영혼의 활동적인 열망은 다양하고 자유로운 활동 속에서만 성숙되고 강해진다. 적극적인 투쟁에 필요한 용기와 결단력을 얻고, 자기 힘의 한계를 파악하고, 자신에게 적합한 일을 찾을 수 있으려면 여러 번 자신의 힘을 시험하고 실패와 충돌을 경험하고 다양한 노력의 가치와 여러 장애물을 극복하는 방법을 배워야 한다. 엘레나는 모든 자유를 누리면서도 자신의 능력을 발휘하고 열망을 충족시킬 충분한 수단을 찾을 수 없었다. 아무도 그녀가 원하는 것을 막지 않았지만 할 일이 없었다. (…) 그녀는 독서를 하고, 자선을 베풀고, 강아지와 새끼 고양이를 돌보고, 거미로부터 파리를 돌보는 것만으로 만족할 수 없었다. 더 많은 것, 더 높은 것을 원했지만 그것이 무엇인지 몰랐고, 알았다고 해도 어떻게 해야 할지 몰랐다. 이 때문에 항상 불안해하며 무언가를 기다리고 있었다. (…) 그녀는 활기차고 맹렬하게 활동할 준비가 되어 있지만, 혼자서는 감히 일을 시작하지 못한다.

내면의 강인함과 행동에 대한 끊임없는 갈망에도 불구하고 여주인공의 이러한 용기 부족과 소극적인 태도는 엘레나라는 인물 자체에서 우리를 무의식적으로 놀라게 하며, 무언가 미완성된 것을 보게 한다. 하지만 이러한 미완성된 인격과 실천적 역할의 부족 속에서 투르게네프의 여주인공과 교양 사회 전체의 생생한 연결 고리를 본다. 엘레나의 성격이 구상된 방식에 따르면 그녀는 예외적 현상이다. 만약 그녀가 자기 견해와 열망을 모든 곳에 표출하는 사람이었다면, 그녀는 러시아 사회에서 이질적일뿐더러 지금과 같은 의미를 지니지 못하고 마치 지어낸 인물, 다른 땅에서 우리 토양에 이식된 식물처럼 보였을 것이다. 하지만 현실에 대한 정확한 감각을 지닌 투르게네프는 여주인공에게 이론적 개념과 내면의 충동 그리고 실천적 활동이 완전히 일치하는 모습을 부여할 수 없었다. 우리 사회는 아직 작가에게 그러한 소재를 제공하지 못하고 있다. 지금 우리 사회에서는 진정한 일에 착수하려는 열망이 막 깨어나고 있을 뿐이다. (…) 사회의 어렵고 고통스러운 과도기적 상황은 그로부터 나온 예술 작품에도 반드시 그 흔적을 남긴다. 사회에는 강한 개성을 지닌 사람들이 있을 수 있고, 높은 도덕적 발달을 이룬 개인들도 있을 수 있다. 그리고 그러한 인물들이 문학 작품에 등장한다. 하지만 이 모든 것은 개인의 본성에 대한 스케치에만 있고 실제 삶에서는 나타나지 않는다. 즉, 가능하다고 가정되지만, 현실에서는 일어나기 어렵다. (…) 이제 투르게네프의 옐레나에서 활기차고 능동적인 인물을 창조하려는 새로운 시도를 볼 수 있고, 작가가 인물을 묘사하는 데 실패했다고 말할 수 없다. 옐레나와 같은 여성을 만날 기회는 드물지만, 많은 사람이 가장 평범한 여성들에게서 옐레나가 지닌 본질적인 성격적 특성의 씨앗과 많은 열망을 발전시킬 잠재력을 발견했을 것이다. 옐레나는 우리 사회의 최고 요소로 구성된 이상적 인물이면서 우리와 가깝고, 자기 상황이 아무리 좋더라도 모든 선량한 러시아인에게 필연적으로 찾아오는 이러한 우울함의 원인을 설명해 준다. 옐레나는 적극적인 선을 갈망하고 이웃의 슬픔, 불행, 가난, 굴욕에 둘러싸여 있으면 행복뿐만 아니라 마음의 평화조차 얻을 수 없다고 생각하기 때문에 자기 주위에 행복을 만들려고 애쓴다. (…) 그녀의 영향력은 집 안 어디서도 분명하지 않다. 아버지와 어머니는 옐레나에게 낯선 사람 같다. 그들은 그녀의 권위를 두려워하지만 그녀는 부모에게 어떤 조언이나 지시, 요구를 하지 않는다. 집에는 젊고 상냥한 독일인 동료인 조야가 살고 있지만, 옐레나는 그녀를 피하고 거의 말하지 않으며, 둘의 관계는 냉랭하다. 젊은 조각가 슈빈도 함께 살지만, 옐레나는 엄격한 말로 그를 몹시 힘들게 한다. 하지만 그에게 매우 유익할 수 있는 어떤 영향력을 행사하려는 생각은 하지 않는다. 소설에서 그녀가 적극적인 선에 대한 갈증으로 주변에 간섭하고 어떤 식으로든 영향력을 행사하는 경우는 한 번도 없다. 이것이 작가의 우연한 실수라고 생각하지 않는다. 아니다, 우리 사회에서는 아주 최근까지도 여성이 아닌 남성들 사이에서 주변 환경과의 단절을 자랑스럽게 여기는 특정 유형의 사람들이 두각을 나타내곤 했다. 그들은 "여기서는 자신을 순수하게 유지할 수 없고, 게다가 이 모든 환경은 너무나 하찮고 저속해서 차라리 옆으로 물러나는 것이 낫다"라고 말했다. 그리고 이 저속한 환경을 고치려고 적극적으로 노력하지 않고 실제로 물러났다. 이는 그 상황에서 벗어날 수 있는 유일한 정직한 해결책으로 여겨져 영웅적 행위로 찬양되었다. 작가는 그러한 사례와 개념을 염두에 두고 그녀를 가정생활에서 완전히 고립시키는 것보다 더 효과적으로 그녀의 삶을 묘사할 방법이 없었을 것이다. 그러나 앞서 말했듯이, 옐레나의 무력감은 그녀의 여성스럽고 인간적인 느낌에서 비롯된 특별한 모티프로 이야기 속에 녹아들어 있다. 그녀는 모든 충돌을 두려위하는데 용기가 부족해서가 아니라 누군가를 불쾌하게 하거나 해칠까 봐 두려워하기 때문이다. 한 번도 완전하고 활동적인 삶을 경험해 보지 못한 그녀는 아직도 싸움 없이, 누구에게도 피해를 주지 않고 이상을 달성할 수 있다고 상상한다. (…)

옐레나는 이 불확실성과 불활동, 무언가에 대한 끊임없는 고통스러운 기대 속에서 스무 살까지 살아간다. 때때로 자신의 힘이 낭비되고 있고 삶이 공허하다는 것을 깨닫고 "차라리 가정부로 일했다면 더 편했을 텐데……"라고 자신에게 말한다. 그녀의 이러한 고통스러운 기분은 자신의 감정에 공감해 줄 사람도, 지지해 줄 사람도 없다는 사실 때문에 더욱 심해진다. 그녀는 두려워하고 공감에 대한 욕구를 더욱 강렬하게 품는다. 그리고 그녀를 이해하고 그녀의 신성한 감정에 반응하며 그녀를 도와주고 그녀가 무엇을 해야 할지 가르쳐줄 다른 영혼을 애타게 기다린다. 그녀는 누군가에게 자신을 바치고, 누군가와 자신의 존재를 합치고 싶은 욕망을 느꼈고, 가까운 사람들 사이에서 외롭게 서 있는 그 독립성조차 불쾌하게 느껴졌다. "그녀는 열여섯 살부터 자신만의 삶을 살았지만 외로운 삶이었다. (…) 그녀를 둘러싼 모든 것이 무의미하거나 이해할 수 없는 것처럼 보였다. 그녀는 '사랑 없이 어떻게 살 수 있을까, 그런데 사랑할 사람이 없다'고 생각했고 이런 생각과 감정 때문에 두려움을 느꼈다."

이런 심경에 빠진 여름날, 쿤체보의 여름 다차에서 이야기는 시작된다. 짧은 시간 동안 세 남자가 그녀 앞에 나타나고, 그중

한 명이 그녀의 온 마음을 사로잡는다. 하지만 여기서 네 번째 남자 불가리아인이 간헐적으로 등장하는데, 결코 쓸모없는 인물은 아니다. 엘레나는 바로 그에게서 자신의 이상형을 발견했다. 이제 이 모든 신사들을 살펴보자.

자신만의 방식으로 엘레나를 열정적으로 사랑하는 한 명은 조각가 파벨 야코블레비치 슈빈이다. 스물 댓쯤 되어 보이고 잘생기고 우아한 청년으로, 성격이 좋고 재치 있으며 쾌활하고 열정적이며 태평하고 재능이 있다. 그는 안나 바실리예브나의 6촌 조카이고, 엘레나와 매우 가까우며 그녀의 진지한 호감을 얻고 싶어 한다. 그러나 그녀는 항상 그를 얕잡아보고 진지하게 대할 수 없는, 꽤 영리하지만 버릇없는 아이라고 생각한다. (…)

다른 사람이 그녀의 생각을 차지하기 시작한다. 이 사람은 완전히 다른 부류의 사람이다. 그는 동작이 굼뜨고 나이가 들어 보이며, 얼굴은 못생기고 심지어 다소 우스꽝스럽기까지 하지만, 사색하는 습관과 친절함을 보여 준다. 게다가 작가의 말에 따르면 "어색한 모습 전체에 걸쳐 예의범절이라는 흔적이 뚜렷하게 드러났다." 이 사람은 슈빈의 가까운 친구인 안드레이 페트로비치 베르세네프다. 철학자이자 학자로, 호헨슈타우펜의 역사와 다른 독일 서적들을 탐독하며 겸손하고 이타적인 성품을 지녔다. (…)

행복과 사랑에 대한 슈빈과 베르세네프의 대화는 베르세네프의 고귀한 원칙과 자기희생이라는 것을 감내할 수 있는 그의 영혼의 능력을 드러낸다. 그는 자신이 '결합하는' 단어라고 부르는 것들 중 하나를 위해 자신의 행복을 희생하겠다는 진정한 의지를 표현한다. 이런 점에서 옐레나 같은 여성의 공감을 얻을 수 있다. 그러나 동시에 그가 왜 그녀의 온전한 영혼, 삶의 모든 충만함을 차지할 수 없는 이유도 드러난다. 그는 수동적 미덕을 지닌 영웅들 중 한 명으로 많은 것을 견디고, 많은 것을 희생하며, 상황이 요구할 때 고결한 행동을 보여 줄 수 있는 사람이다. 하지만 광범위하고 대담한 활동, 자유로운 투쟁, 어떤 대의적 활동에서 독립적인 역할을 할 수 없고, 감히 그럴 용기도 없는 사람이다. (…) 그는 옐레나를 사랑했지만, 그녀와 그녀가 사랑한 인사로프 사이의 중개자가 되어 그들을 기꺼이 돕고, 인사로프가 아플 때 그를 돌보고, 비록 마음이 불편했지만 친구를 위해 자기 행복을 포기한다. 그의 마음은 선량하고 사랑이 넘치지만, 모든 정황을 볼 때 그는 마음이 끌려서라기보다 마땅히 선을 행해야 한다는 생각 때문에 늘 선을 행한다. 그는 조국이나 학문 등을 위해 자기 행복을 희생해야 한다고 생각해서, 스스로를 이념의 영원한 노예이자 순교자로 만든다. 그는 자기 행복과 조국을 분리한다. 이 불쌍한 사람은 자신의 행복이 조국의 번영과 불가분의 관계며, 조국이 번영하지 않고는 자기 행복이 있을 수 없다는 것을 이해하지 못한다. 반대로 자신의 개인적 행복이 조국의 이익, 정의의 승리, 과학의 성공 등을 방해할까 봐 두려워하는 것 같다. (…) 분명히 이런 사람은 수동적인 고결함만을 가질 수 있다. 하지만 그는 자신의 영혼을 어떤 위대한 대의와 합치거나, 좋아하는 생각을 위해 온 세상을 잊어버리거나, 그 생각에 불타올라 자신의 기쁨, 삶, 행복을 위해 싸울 수 없다……. 그는 의무감에 따라 행동하고 원칙에 따라 옳다고 생각하는 것을 위해 노력하지만 끊임없이 자신의 능력을 의심하기 때문에 그의 행동은 느리고 차갑고 불확실하다. 그는 대학 과정을 훌륭하게 마치고, 학문을 사랑하며, 끊임없이 연구하여 교수가 되기를 바란다. 이보다 더 쉬운 일이 있을까? (…)

그러나 베르세네프는 매우 훌륭한 귀족으로, 의무의 원칙 속에서 자라 학문과 철학에 몰두했다. 그는 슈빈보다 훨씬 더 진지하고 믿음직스러우며, 어떤 길로 인도되면 기꺼이 직진할 사람이지만, 타인은 물론 자기 자신조차 이끌지 못한다. 그의 천성에는 주도성이 없으며, 성장 과정에서도, 그리고 이후의 삶에서도 이를 습득할 수 없었다. 처음에 옐레나는 그가 친절하고 늘 행동에 대해 이야기하는 모습에 공감을 느꼈다. 심지어 그가 읽을 수 없는 책들을 계속 가져다주기 때문에 그 앞에서 부끄러워한다. 그러나 그에게 완전히 애착을 느끼거나 자신의 영혼과 운명을 맡길 수 없었다. 인사로프를 만나기 전부터 베르세네프가 자신에게 필요한 사람이 아니라는 것을 본능적으로 깨달았다. 실제로 옐레나가 그의 목에 매달릴 생각을 했다면 베르세네프는 겁을 먹고 여러 가지 그럴듯한 구실을 대며 달아났을 것이다. 하지만 옐레나가 살던 외딴 곳에서 그녀는 잠시 베르세네프에게 마음을 빼앗길 뻔했지만, 이미 "과연 그가 자신의 영혼이 그토록 오랫동안, 그토록 간절히 기다려 온 사람, 모든 혼란에서 자신을 구해 내고 내 활동의 길을 보여 줄 사람일까?"라고 자문한다. 그러나 오히려 베르세네프가 그녀에게 인사로프를 데려왔고, 그의 매력은 사라졌다……

엄밀히 말해, 인사로프에게는 특별한 점이 전혀 없다. 베레세네프와 슈빈, 엘레나 그리고 마침내 이 이야기의 작가까지 그를 점점 더 부정적 인물로 묘사한다. 그는 결코 거짓말을 하지 않고, 자기 말을 바꾸지 않으며, 돈을 빌리지 않고, 자기 공적에 대해 이야기하길 좋아하지 않으며, 한 번 내린 결정을 미루지 않고, 말과 행동이 항상 일치한다. 한마디로 그에게는 스스로를 품위 있는 사람이라고 생각하는 모든 사람이 뼈저리게 자신을 비난해야 할 그런 특징이 없다. 하지만 그는 조국 해방에 대한 열렬한 열망을 품은 불가리아인이며, 이 생각에 자신을 완전히 바쳐 공공연히 확고하게 나아간다. 그의 삶의 궁극적 목표는 바로 그 안에 있다. 그는 자기 행복을 이 목표와 상충되는 것으로 생각하지 않는다. 러시아의 학구적 귀족 베르세네프에게는 너무나 자연스러운 생각일지 모르지만, 평범한 불가리아인에게는 그런 생각조차 떠오르지 않을 것이다. 오히려 그가 조국의 자유에 대해 걱정하는 이유는 그 안에서 개인적 평온과 평생의 행복을 볼 수 있기 때문이다. 무언가 다른 것에서 만족을 찾을 수만 있다면 그는 노예화된 조국을 그냥 내버려 둘 것이다. 하지만 조국과 자신을 분리해 생각할 수 없다. "동포들이 고통을 당하는데 어찌 만족하고 행복할 수 있는가?"

라고 그는 생각한다. "조국이 예속되고 억압받고 있는데 어떻게 편안할 수 있겠는가? 가난한 동포들의 곤경을 덜어 주는 데 도움이 되지 않는다면 어떤 일이 즐거울 수 있겠는가?"(…) 그는 자신을 완전히 교육하고 러시아인들과 가까워지기 위해 모스크바대학교에서 공부하고, 불가리아 노래를 러시아어로 번역하고, 러시아인을 위한 불가리아어 문법과 불가리아인을 위한 러시아어 문법을 편집하고, 동포들과 연락하고, 동방전쟁이 처음 발발할 경우(이야기의 배경은 1853년이다) 봉기를 준비하기 위해 고국으로 갈 계획을 세운다. (…) 인사로프의 조국의 자유에 대한 사랑은 그의 머리나 가슴, 상상 속이 아닌 그의 존재 전체에 스며들어 있으며, 그 안에 들어오는 모든 것은 이 감정의 힘에 의해 변형되고 종속되며, 그것과 합쳐진다. 그는 평범하고 천성적인 탁월함이 부족함에도 불구하고 헤아릴 수 없을 만큼 높은 위치에 서 있으며, 옐레나에게 뛰어난 슈빈과 똑똑한 베르세네프보다 비교할 수 없을 정도로 강하고 매력적으로 영향을 미친다. 옐레나는 일기에서 베르세네프에 대해 매우 적절하게 언급한다(작가는 일기 전반에 걸쳐 깊은 사색과 재치를 아낌없이 발휘했다). "안드레이 페트로비치는 아마 그(인사로프)보다 더 박식하고, 어쩌면 더 똑똑할지도 모르지만……잘 모르겠어. 그는 인사로프 앞에서 아주 작아 보인다."

옐레나와 인사로프의 친교와 사랑에 대한 이야기를 해야 할까? 굳이 그럴 필요는 없을 것 같다. 독자들은 아마 이 이야기를 잘 기억할 것이다. 우리는 차갑고 딱딱한 손으로 이 섬세한 시적 작품을 건드리는 것이 두렵고, 무미건조하고 무감각한 요약으로 투르게네프 소설의 시가 독자에게 필연적으로 불러일으키는 시적 감정을 모독할까 두렵다. 순수하고 이상적인 여성의 사랑을 노래하는 투르게네프는 젊고 순결한 영혼을 아주 깊이 들여다보고, 온전히 품어 안으며, 그 최고의 순간들을 영감 어린 전율과 뜨거운 사랑으로 그려 낸다. 그래서 우리는 그의 이야기 속에서 젊은 처녀의 순결한 가슴의 떨림과 조용한 한숨, 촉촉한 시선을 느끼고 흥분한 심장의 박동 하나하나를 듣게 된다. 우리 자신의 심장은 나른한 감정에 녹아내리고 멈춰 버리며, 감사한 눈물이 자주 맺히고, 가슴에서 무언가가 터져 나오려고 한다. (…)

독자들은 우리의 도움 없이도 옐레나와 인사로프의 사랑이 처음부터 끝까지 그려지는 열정적이고 부드럽고 애틋한 장면들, 그리고 섬세하고 깊이 있는 심리적 세부 묘사의 모든 아름다움을 능히 평가할 수 있으리라 확신한다. 모든 이야기 대신 우리는 옐레나의 일기, 인사로프가 작별 인사를 하러 오기를 기다리는 장면, 예배당에서의 장면, 이후 옐레나의 귀가, 인사로프를 세 번 찾아가는 장면, 특히 마지막 방문, 그리고 어머니와 조국과의 작별, 출발, 마침내 인사로프와 대운하를 산책하며 〈라 트라비아타〉를 감상하고 돌아오는 마지막 장면을 상기시키고자 한다. 이 마지막 묘사는 엄격한 진실과 한없이 슬픈 아름다움으로 특히 강렬했다. 이는 이 소설에서 가장 정답고 가장 공감할 수 있는 부분이다. (…)

투르게네프는 인사로프가 어떤 인물이고 어떤 환경에 처했는지 보여 준 후, 그가 어떻게 사랑하고 사랑받는지 묘사하는 데 온전히 몰두한다. 사랑이 마침내 적극적인 시민적 활동에 자리를 내어 주어야 할 곳에서, 그는 영웅의 삶을 끝내고 이야기를 마무리한다. 그렇다면 이 소설에서 불가리아인 인사로프가 등장하는 의미는 무엇일까? 여기서 불가리아인은 무엇을 의미하고, 왜 러시아인이 아닌가? 그런 본성을 지닌 러시아인들은 없단 말인가? 러시아인들은 열정적이고 단호하게 사랑할 수 없거나 사랑 때문에 물불가리지 않고 결혼할 수 없단 말인가? 아니면 단순히 작가적 상상력의 변덕일 뿐이며, 특별한 의미를 찾을 필요가 없는 것인가? 작가의 말로는 "그저 불가리아인을 택했을 뿐이고 그게 다다. 어쩌면 집시나 중국인을 택할 수도 있었다."

이러한 질문들에 대한 답은 이 소설의 의미를 어떻게 이해하느냐에 달려 있다. 불가리아인을 예를 들어 세르비아인, 체코인, 이탈리아인, 헝가리인 등 다른 국적의 인물로 대체할 수는 있었겠지만, 폴란드인이나 러시아인은 아닐 것이다. 왜 폴란드인이 아닌지에 대해서는 물론 질문의 여지가 없다. 하지만 왜 러시아인은 아닌가? 바로 이 점에 모든 질문의 핵심이 있으며, 우리는 최선을 다해 이 질문에 답하고자 노력하겠다.

핵심은『전날 밤』의 주인공이 옐레나라는 것이다. 그녀 안에는 무언가에 대한 어렴풋한 갈망, 새로운 삶과 새로운 사람들에 대한 거의 무의적이고 거부할 수 없는 욕구가 있다. 이것은 지금 '교양' 사회뿐만 아니라 러시아 사회 전체를 사로잡고 있다. 옐레나 안에는 동시대적 삶의 최선의 열망들이 너무나 선명하게 반영되어 있고, 그녀를 둘러싼 인물들에게서는 동일한 삶의 평범한 질서가 얼마나 부실한지 극명하게 드러나기에 무의식적으로 비유적 비교를 하고 싶어진다. 예를 들면, 슈빈이 암탉이라고 부른 안나 바실리예브나와 결합되어 있는, 악인은 아니지만 공허하고 고집스럽게 젠체하는 스타호프, 옐레나가 차갑게 대하는 독일인 대화 상대 조야, 졸려 보이지만 때로는 깊은 사색에 잠기는 우바르 이바노비치, 심지어 모든 일이 끝났을 때 옐레나의 아버지에게 그녀의 행적을 일러바치는 하인 등등. 하지만 상상력의 유희를 의심할 여지없이 보여 주는 이런 종류의 비교는 너무 세부적으로 들어가면 부자연스럽고 우스꽝스러워진다. 따라서 자세한 설명은 생략하고 가장 일반적인 몇 가지만 언급하겠다.

옐레나의 성장은 많은 학식이나 풍부한 삶의 경험에 근거한 것이 아니었다. 그녀의 가장 아름답고 이상적인 면모는 친숙한 사람의 얼굴에 담긴 잔잔한 슬픔을 볼 때, 그리고 어디서나 심지어 꿈속에서조차 마주했던 가난하고 병들고 억압받는 사람들을 볼 때 드러나고 자라나 성숙해졌다. 러시아 사회의 가장 훌륭한 사람들은 그런 인상들 속에서 성장하고 길러지지 않았는가? 진정으로 반듯한 사람은 모든 폭력, 전횡, 억압에 대한 증오심과 약자와 억압받는 사람들을 돕고자 하는 열망을 갖고 있지 않은가? (…) 한편, 열망은 여전히 우리 가슴에서 끓어오르고(이 열망을 인위적으로 억누르려 하지 않는 사람들을 말하는 것이다), 우리는 여전히 찾고, 갈망하고, 기다리고…… 누군가 우리에게 무엇을 해야 할지 설명해 주기를 기다린다. 엘레나는 거의 절망에 가까운 고통스러운 당혹감을 느끼며 일기에 이렇게 쓴다. "오, 누군가가 '너는 바로 이것을 해야 한다'고 말해 준다면 얼마나 좋을까! 선행으로는 충분하지 않다. 선행…… 이것은 인생에서 중요한 것이다. 하지만 어떻게 선을 행해야 할까?" 우리 사회에서 살아 있는 마음을 가진 사람들 중 누가 이 질문을 고통스럽게 스스로에게 던지지 않았겠는가? 우리가 할 수 있는 다른 무언가, 더 높은 것이 있다고 느끼지 않은 사람이 있겠는가? 그러나 우리는 어떻게 해야 할지 모른다…… 우리 주변의 모든 것은 우리처럼 당혹감에 괴로워하거나 그 안의 인간적 모습을 잃어버리고 오직 사소하고 이기적인 동물적 이익만을 추구할 뿐이다. 그래서 삶은 하루하루 흘러가고, 결국 사람의 마음속에서 죽어간다. 살아 있는 사람은 날마다 "내일은 더 나아지지 않을까, 내일은 의심이 풀리지 않을까, 내일은 누가 선을 행하는 방법을 말해 주지 않을까" 생각하며 기다린다…… 엘레나는 우리 사회가 한때 예술에 열광했던 것처럼 슈빈에게 호감을 느꼈지만 슈빈에게는 실질적인 내용이 없고, 오직 화려함과 변덕뿐이었으며, 베르세네프의 진지한 학문적 면모에 잠시 매료되었지만 그 학문은 소박하고 의심스러운 것이었다. 엘레나에게 정말 필요한 남자는 어떤 틀에 갇히거나 자신의 사명을 기다리지 않고 거침없이 자신의 목표를 향해 나아가며, 다른 사람들을 그 목표로 이끄는 사람이었다. 마침내 그녀 앞에 인사로프가 나타났고, 그녀는 그에게서 자신의 이상이 실현되는 것을, 그리고 '어떻게 선을 행할 것인가'라는 질문에 대한 답을 찾을 수 있었다.

그러나 왜 인사로프는 러시아인이 될 수 없었을까? 그는 소설 속에서 행동하는 것이 아니라 행동에 나설 준비를 하는 것뿐이다. 러시아인이라도 그런 준비는 할 수 있다. 그의 성격 역시 러시아인의 모습에서도 가능하며, 특히 그런 모습으로 나타날 수 있다. 그는 강렬하고 단호하게 사랑하는데, 러시아인에게 그런 사랑은 정말 불가능할까?

그러나 우리가 이해하는 그런 처녀인 옐레나는 러시아인에게는 쉽게 느낄 수 없는 공감을 인사로프에게서 정당하고 자연스럽게 느꼈다. 인사로프의 모든 매력은 그의 존재 전체를 꿰뚫는 그 이념의 위대성과 신성함에 있었다, 실천적 선을 갈망하지만 어떻게 행해야 할지 모르는 옐레나는 인사로프를 직접 보기도 전에 그의 계획에 대한 이야기를 듣고 즉시 감탄한다. "조국을 해방시키겠다고요? 이 말은 입 밖에 내기조차 두려울 만큼 위대하다!" 그녀는 마음속 깊은 곳에서 우러나온 그 말을 찾았음을, 자신이 만족했음을, 그리고 이보다 더 높은 목표를 세울 수 없으며, 이 사람과 함께한다면 그녀의 전 생애와 미래에 걸쳐 실제적인 삶을 살 수 있을 것임을 깨닫는다. 그리고 그녀는 그를 깊이 들여다보려고 노력하고, 그의 영혼 속으로 파고들고, 그의 꿈을 공유하고, 그의 계획의 세부사항까지 알고 싶어 한다. (…)

우리 사회의 가장 훌륭한 부분을 그렇게 잘 연구했던 투르게
네프는 인사로프를 러시아인으로 만들 가능성을 찾지 못했다.
투르게네프는 그를 불가리아에서 데려왔을 뿐만 아니라 이 영
웅을 그저 한 사람으로서조차 우리에게 충분히 가까이 다가서
게 하지 못했다. 이는 문학적 측면에서 보더라도 이 소설의 주
요한 예술적 결함이다. 우리는 작가와는 별개로 이러한 결함의
중요한 이유 중 하나를 이해하고 있으므로, 투르게네프를 비
난하지 않는다. 하지만 그럼에도 불구하고, 인사로프의 희미한
윤곽은 소설이 주는 전체적 인상 자체에 영향을 미친다. 인사
로프의 사상이 지닌 위대함과 아름다움은 우리 앞에 강렬하게
드러나 우리가 그 사상에 흠뻑 빠져 "당신을 따르겠습니다!"라
고 자랑스럽게 외칠 정도가 되지 못한다. (…)

엘레나를 향한 그의 사랑조차 우리에게는 완전히 드러나지
않은 채 남아 있다. 우리는 그가 그녀를 열렬히 사랑했다는 것
을 안다. 그러나 이 감정이 어떻게 그 안에 들어왔는지, 그녀의
무엇이 그를 매료시켰는지, 그가 그것을 알아차리고 떠나려 했
을 때 그 감정이 어느 정도였는지 등 이 모든 내면의 세부사항
과 투르게네프가 매우 섬세하고 시적으로 그린 다른 많은 것은
인사로프의 성격에서 여전히 모호하게 남아 있다. 인사로프는
살아 있는 형상으로서, 실제 사람으로서 우리와 매우 멀리 떨
어져 있다. 엘레나는 이야기가 아닌 삶 속에서 그를 보았기 때
문에 영혼의 모든 힘으로 그를 사랑할 수 있었지만, 우리에게

그는 순간적 빛으로 우리를 강타하고 우리 존재의 어둠을 밝히는 사상의 대표자로서만 가깝고 소중하다. 그러므로 옐레나가 인사로프에게 느끼는 감정이 지극히 자연스럽다고 이해하고 사상에 대한 그의 변함없는 충실함에 만족하는 우리는 처음에는 그가 창백하고 일반적인 윤곽으로만 우리 앞에 나타난다는 것을 알아채지 못한다.

그런데도 사람들은 여전히 그가 러시아인이기를 원한다! 옐레나는 그가 러시아인이 아니라는 아쉬움에 대해 "아니, 그는 러시아인이 될 수 없다"라고 외친다. 실제로 그런 러시아인은 없고, 적어도 현재로서는 존재해서도 안 되고 존재할 수도 없다. 새로운 세대가 어떻게 발전하고 성장할지 모르지만 우리가 보고 있는 새로운 세대는 인사로프와 같아질 수 있도록 성장하지 않았다. 각 개인의 발전에 영향을 미치는 것은 그들의 사적 관계뿐 아니라 그가 살아가야 할 사회 전체의 분위기다. 어떤 분위기는 영웅적 성향을 키우고, 어떤 분위기는 평화로운 성향을 키우며, 어떤 분위기는 짜증을 내게 하고, 어떤 분위기는 달래 준다. 러시아 사회는 너무나 잘 정착되어 있어 모든 것이 차분하고 평화롭게 잠들게 하고, 잠 못 이루는 사람은 모두 다소 근거 있이 불안해 보이고 사회에 전혀 불필요한 존재로 보인다. (⋯)

이제 왜 러시아인이 인사로프의 자리에 있을 수 없는지 이해되는가? 물론 그와 비슷한 성품을 가진 사람들은 러시아에도 적지 않게 태어나지만, 인사로프처럼 거침없이 성장하고 거리낌 없이 자신을 보여 줄 수 없다. 오늘날 러시아의 인사로프는 항상 소심하고 이중적이며, 자신을 숨기고 여러 변명과 애매한 말로 표현할 것이다. 바로 이러한 점이 그의 신뢰도를 떨어트리고, 심지어 거짓말을 하거나 자기모순에 빠지게도 한다. 사람들은 보통 이득을 위해, 아니면 비겁함 때문에 거짓말을 한다는 것은 잘 알려져 있다. (…) 물론 우리에게도 인사로프와 비슷하게 용감하고 억압받는 자들에게 동정심을 보이는 작은 영웅들이 있다. 하지만 우리 환경에서 그들은 우스꽝스러운 돈키호테다. 자신이 무엇을 위해 싸우고 있는지, 자신의 노력이 어떤 결과를 가져올지 전혀 이해하지 못하는 돈키호테의 특징이 놀랍도록 명확하게 그들에게서 생생하게 나타난다. (…)

러시아 영웅들은 당연히 큰 그림을 생각하지 않고 사소한 세부 사항에만 몰두하지만, 인사로프는 그와는 반대로 "그것조차도 사라지지 않을 것"이라는 확신을 가지고 언제나 개별적인 것을 큰 그림에 종속시킨다. 그래서 엘레나가 아버지 살해범에게 복수했는지 묻자 인사로프는 이렇게 대답한다. "나는 그를 찾지 않았소. 그를 죽일 수 없어서 찾지 않은 것이 아니오. 그를 아주 태연하게 죽일 수 있었을 거요. 그러나 민족 해방이라는 대업에 관한 문제에서 사적 복수는 끼어들 틈이 없소. 둘 중 하나가 다른 하나를 방해할 뿐이오. 결국 그 또한 사라지지 않을 것이오." 공동 대의에 대한 사랑 그리고 그 대의를 예감하는 능력은 개별적 모욕을 차분히 견딜 수 있는 힘을 주는데, 이것이 바로 공동의 대의가 전혀 없는 러시아 영웅들과 비교했을 때 불가리아인 인사로프가 크게 우월한 이유다.

우리에게는 이런 영웅이 거의 없으며, 그들 중 대부분은 끝까지 버티지 못한다. 우리 교양 사회에는 다른 범주의 성찰하는 사람들이 훨씬 더 많다. 그들 중에는 성찰하지만 아무것도 이해하지 못하는 사람들도 많지만, 우리는 그들에 대해 이야기하지 않겠다. 다만 오랜 의심과 탐색을 통해 인사로프가 전혀 특별한 노력 없이 우리 앞에 가지고 나타난 동일한 사상의 통일성과 명료성에 도달한, 똑똑한 사람들만을 지적하고 싶다. 이 사람들은 악의 뿌리가 어디에 있는지 깨닫고 악을 막기 위해 무엇을 해야 하는지 알고 있으며, 마침내 도달한 사상에 깊고 진지하게 흠뻑 빠져 있다. 하지만 그들에게는 더 이상 실제 활동을 할 힘이 없다. 그들은 너무 많이 깨져서 본성이 쇠약해지고 무력해졌다. 그들은 새로운 삶이 다가오는 것을 동정 어린 눈으로 바라보지만 스스로 그것을 향해 나아갈 수 없고, 적극적인 선을 갈망하고 자신을 위해 지도자를 찾는 사람의 신선한 감정을 만족시킬 수 없다.

우리 중 누구도 인간적 개념을 완성된 것으로 받아들이지 않는다. 그 개념을 위해 나중에 삶의 투쟁을 벌여야 하기 때문이다. 따라서 누구에게도, 가령 인사로프에게는 그토록 자연스러웠던 견해와 행동의 명료함이나 통일성이 없다. 인사로프에게 마음을 움직이고 에너지를 일깨우는 삶의 인상들은 그가 받는 모든 이론 교육, 즉 이성의 요구에 의해 끊임없이 강화된다. 우리는 완전히 정반대다. (…)

이렇듯 우리 사회에서 영웅적 힘을 간직한 사람은 진정한 목표를 찾지 못하고 일을 시작할 능력이 없어서, 돈키호테처럼 행동할 뿐이다. 반면에 무엇이 필요하고 어떻게 해야 하는지 이해하는 사람들은 이미 그 이해에 자신의 모든 것을 바쳤기에, 실질적 활동에서는 한 발짝도 내딛지 못하고, 엘레나처럼 가정 환경에서조차 모든 간섭을 피한다. 게다가 엘레나는 학교 교육과 규율의 틀에 갇히지 않고 러시아 사회의 전반적 분위기에만 영향을 받았기 때문에 더 용감하고 자유롭다.

지금까지 우리가 동시대 사회에서 본 것처럼, 가장 훌륭한 사람들은 엘레나의 불타는 선행에 대한 갈증을 이해하고 공감할 수 있지만 충족시킬 수는 없다는 것이 밝혀졌다. 그리고 이들은 여전히 진보적인 사람들이고, 우리나라에서 '사회 활동가'로 불린다. 대부분의 똑똑하고 감수성이 풍부한 사람들은 시민적 용기에서 벗어나 다양한 뮤즈에게 자신을 바친다. 예를 들어 『전날 밤』의 슈빈과 베르세네프는 둘 다 훌륭한 본성을 지닌 사람으로 인사로프의 가치를 알아보고, 심지어 진심으로 그를 따르려고 한다. 만일 그들에게 다른 성장과 다른 환경이 주어졌다면 그들 역시 잠들지 않았을 것이다. 하지만 그들이 여기, 이 사회에서 무엇을 할 수 있을까? 자기 방식대로 사회를 개조할 수 있을까? 그들에게는 어떤 방식도, 어떤 힘도 없다. 사회 체제의 이런저런 잡다한 것을 조금씩 고치고 잘라 내고 버리는 것일까? 죽은 사람의 이빨을 뽑는 것은 역겹지 않은가? 그것은 대체 무엇으로 이어질까? 그런 일은 판신과 쿠르나톱스키 같은 영웅들만이 할 수 있는 일이다. 여기서 우리는 러시아 교양 사회의 최고 대표자 중 한 명인 쿠르나톱스키에 대해 몇 마디 말할 수 있다. 그는 세속적이고 예술적 재능이 없으며 사업가적 면모만 갖춘 새로운 부류의 판신이다. 그는 매우 정직하고 관대하기까지 하다. (…) 슈빈은 옐레나와 인사로프의 결혼 소식을 듣고 흥분하며 "인사로프, 인사로프… 왜 거짓 겸손을 떠는 거지. 뭐, 그가 잘난 건 인정해, 자기 주장을 하니까. 하지만 그가 완전히 쓰레기란 말인가? 적어도 내가 쓰레기란 말인가?"라고 중얼거렸다. (…) 그러고는 곧바로 예술에 몰두했다. (…) 착하고 헌신적인 베르세네프도 마찬가지였다. 병든 인사로프를 진심으로 따스하게 돌보고, 자신의 경쟁자인 인사로프와 옐레나 사이에서 중개자 역할을 했던 베르세네프— 인사로프의 표현을 빌리자면 '황금 같은 마음'을 가진 베르세네프도 인사로프와 옐레나의 상호 사랑을 확신하고 나서 독한 생각을 억누를 수 없었다. (…) 일어난 이 모든 일의 책임은 누구에게 있는가? 베르세네프 자신에 있는가? 아니다, 그 책임은 러시아 사회의 삶에 있다. 슈빈의 표현대로 "우리에게 쓸모 있는 사람들이 있었다면 이 처녀는, 이 섬세한 영혼은 우리를 떠나지 않았을 것이고, 물고기가 물속으로 빠져들 듯 사라지지 않았을 것이다." 그리고 유능하든 무능하든 사람을 만드는 것은 삶, 특정 시간과 장소에서 그 삶의 일반적 구조인 것이다. (…)

옐레나에게는 인사로프를 만나 다른 삶을 깨닫고 난 뒤 러시아에 남아 있을 어떤 여지도 없었다. 그래서 그녀는 남편이 죽은 후 러시아에 남을 수도, 혼자 러시아로 돌아갈 수도 없었다. 작가는 이 점을 매우 잘 이해했고, 그녀를 부모의 품으로 돌려보내 모스크바에서 고독과 무위의 답답함 속에서 나날을 보내게 하기보다 차라리 그녀의 운명을 알 수 없는 상태로 남겨두는 편을 선호했다.

남편을 잃은 바로 그 순간 친정어머니의 호소도 평범하고 무미건조하며 무기력한 그 삶에 대한 혐오를 누그러트리지 못했다. "러시아로 돌아오라고요! 왜요? 러시아에서 무엇을 할 수 있겠어요?" 그녀는 어머니에게 이렇게 쓰고 봉기의 물결 속에 몸을 던지기 위해 자라로 떠났다. 그녀가 이런 결단을 내린 것은 참으로 다행스러운 일이다! 실제로 러시아에서 그녀를 기다리던 것은 무엇이었을까? 그녀의 삶의 목표는, 그녀의 삶은 어디에 있는가? 불행한 새끼 고양이와 파리들에게 돌아가고, 그녀가 직접 번 것도 아니고 어떻게 그녀에게 들어왔는지 알 수 없는 돈을 가난한 사람들에게 나눠 주고, 슈빈의 예술적 성공에 기뻐하며, 베르세네프와 셸링에 대해 논하고, 어머니에게 『모스크바 통보』를 읽어 주고, 쿠르나톱스키 같은 여러 인물이 사회 무대에서 활약하는 것을 보면서, 어디서도 진정한 일을 보지 못한 채…… 서서히 고통스럽게 시들어 가고, 약해지고 죽어 가는 삶인가? 아니다, 그녀가 다른 삶을 한 번이라도 맛보고 다른 공기를 마셔봤다면 그 고통스러운 고문, 그 느린 처형에 자신을 빠트리는 것보다 어떤 위험에라도 뛰어드는 것이 더 쉬울 것이다. (…) 그리고 우리는 그녀가 우리의 삶을 피하고 시인의 이 절망적이고 슬프며 영혼을 찢는 예언을 자신에게서 입증하지 않은 것이 기쁘다. 그 예언은 러시아에서 가장 훌륭하고 선택받은 영혼들에게 끊임없이 무자비하게 실현되어 왔다. (…)

이제 이 글에 흩어져 있는 개별적 특징들을 종합하고(이 글의 미흡한 부분에 대해 독자들께 사과드린다) 일반적인 결론을 내려야 한다.

인사로프는 조국 해방이라는 위대한 이념에 의식적으로 완전히 몰입하여 능동적으로 행동할 준비가 되어 있었지만, 현대 러시아 사회에서는 발전하거나 자신을 드러낼 수 없었다. 심지어 그를 온전히 사랑하고 그의 사상과 하나가 될 수 있었던 엘레나조차도 모든 친지와 가족이 러시아에 있음에도 불구하고 러시아 사회에 머무를 수 없다. 그렇다면, 위대한 사상과 위대한 공감은 아직 설 자리가 없는 것일까……? 영웅적이고 활동적인 모든 것은 무위로 죽거나 헛되이 망하고 싶지 않다면 우리에게서 도망쳐야 하는가? 과연 그런가? 우리가 분석한 이 소설의 의미가 그런 것이 아닌가?

우리는 그렇지 않다고 생각한다. 물론 우리에게는 광범위한 활동을 위한 열린 무대가 없다. 우리의 삶이 사소한 일, 사기, 음모, 험담, 비열함 속에서 흘러간다는 것도 사실이다. 시민 활동가들이 무정하고 종종 고집불통이라는 것도 사실이다. 똑똑한 사람들이 자신의 신념을 실현하기 위해 손가락 하나 까딱하지 않는다는 것도 사실이다. 자유주의자와 개혁가들이 불행한 형제들의 신음과 절규가 아니라 법적 미묘함에서 계획을 추진하는 것도 사실이다. 이 모든 것이 사실이다. 하지만 이제 우리 사회에는 이미 위대한 사상과 공감이 자리하고 있으며, 이 사상들이 실제 행동으로 드러날 때가 멀지 않았다고 생각한다.

문제는 우리의 삶이 아무리 바쁘다 해도, 그 속에서 이미 옐레나와 같은 현상들이 나타날 가능성이 존재한다는 점이다. 그리고 그런 인물들이 현실에서 가능해졌을 뿐만 아니라 이미 예술적 의식에 의해 포착되어 문학에 도입되고 유형화되었다. 옐레나는 이상적 인물이지만 그녀의 특징들은 우리에게 친숙하고, 우리는 그녀를 이해하고 공감한다. 이것은 무엇을 의미할까? 그녀의 성격의 근간을 이루는 것, 즉 고통받고 억압받는 이들을 향한 사랑, 적극적 선을 행하려는 열망, 어떻게 선을 행해야 할지 보여 줄 사람을 간절히 찾는 마음—이 모든 것이 마침내 우리 사회의 가장 훌륭한 부분에서 느껴진다. 그리고 이러한 감정은 너무나 강력하고 실현에 가까워서 똑똑하지만 무익한 지성과 재능, 성실하지만 추상적인 학식, 직업적 미덕, 심지어 선량하고 관대하지만 수동적으로 발전된 마음에 의해 더 이상 이전처럼 현혹되지 않는다. 우리의 감정과 갈망을 위해 그 이상이 필요하다. 즉, 인사로프 같은 사람이, 그러나 러시아인 인사로프가 필요하다.

그는 왜 우리에게 필요한가? 우리가 앞서 말했듯이, 우리에게는 영웅-해방자들이 필요 없다. 우리는 지배받는 민족이 아니라 지배하는 민족이니까…….

그렇다, 우리는 외부로부터 안전하게 보호받고 있다. 설령 외부와 싸움이 벌어진다 해도 우리는 안심할 수 있다. 우리에게는 군사적 위업을 달성할 영웅들이 늘 충분했고, 지금까지 젊은 여성들이 장교의 제복과 콧수염에 열광하는 모습을 보아도 우리 사회가 그런 영웅들을 얼마나 높이 평가하는지 알 수 있다. 하지만 우리에게 내부의 적이 없다고 말할 수 있을까? 그들과의 싸움이 필요하지 않은가? 이 싸움을 위해 영웅적인 용기가 필요하지 않은가? 그런데 과연 이 일을 해낼 사람이 어디에 있는가? 어린 시절부터 하나의 사상에 사로잡혀 그 사상과 하나가 되어, 그 사상에 승리를 가져다주거나 아니면 죽음을 택해야만 하는 온전한 사람들은 어디에 있을까? 그런 사람들은 없다. 왜냐하면 우리 사회의 환경이 지금까지 그들의 발전을 돕지 않았기 때문이다. 그리고 바로 그 환경, 그 환경의 천박함과 사소함으로부터 우리를 해방시켜 줄 새로운 인물들의 등장을 우리 사회의 모든 훌륭하고 신선한 것들이 초조하게 열렬히 기다리고 있다.

그런 영웅이 나타나기는 아직 어렵다. 그의 발전, 특히 그의 활동이 처음 나타나기 위한 조건들은 극도로 불리하며, 과제도 인사로프의 경우보다 훨씬 더 복잡하고 어렵다. 외부의 적, 특권을 누리는 압제자는 내부의 적보다 쉽게 잡아서 패배시킬 수 있다. 내부의 적은 온갖 형태로 사방에 흩어져 있어 붙잡을 수도 없고 무적이며, 당신의 삶 전체를 독살하고 싸움 속에서 쉴 틈도 주변을 살필 틈도 주지 않는다. 평범한 무기로는 이 내부의 적에게 아무것도 할 수 없다. 그로부터 벗어날 수 있는 유일한 방법은 그가 생겨나고 자라나고 강해진 우리 삶의 습하고 안개 낀 분위기를 바꾸고, 그가 숨 쉴 수 없는 공기로 자신을 감싸는 것이다.

이것이 가능할까? 언제 가능할까? 이 질문들 중 첫 번째 질문에만 단호하게 답할 수 있다. 그렇다, 가능하다. 그 이유는 다음과 같다. 우리는 앞에서 사회 환경이 어떻게 인사로프와 같은 인물의 발달을 억압하는지에 대해 이야기했다. 이제 우리는 그 말에 덧붙여 말할 수 있다. 우리의 환경은 이제 그러한 인물이 등장할 수 있도록 스스로를 돕는 지점에 이르렀다. 영원한 천박함, 사소함, 그리고 무관심은 사람의 정당한 몫이 될 수 없다. 우리의 사회 환경을 구성하고 그 조건에 갇힌 사람들은 오래전부터 이 조건의 중압과 불합리함을 깨달았다. 어떤 사람들은 지루해하고, 어떤 사람들은 이 억압에서 벗어나기 위해 온 힘을 다해 어딘가로 뛰쳐나가고 있다. 여러 결말이 생각되었고, 우리 삶의 죽은 듯한 상태와 부패를 무언가로 소생시키기 위해 다양한 해결책이 고안되었으며, 다양한 수단이 사용되었지만 이 모든 것은 약하고 효과적이지 않았다. 마침내 우리가 엘레나에게서 볼 수 있는 그런 개념과 요구들이 나타나고 있다. 이 요구들은 사회의 공감을 얻으며 받아들여지고 있다. 게다가 이 개념과 요구들은 적극적인 실현을 지향한다. 이것은 오래된 사회적 관습이 이제 그 수명을 다하고 있음을 의미한다. 앞으로 몇 번의 흔들림, 몇몇 더 강한 계층, 그리고 유리한 사실들이 더해지면 행동하는 사람들이 나타날 것이다!

위에서 우리는 강한 본성의 결단력과 에너지를 우리 안에서 가장 초기에 없애버리는 것이 세상 모든 것에 대한 목가적 감탄, 게으른 자기만족과 나태한 평온에 대한 성향이라고 지적했다. 이 성향은 우리 각자가 어린 시절부터 주변 환경 속에서 접하는 것이며, 사람들은 온갖 조언과 가르침으로 이 성향에 익숙해지도록 애쓴다. 그러나 최근에 이러한 조건도 크게 변했다. 어디에서나 모든 것에서 자기 인식이 뚜렷하고, 어디에서나 낡은 질서의 무능력이 이해되고, 어디에서나 개혁과 개선을 기다리고 있다. 그리고 누구도 더 이상 아이들을 달래며 러시아의 현 체제가 얼마나 이해할 수 없는 완벽함을 지녔는지 노래하지 않는다. 오히려 이제는 모두가 기다리고, 모두가 희망하며, 아이들은 낡은 과거의 부패한 시체에 억지로 매달리는 대신 더 나은 미래에 대한 꿈과 희망을 품고 성장한다. 그들이 일을 맡을 차례가 오면, 그들은 이미 우리가 이론적으로 겨우 이해할 수 있었던 그 에너지와 일관성, 그리고 마음과 생각의 조화를 그 일에 불어넣을 것이다.

그때 문학 속에도 러시아인 인사로프의 완전하고 선명하고 생생한 모습이 나타날 것이다. 그리고 그를 오래 기다릴 필요가 없을 것이다. 그의 등장에 대한 우리의 열렬하고 고통스러운 초조함이 이를 보증한다. 그는 우리에게 꼭 필요하다. 그가 없으면 우리의 삶 전체가 어쩐지 의미 없이 흘러가는 것 같고,

매일이 그 자체로는 아무런 의미가 없으며, 단지 다른 날의 전날 밤일 뿐이다. 마침내 그날이 올 것이다! 그리고 어쨌든, '전날 밤'은 그 다음 날과 그리 멀지 않다. '전날 밤'과 그 다음 날을 갈라놓는 것은 고작 하룻밤에 불과하다!

주

12 **당탕** 19세기 프랑스의 풍자 조각가 장 피에르 당탕(1800
~1869).

15 **부 메 콩프레네** 프랑스 말로 "자네는 내 말을 이해하겠지"라는 뜻.

17 **오베론** 중세 전설에 나오는 요정의 왕으로 티타니아의 남편.

21 **님프** 숲과 강의 요정.

21 **스키타이인** B.C. 6~3세기에 흑해 북쪽 기슭의 초원 지대에서
살았던 고대 유목민.

21 **루살카** 고대 슬라브 전설에 나오는 숲과 물의 요정.

22 **갈루시카** 소러시아의 떡의 일종으로 밀가루 반죽에 수프나 우유
를 섞어 만든다.

22 **스타바세트** 1816~1850. 19세기 러시아의 조각가.

24 **다차** 러시아 특유의, 텃밭이 딸린 간이 별장 겸 주말 농장. 러시
아인들은 주말이나 휴가철에 다차에 딸린 텃밭에 온갖 채소와
유실수를 심고 기르며, 동시에 휴식을 즐긴다.

26 **로토** 숫자를 맞추는 카드놀이의 일종.

26 **예랄라시 게임** 옛날 카드놀이의 일종.

27 **프롱되르** 프랑스어로 '비판적인, 반항적인'을 뜻한다.

제국주의 강국의 정점에 오른 1830~1865년에 영국 대외 정책을 주도했다.

청춘의 사랑과 우정 그리고 혁명

이항재(단국대학교 러시아어과 명예교수)

투르게네프의 삶

19세기 러시아의 위대한 사실주의자 이반 세르게예비치 투르게네프(1818~1883)는 섬세한 서정적 문체와 인간 내면의 미묘한 움직임을 포착하는 시인의 마음과 동시대의 사회·정치적 현실을 지진계처럼 기록하는 사냥꾼의 눈을 겸비한 탁월한 작가였다. 러시아 문학이 서구를 향해 말을 걸기 시작하고 세계 문학의 중심에 우뚝 서게 된 것은 톨스토이나 도스토옙스키가 아닌 바로 투르게네프의 펜 끝을 통해서였다.

1828년 10월 28일 중부 러시아의 오룔에서 부유한 귀족의 아들로 태어난 투르게네프는 광활한 초원과 아름다운 자작나무 숲과는 전혀 어울리지 않는 가혹한 농노 제도의 환경에서 어린 시절을 보냈다. 미래의 위대한 작가는 농노들을 물건처럼 팔아 버리고 가혹하게 대했던 어머니를 통해 농노 제도의 참상을 직접 목격할 수 있었다. 오룔의 둥지를 향한 사랑과 농노 제도에 대한 증오는 투르게네프 창작의 시원이 되었고, 이 모순된 감정은 『사냥꾼의 수기』(1852)와 「무무」(1854)에 잘 반영되어 있다. 이후, 투르게네프는 모스크바대학교를 거쳐 페테르부르크대학을 졸업하고 베를린대학에 유학하면서 서구주의자가 되었고, 당시 러시아 지성계를 대표하는 게르첸, 바쿠닌, 벨린스키, 스탄케비치 등과 사귀면서 계몽과 문명의 가치를 중시하는 서구주의자로서의 확고한 신념을 갖게 되었다.

투르게네프의 삶과 문학에서 또 하나의 중요한 사건은 스페인 혈통의 프랑스 오페라 가수 폴린 비아르도와의 운명적인 만남과 사랑이다. 투르게네프는 비아르도와 만난 날(1843년 11월 1일)을 '성스러운 날'이라고 부르며, 이미 결혼한 그녀의 주변을 맴돌면서 평생 그녀와 이상한 우정과 사랑을 나누었다. 그녀를 향한 투르게네프의 사랑은 아름다움, 즉 예술에 대한 신앙과 같았고, 그의 개인적인 연애 경험은 예술혼을 자극하여 주옥같은 작품(「파우스트」, 「첫사랑」, 「아샤」, 「클라라 밀리치」)을 낳게 했다. 그래서 그럴까, 연인들의 모순된 심리와 사랑의 비극성과 찰나성을 묘사하는 데 사랑의 가수라 불리는 그를 따를 자가 없다.

1862년 이후, 가혹한 검열이 판을 치고 이념적 줄서기를 강요하는 러시아의 지적 풍토에 환멸을 느낀 투르게네프는 폴린 비아르도를 따라 프랑스로 건너 간 뒤 여생을 거의 유럽에서 보낸다. 유럽에서 '러시아 인텔리겐치아의 대사'로 불린 투르게네프는 유럽의 많은 작가(플로베르, 졸라, 모파상, 빅토르 위고, 콩쿠르 형제, 조르주 상드 등)와 교류하였고, 푸시킨과 고골을 비롯해 많은 러시아 작가의 작품을 번역하여 유럽에 소개하기도 했다. 1883년 8월 22일 투르게네프는 오룔의 둥지에 대한 그리움을 가슴에 안고, 폴린 비아르도가 지켜보는 가운데 파리의 센 강변에 위치한 작은 마을 부지발에서 사망했으며, 그의 유언에 따라 그해 9월 19일, 주검이 러시아로 운구되어 페테르부르크 볼코프 공동묘지의 벨린스키 무덤 옆에 안장되었다.

대학 시절부터 시를 쓰기 시작한 투르게네프는 1838년에 페테르부르크대학교 플레트뇨프 교수의 추천으로 「저녁」과 「메디치의 비너스상에 부쳐」를 발표한 이후, 작은 서사시(포에마), 중편과 단편, 희곡, 장편 등 모든 장르에 손을 댔다. 투르게네프는 시와 중단편에서 주로 개인적인 인상과 경험을 담아냈지만, 이른바 6대 장편(『루딘』, 『귀족의 보금자리』, 『전날 밤』, 『아버지와 아들』, 『연기』, 『처녀지』)에서는 당대의 민감한 사회·역사적 문제를 다루었다. 러시아 교양 계층의 유형 속에 '시대의 형상과 중압'을 성실하고 객관적으로 묘사한 그의 장편은 1840~1870년대 러시아 사회의 핵심적인 문제들(잉여인간 논쟁, 서구파와 슬라브파의 논쟁, 니힐리즘, 인민주의 운동과 '브나로드' 운동 등)을 예술적으로 형상화한 사회·정치적 연대기로 평가된다.

2. 청춘의 사랑과 우정 그리고 혁명

투르게네프의 세 번째 장편 소설『전날 밤』은 1860년『러시아 통보』1월 제25권 제1-2책에 발표되었다. 이 소설은 크림 전쟁(1853~1855)과 1861년 농노 해방을 앞둔 '전날 밤'의 시대를 배경으로, 당시 러시아 사회의 정신적 동요와 새로운 시대, 새로운 사람들에 대한 갈망을 그리면서 러시아 사회에 불어 닥칠 일련의 변화들을 예견한 작품이다. 터키의 압제에 대항하여 일어난 발칸 제국의 민중 봉기 등 안팎의 사건들은 러시아 문학에 국내외의 봉건적 압제와 농노제로부터 조국을 위해 싸우는 영웅적인 인물과 행동하는 투사의 형상을 창조하는 과제를 강요했다. 국내외 사회·정치적 상황과 변화에 누구보다 예민한 감각을 지녔던 투르게네프는 이제 루딘(『루딘』)과 라브레츠키(『귀족의 보금자리』) 같은 수동적인 인텔리겐치아나 도덕과 윤리적으로 순결한 나탈리야와 리자 같은 형상이 아닌 적극적으로 행동하는 영웅의 창조라는 시대적 요구에 부응하게 되고,『전날 밤』은 이러한 현실적 요구에 대한 투르게네프의 예술적 반응이라고 할 수 있다.

『전날 밤』은 옐레나라는 젊은 러시아 귀족 처녀를 중심으로 펼쳐지는 청춘들의 사랑 이야기이자, 개인의 삶과 사회적 대의(大義)가 교차하는 과정을 섬세하게 그린 사회심리 소설이다. 소설의 중심에는 터키의 압제로부터 조국 불가리아를 해방시키기 위해 준비하고 투쟁하는 젊은 불가리아인 인사로프와 그의 대의에 공감하여 결국 그를 선택하는 옐레나가 있다. 인사로프가 옐레나 앞에 나타나기 전에 낭만적이고 재능 있는 조각가 슈빈과 진지하고 학구적인 베르세네프가 그녀를 사랑한다. 슈빈의 사랑은 아름답고 섬세하지만 때로는 경솔하고 피상적이다. 베르세네프는 사려 깊고 지적인 이상주의자로 옐레나와 깊이 있는 대화를 나누며 그녀의 정신적인 성장을 돕기도 한다. 그의 사랑은 조용하고 이타적이고 헌신적이지만 행동력이 결여되어 있고 지나치게 사색적이다. 옐레나는 이 두 남자의 사랑을 받으면서도, 자신의 삶에서 무언가 '결정적인 것'을 찾고 갈망한다. 그녀는 슈빈과 베르세네프의 사랑이 지닌 매력을 인정하지만 그들의 삶이 지닌 정체성과 목적 부재에 갈증을 느낀다. 이런 옐레나의 모습에는 당시 러시아 사회가 겪고 있던 답답함과 변화에 대한 열망이 반영되어 있다. 그녀는 '무엇을 위해 살아가야 하는가'라는 근본적인 질문에 대한 답을 찾고 있다. 어느 날 베르세네프가, 무언가 '결정적인 것'을 갈망하고 구체적인 삶을 열망하는 옐레나에게 조국의 해방을 위해 투쟁하는 가난한 유학생 인사로프에 대해 이야기한다. 인사로프를 만나기도 전에 옐레나는 감격해 말한다. "분명 그는 매우 강직할 거야……. 자신의 조국을 해방시킨다니……! 이 말을 입 밖에 내는 것조차 두려워. 이 말은 얼마나 위대한가……." 슈빈과 베르세네프와는 달리 인사로프는 가난한 유학생이지만 그의 사랑은 개인적인 감정을 넘어서 강력한 사명감과 행동력으로 가득하다. 그는 말뿐인 이상이 아닌 실제적 희생과 투쟁을 통해 자신의 신념을 증명한다. 엘레나가 인사로프를 선택한 가장 큰 이유는 그의 삶이 지닌 뚜렷한 목표와 행동력 때문이다. 인사로프는 단순히 생각하고 꿈꾸는 것을 넘어 조국을 위한 숭고한 대의를 위해 모든 것을 바칠 준비가 되어 있다. 엘레나는 인사로프에게서 무언가 운명적이고 결정적인 것을 예감하고 그의 정직한 두 눈에서 강직함과 단호한 성격, 그리고 대의에 대한 확고한 신념을 읽고, 말과 생각에 그치지 않는 진정한 삶의 행동을 보았으며, 이것이 그녀의 내면에 잠재된 강렬한 열망과 맞닿은 것이다. 그녀는 인사로프와의 만남을 통해 "사랑이란 결국 자기 자신을 희생하고, 자기 자신을 버릴 것을 요구한다"는 깨달음을 얻는다. 슈빈의 감성적 사랑이나 베르세네프의 지적 사랑으로는 채울 수 없었던 삶의 목적과 헌신을 인사로프에게서 발견한 것이다. 엘레나는 편안하고 안정된 삶을 버리고 고난을 감수하더라도 가치 있는 대의에 동참하는 삶을 선택한다. 인사로프에게 엘레나는 연인이고 동지이며 신실한 친구다. 엘레나에게 인사로프도 연인이고 친구이며 형제다. 마침내 부모의 반대에도 불구하고 엘레나는 병든 인사로프와 결혼하고, 인사로프는 조국과 동포들의 부름에 따라 불안하고 위험한 시기에 엘레나와 함께 귀국길에 오르지만 도중에 '허무하게' 사망한다. 엘레나는 불가리아에서 부모에게 "드미트리 인사로프의 조국 외에 내게 다른 조국은 없다"라는 마지막 편지를 쓰고, 인사로프의 친구들 및 애국자들과 함께 불가리아에 남아 남편의 대의를 계승한다.

엘레나의 이러한 선택과 결단은 단순한 연애 이야기가 아닌, 당시 러시아 사회가 나아가야 할 방향을 상징적으로 보여 준다. 엘레나는 1861년 농노 해방으로 대변되는 개혁 이전 세대의 막연하고 고결한 동요를 의인화한 인물이다. 그녀가 혁명가 인사로프를 택한 것은, 러시아 사회가 더 이상 무기력한 관념이나 공허한 이상에 머물지 않고 적극적인 행동을 통해 새로운 시대를 열어야 한다는 투르게네프의 메시지를 담고 있다. 즉, 그녀의 선택은 변화를 갈망하는 러시아 민족의 희망과 의지를 나타낸다고 볼 수 있다.

이 소설에는 청춘의 사랑과 우정, 그리고 혁명에 대한 사회적 메시지 외에도 투르게네프 특유의 서정미 넘치는 유려한 언어와 문체, 아름다운 자연 묘사(차리치노 유람과 풍경 묘사 등), 빈틈없는 드라마적 구성과 균형 잡힌 스토리(베르세네프, 슈빈, 인사로프가 함께 모스크바 강기슭을 산책하며 수다를 떨다가 허름한 주막에 들러 값싼 포도주를 마시는 장면, 예배당에서 엘레나와 인사로프의 극적인 만남, 병든 인사로프를 진심으로 간호하는 베르세네프, 인사로프와 엘레나 사이에서 사랑의 메신저 역할을 하는 베르세네프 등), 엘레나의 일기와 슈빈의 조각품 그리고 논쟁적 대화를 통한 등장인물들의 섬세한 성격 묘사가 돋보인다. 특히 불가리아로 가는 도중에 인사로프와 엘레나가 이탈리아의 베네치아에 잠시 들려 평범한 연인들처럼 대운하를 따라 곤돌라를 타고 여행하며 석조 도시의 풍광과 인상을 즐기고, 베르디의 오페라 〈라 트라비아타〉를 관람하며 인사로프의 죽음을 예감하는 장면("날 살게 해 주소서……. 이렇게 젊은데 죽어야 하나요!")은 비평가 도브롤류보프의 말대로, 인사로프의 비극적 운명(죽음과 영원한 이별)이 짙게 드리워진 『전날 밤』에서 "가장 서정적이고 가장 공감할 수 있는 부분"이라고 할 수 있다. 우리는 피할 수 없는 죽음에 직면한 두 주인공이 특별한 시간과 공간에서 쏟아내는 웃음과 눈물, 소망과 절망, 환희와 비탄으로부터 이 이야기의 사회·정치적 의미와는 또 다른 짙은 서정성과 비극성, 작가 특유의 페시미즘을 느낄 수 있다.

3. "투르게네프냐 도브롤류보프냐?"

투르게네프는 6대 장편에서 당대의 민감한 사회·정치적 문제들을 예술적으로 형상화했기 때문에 그의 작품이 발표될 때마다 좌우(보수파와 진보파, 슬라브파와 서구파, 미학 비평과 실제 비평) 진영의 뜨거운 논쟁에 휘말렸다. 『전날 밤』도 발표되자마자 좌우 논쟁의 대상이 되었다. 그중에서 투르게네프와 혁명적 민주주의 비평가들, 특히 니콜라이 도브롤류보프(1836~1861)와의 논쟁은 유명하다. 도브롤류보프는 「진실한 그날은 언제 오나?」(『동시대인』, 1860년, 3호)에서 투르게네프의 정직성과 진실성을 높이 평가하고, 인간 감정의 깊은 체험에 대한 섬세한 묘사를 칭찬했다. 그러나 인사로프를 불가리아인으로 설정하고 옐레나가 남편이 죽은 후 러시아로 귀국하지 않고 불가리아에 남아 남편의 대의를 계승하는 것에 대해 불만을 표한다. "인사로프를 불가리아인으로 만들고, 옐레나가 러시아에서 진실한 대의를 발견할 수 없어서 귀국하지 않는다고 하여 우리들 사이에 위대한 사상과 위대한 공감이 존재하지 않는다고 말할 수 없다. (…) 위대한 활동의 시기가 다가오고 있고, 우리나라에도 옐레나에게서 발견되는 이해와 요구가 이미 나타나고 있다. 우리에게는 러시아인 인사로프가 필요하다." 도브롤류보프는 러시아인 인사로프의 출현을 사회적 과업의 해결 및 혁명적 사상의 실현과 연결시키고, 러시아의 혁명적 개혁이라는 위대한 사업에 착수한 새로운 사람들, 즉 혁명적 활동가들의 등장에 대한 열렬한 믿음을 시종일관 강하게 표명한다. 투르게네프는 『전날 밤』을 러시아의 혁명 투쟁과 결부시켜 일방적으로 해석하는 도브롤류보프의 비평 방식, 특히 인사로프의 형상에 대한 일방적 해석에 동의하지 않았다. 이상적 자유주의자이자 서구주의자인 투르게네프는 자유와 정의, 인간성의 원칙에 기초하여 러시아 현실을 개혁해야 한다는 당위성을 이해하고 받아들였지만, 이것은 혁명이 아닌 점진적 개혁을 통해 가능하다고 믿었다. 투르게네프에게 러시아인 인사로프는 온건하고 개혁적인 활동가는 될 수 있겠지만 결코 혁명가가 아니다. 러시아 사회와 현실에 대한 인식에서도 두 사람의 견해는 매우 달랐다. 도브롤류보프는 '전날 밤'과 '진정한 그날'은 분리할 수 없을 정도로 가깝고 겹쳐 있다고 생각한 반면에 투르게네프는 '전날 밤'과 '진정한 그날'은 멀고 '전날 밤'이 더 오래 갈 수도 있다고 생각했다(투르게네프는 슈빈의 입을 통해 "어디를 쳐다봐도 우리나라엔 아직 인사로프 같은 사람이 없다"고 말한다). 도브롤류보프와의 논쟁 속에서 투르게네프는 『동시대인』의 편집장 네크라소프에게 "나와 도브롤류보프 중에서 한 명을 선택하라"며 도브롤류보프의 비평을 잡지에 게재하지 말 것을 부탁했지만, 결국 그의 비평은 『동시대인』에 발표되었다. 그 결과 투르게네프는 『사냥꾼의 수기』, 『루딘』, 『귀족의 보금자리』를 『동시대인』에 발표하면서 좋은 관계를 유지해 왔던 이 잡지의 편집진과 결별한다.

도브롤류보프의 「진정한 그날은 언제 오나?」는 그의 대표 비평 중 하나로 19세기 러시아문학과 사회사상에 중요한 이정표가 되었다. 기존의 미학 비평을 넘어 실제 비평의 중요성을 강조("작가 자신이 무엇을 말하고자 했는가보다 설령 의도치 않았을지라도 단순히 삶의 사실을 진실하게 재현함으로써 무엇이 말해졌는가가 중요하다")한 이 비평은 소설 속 등장인물들을 통해 당시 러시아 사회의 현실과 문제점을 비판하고, 새로운 시대에 필요한 진정한 영웅이나 행동하는 인물상, 특히 엘레나와 인사로프의 형상을 꼼꼼히 분석하면서 사색에 그치지 않고 실제로 사회 변화를 위해 행동할 줄 아는 '새로운 인간'의 등장을 염원하는 메시지를 담고 있다. 「진정한 그날은 언제 오나?」라는 제목 자체가 현실의 안주에서 벗어나 변화와 행동의 필요성을 역설하는 도브롤류보프의 관점을 보여 준다. 도브롤류보프는 문학이 단순한 예술적 가치를 넘어 사회 변화를 이끄는 도구가 되어야 한다고 믿었고, 그의 논문 역시 문학 비평의 틀 안에서 사회 개혁의 메시지를 강력하게 전달한다. 도브롤류보프의 비평을 읽으면서 우리는 문학 작품을 단순히 소비하는 것을 넘어, 그 속에 담긴 사회적 의미를 파고들고 그 결과에 대해 진지하게 고민하는 것이 얼마나 중요한지 깨닫게 된다. 도브롤류보프는 불과 스물다섯의 나이로 세상을 떠났지만, 그의 비평 작업은 러시아 문학과 사회사상에 지대한 영향을 미쳤다. 이런 의미에서 그의 긴 비평 「진정한 그날은 언제 오나?」를 국내 처음으로 번역하여 소개하니 『전날 밤』의 독자들은 꼭 읽어 보시기 바란다.

원고를 꼼꼼히 읽고 좋은 의견을 내준 을유문화사 편집부에 고마운 마음을 전한다.

판본 소개

번역 대본으로는 러시아의 '나우카(Наука)' 출판사에서 나온 『투르게네프 전집』(28권 30책, 모스크바, 1960~1968)' 중 제 8권 『전날 밤』을 사용했고, 이 책의 주해를 참고하여 역주를 달았다. 『전날 밤』의 원고는 1860년 1월 18일과 2월 3일, 검열에 통과되었고, 그해 1월 『러시아 통보』 제25권, 제1~2책에 발표된 후, 내용상의 변화 없이 오자와 탈자를 바로 잡아 『투르게네프 선집』(1860, 1865, 1880, 1883) 제4권으로 출판되었다. 번역 대본으로 사용한 『투르게네프 전집』 제8권은 1883년 출판된 『투르게네프 선집』 제4권의 텍스트에 따라 인쇄되었다.

도브롤류보프의 비평 「진정한 그날은 언제 오나?」의 번역 대본으로는 『도브롤류보프 전집』(6권, 모스크바, 1935) 중 제2권을 사용했다.

이반 세르게예비치 투르게네프 연보

1818 10월 28일(양력 11월 9일. 이하 년, 월, 일은 구력으로 표기) 중부 러시아 오룔현의 스파스코예에서 부친 세르게이 투르게네프와 모친 바르바라 페트로브나 사이에서 둘째 아들로 태어남.

1827 봄에 모스크바로 이사. 바이덴하메르 기숙학교에 입학하여 약 2년을 보냄.

1829 형 니콜라이와 함께 아르메니아 전문학교 부속 기숙사에 들어감.

1833 9월 20일 모스크바대학교 문학부에 입학.

1835 역사학자 티모페이 그라놉스키(Тимофей Грановский)와 만남.

1834 7월 18일 상트페테르부르크대학교 철학부로 편입. 10월 30일 페테르부르크에서 아버지 사망. 12월 바이런의 「맨프레드」를 모방한 극시 「스테노Стено」를 씀.

1836 6월 페테르부르크대학교 졸업. 셰익스피어의 『오셀로』와 『리어왕』, 바이런의 『맨프레드』를 러시아어로 옮김.

1837 1월 문학의 밤과 음악회에서 푸시킨을 처음으로 만남. 며칠 후 결투로 사망한 푸시킨의 장례식에 참석. 가을에 칸디다트 학위 취득.

1838 4월 초 푸시킨이 창간한 잡지 『동시대인Современник』 1호에

시 「저녁 Вечер」 발표. 5월 베를린대학교에 입학하기 위해 독일로 감. 철학자 니콜라이 스탄케비치(Николай Станкевич)와 만남.

1839 5월 스파스코예 고향집의 화재 소식을 들음. 소설가 미하일 레르몬토프(Михаил Лермонтов)와 만남.

1841 봄에 베를린에서 학업을 끝내고 스파스코예로 귀향. 10월 아나키스트 혁명가이자 철학자 미하일 바쿠닌(Михаил Бакунин)의 영지 방문.

1842 페테르부르크대학교 박사 학위 논문 제출을 위한 철학, 라틴어 시험에 합격. 어머니의 농노인 이바노바 사이에서 딸 펠라게야(후에 폴리네트로 개명) 태어남. 후에 프랑스의 폴린 가족에게 보냄.

1843 1월 말에 문학 평론가 비사리온 벨린스키(Виссарион Белинский)와 만남. 4월 서사시 「파라샤Параша」를 발표하여 벨린스키의 호평을 받음. 7월 8일 내무부 근무 시작. 11월 1일 로시니의 오페라 〈세빌리야의 이발사〉를 공연하기 위해 페테르부르크에 온 스페인 태생 오페라 가수 폴린 가르시아 비아르도(Pauline Garcia-Viardot, 1821~1910)에게 첫눈에 반해 평생에 걸친 사랑을 시작함.

1845 4월 18일 내무부 근무를 그만두고 창작 생활에 열중. 표도르 도스토옙스키와 만남.

1846 니콜라이 네크라소프(Николай Некрасов)가 편집한 『페테르부르크 문집』에 중편 「세 초상화Три портрета」와 서사시 「지주Помещик」, 번역시 몇 편을 발표.

1847 『동시대인』 1호에 『사냥꾼의 수기』 연작 중 최초 작품 「호리와 칼리느이치Хорь и Калиныч」 발표.

1848 1월 파리에서 혁명을 목격하고, 소설가 알렉산드르 게르첸(Александр Герцен)과 친해짐.

1850 11월 16일 모스크바에서 어머니 사망.

1852 『동시대인』 2호에 「세 만남Три встречи」 발표. 4월 16일 니콜라
이 고골의 죽음을 애도하는 추도문을 쓴 것이 문제가 되어 체포
됨. 5월 18일 한 달간의 구금 끝에 스파스코예로 추방되어 1년
반의 연금 생활 시작. 8월 『사냥꾼의 수기』가 단행본으로 출간.

1855 1월 모스크바대학교 기념 축제에 참석하여 그라놉스키, 극작가
알렉산드르 오스트롭스키(Александр Островский), 소설가 세르
게이 악사코프(Сергей Аксаков) 만남. 여름에 스파스코예에서
『루딘Рудин』 완성. 11월 톨스토이의 방문을 받음.

1856 『동시대인』 1, 2호에 『루딘』 발표. 10월 『귀족의 보금자리
Дворянское гнездо』 집필 시작. 11월 『투르게네프 중단편집』
(3권)이 페테르부르크에서 출간.

1858 『동시대인』 1호에 「아샤Ася」 발표. 로마, 빈, 런던을 여행하고
러시아로 귀국. 10월 스파스코예에서 『귀족의 보금자리』 완성.

1859 『동시대인』 1호에 『귀족의 보금자리』를 발표. 1월 러시아문학
애호가협회 정회원이 됨. 8월 『귀족의 보금자리』 단행본으로 출
간. 9월 중순에 스파스코예에서 『전날 밤Накануне』 집필 시작.
11월 8일 '문학기금회의' 창립자로 위원회의 회원이 됨.

1860 1월 10일 문학 자선기금 마련을 위한 공개 강연에서 '햄릿과 돈
키호테'라는 테마로 연설함. 카트코프가 펴내는 『러시아 통보』
1월, 1~2책에 『전날 밤』 발표. 2월 중순 『전날 밤』에 대한 도브
롤류보프의 비평(「진정한 그날은 언제 오나?」)을 『동시대인』에
게재하지 말라고 네크라소프에게 부탁함. 3월 29일 곤차로프
와의 표절 시비(곤차로프가 『귀족의 보금자리』와 『전날 밤』에
자신의 미발표 소설 『절벽』의 내용 일부가 표절되었다고 주장)
가 일어나 중재 재판이 열림. 『독서 문고』 3호에 『첫사랑』 발표.
9월 『아버지와 아들Отцы и дети』 집필 시작. 11월 24일 러시아어
문학 분과회의에서 만장일치로 아카데미 나우카(학술원)의 준
회원으로 선출됨.

1861	2월 농노 제도 폐지 환영. 5월 27일 톨스토이와 결투까지 갈 정도로 심한 언쟁을 벌임. 7월 30일 『아버지와 아들』 탈고.
1862	『러시아 통보』 2호에 『아버지와 아들』 발표. 5월 런던으로 가서 게르첸과 시베리아 유형지에서 탈출한 바쿠닌을 만남. 게르첸의 농촌사회주의 이론을 반대하고 러시아의 자유주의적 진로를 주장.
1865	2월 13일 딸 폴리네트가 파리에서 가스통 브뤼에르와 결혼함. 5월 투르게네프가 프랑스어로 번역한 레르몬토프의 「므츠이리 Мцырь」가 출판됨. 11월 『연기 Дым』 집필 시작.
1867	2월 26일 『연기』를 탈고하여 3월 『러시아 통보』 3호에 발표. 8월 바덴바덴에서 도스토옙스키와 언쟁을 벌임. 『연기』가 프로스페르 메리메의 감수로 프랑스어로 번역 출간됨.
1869	『러시아 통보』 1호에 「불행한 처녀 Несчасная」 발표. 『유럽 통보』 4호에 「벨린스키에 대한 회상 Воспоминание о Белинском」이 게재됨.
1872	『유럽 통보』 1호에 「봄물 Вешние воды」 게재. 1월 에밀 졸라, 알퐁스 도데와 만남. 9월 조르주 상드를 방문함. 연말에 유형지에서 탈출하여 파리로 망명해 온 라브로프와 만남.
1876	『유럽 통보』 1호에 「시계 Часы」 발표. 2월 러시아 인민주의 운동을 그린 『처녀지 Новь』 집필 시작. 6월 모스크바에 도착한 후 상드의 사망 소식을 듣고 그녀에 대한 글을 씀. 7월 15일 『처녀지』 탈고.
1877	『유럽 통보』 1, 2호에 『처녀지』 발표. 『처녀지』의 프랑스어 번역판이 거의 동시에 출간.
1878	5월 톨스토이의 화해의 편지를 받고, "더할 나위 없이 기쁜 마음으로 이전의 우정을 회복할 준비가 되어 있습니다"라고 답장. 6월 파리에서 열린 세계작가회의에서 부의장으로 선출. 이 시기에 『산문시 Стихотворение в прозе』의 대부분을 씀.
1879	1월 형 니콜라이 세르게예비치의 사망. 3월 4일 가난한 대학생

들을 돕기 위한 음악회에 참석하여 모스크바 대학생들 앞에서 연설함. 3월 16일 문학 기금 마련을 위한 낭독회에서 「비류크 Бирюк」를 낭독함. 6월 옥스퍼드대학교에서 명예 법학 박사 학위 받음.

1880 1월 젊은 인민주의 작가들을 만남. 6월 7일 러시아문학 애호가 협회에서 '푸시킨에 관하여'라는 제목으로 연설.

1881 6월 마지막으로 고향 스파스코예를 방문하여 여름을 보냄.

1882 3월 척추골수암 증상으로 심한 통증 느낌. 11월 헨리 제임스가 찾아옴. 12월 『유럽 통보』 12호에 『산문시』 50편 발표.

1883 『유럽 통보』 1호에 「클라라 밀리치 Клара Милич」 발표. 4월 병세 악화로 파리에서 부지발로 옮김. 6월 5일 실화 「선상 화재 Пожар на море」를 폴린 비아르도에게 프랑스어로 구술하여 받아쓰게 함. 6월 말 문학 활동을 재개하라는 간곡한 내용의 마지막 편지 를 톨스토이에게 보냄. 8월 22일 부지발의 별장에서 폴린 비아 르도가 지켜보는 가운데 사망. 9월 19일 벨린스키의 곁에 묻히 고 싶다는 유언에 따라 투르게네프의 주검이 페테르부르크로 옮 겨져 볼코프 공동묘지에 안장.

새롭게 을유세계문학전집을 펴내며

을유문화사는 이미 지난 1959년부터 국내 최초로 세계문학전집을 출간한 바 있습니다. 이번에 을유세계문학전집을 완전히 새롭게 마련하게 된 것은 우리가 직면한 문화적 상황에 적극적으로 대응하기 위해서입니다. 새로운 을유세계문학전집은 세계문학의 역할이 그 어느 때보다 중요해졌다는 인식에서 출발했습니다. 오늘날 세계에서 타자에 대한 이해는 우리의 안전과 행복에 직결되고 있습니다. 세계문학은 지구상의 다양한 문화들이 평등하게 소통하고, 이질적인 구성원들이 평화롭게 공존할 수 있는 문화적인 힘을 길러 줍니다.

을유세계문학전집은 세계문학을 통해 우리가 이런 힘을 길러 나가야 한다는 믿음으로 만들어졌습니다. 지난 5년간 이를 준비하기 위해 많은 노력을 기울였습니다. 세계 각국의 다양한 삶의 방식과 문화적 성취가 살아 있는 작품들, 새로운 번역이 필요한 고전들과 새롭게 소개해야 할 우리 시대의 작품들을 선정했습니다. 우리나라 최고의 역자들이 이들 작품 속 한 문장 한 문장의 숨결을 생생히 전하기 위해 심혈을 기울였습니다. 또한 역자들은 단순히 번역만 한 것이 아니라 다른 작품의 번역을 꼼꼼히 검토해 주었습니다. 을유세계문학전집은 번역된 작품 하나하나가 정본(定本)으로 인정받고 대우받을 수 있도록 최선을 다했습니다. 세계문학이 여러 경계를 넘어 우리 사회 안에서 주어진 소임을 하게 되기를 바라며 을유세계문학전집을 내놓습니다.

을유세계문학전집 편집위원단(가나다 순)
김월회(서울대 중문과 교수)
김헌(서울대 인문학연구원 교수)
박종소(서울대 노문과 교수)
손영주(서울대 영문과 교수)
신정환(한국외대 스페인어통번역학과 교수)
정지용(성균관대 프랑스어문학과 교수)
최윤영(서울대 독문과 교수)

을유세계문학전집

을유세계문학전집은 계속 출간됩니다.

을유세계문학전집 연표